ZUI

CRITICAL

『格兰仕』

『麒零』   『霓虹』   『鬼山莲泉』

临界 爵迹   郭敬明 著

临界 爵迹 郭敬明 著

PRODUCER _ JIN LIHONG LI BO JING M,GUO
CHIEF EDITOR _ CHEN XI ZHUANG NING / CONTRIBUTING EDITOR _ HEN HEN [FROM ZUI] / VISION ART _ ZUI Factor [ZUI@ZUIFactor.com]
COVER ART _ ADAM.X MINT.G [FROM ZUIFactor] / TYPESET ART _ ZHANG QIANG [FROM ZUIFactor] / ILLUSTRATION _ WANG HUAN [FROM ZUI]
MEDIA COORDINATOR _ ZHAO MENG / PRINTING MANAGER _ ZHANG ZHIJIE
INTERNET SUPPORT _ SHANGHAI ZUI [WWW.ZUIBOOK.COM]

郭敬明
出道十周年
纪念作品

他把冰雪披戴在肩膀，他是孤傲的末代王爵

《临界·爵迹》创作感言

文/郭敬明

在我十七岁的时候，我写下了《幻城》，我从来不曾想过这个小小的幻想故事会彻底地改变我的命运——让我的人生也变得仿佛奇迹一样。

现在我二十七岁。这十年里，我再也没有写过奇幻的故事。

十年是一段怎样漫长的时光？

十年前看过我的书的人，他们或许已经告别校园，忙于写论文找工作，在就业还是考研间摇摆抉择；他们或许早就毕业，踏上社会，疲于朝九晚五的工作；更有可能，他们已经为人父母，忙着将哭闹的婴儿哄着入睡，忙碌得无暇再好好看书，连泡一杯咖啡坐在沙发上捧起书本，都成为了生活里的某种奢侈……

而我却依然在写着，写了《夏至未至》，写了《悲伤逆流成河》，写了《小时代》……但却再没有碰过奇幻题材。

这十年里，不是不想写，而是不敢写。我想等到我的文笔和技巧再成熟一点儿，成熟到足以让绚烂的幻想变成磅礴的史诗；成熟到足以直视自己十年的成长，抬头挺胸地给出交代；成熟到足以面对一直在我身边的你们，一直透过文字和我共同成长的你们。

我不想辜负你们的信任和期待。

连载了十六回，历时一年多。但那些光怪陆离的想法，无数或细碎或磅礴的片段，没落到纸张上却已然有血有肉的人物，和他们构建出的另一个庞大绮丽的世界——这些早在我的脑海里，存在了更长的时间。

而今天，我终于可以满意地交出一份答卷，那就是《临界·爵迹》。

在出版之前，我甚至做出了一个让我们公司所有编辑和出版社同人们目瞪口呆的决定，我不再是简单地在连载的基础上续写结尾，而是将整个故事的脉络重新打散，在开头、中间、结尾，都穿插进数万字的全新伏笔和全新隐线，这样将造成整个故事的变动和更改，但是，对读者来说，也带来了一次全新的体验。所以整个故事急剧扩张，超过了30万字数的极限。全文不得不分为上、下两本。

这是对我自己的小说技巧的挑战，也是我十年来的一次正名。

我希望你们看到的，不仅是恢弘华美的场景、深刻激荡的故事，还有这些表象下面的，现实温暖的人性。

希望你们经过这十年，无论改变多少，无论变成什么样子，当你们合上书，闭上眼，还是可以找到十年前曾有过的，那份纯粹的原始的感动。

十年回归，不忘初心。

这也许是我最好的十年，也是你们最好的十年。
而《临界·爵迹》是我十年里最好的故事。

我将它送给自己，送给我一路走来的年华岁月。
也将它送给你们，送给陪我一路走过来的你们。
谢谢你们，从未离开。

录

序章
❦ 神 遇 ❧

艾欧斯看着面前的银发少年，
他身后是那个巨大的黑色洞穴，
看起来仿佛来自地底的怪兽
正准备将他吞噬一般。
他的笑容又温暖又美好，
却又似乎带着一种
因为温柔而显示出的淡淡悲伤——
就如同风中弥漫着的、来自他身上那种
类似阿鹿斯港香料般的柔和香味。

漫天翻滚的碎雪，仿佛巨兽抖落的白色绒毛，纷纷扬扬地遮蔽着视线。

这块大陆的冬天已经来临。

南方只是开始不易察觉地降温，凌晨的时候窗棂上会看见霜花，但是在这里——大陆靠近极北的尽头，已经是一望无际的苍茫肃杀。大块大块浮动在海面上的冰山彼此不时地撞击着，在天地间发出巨大的锐利轰鸣声，坍塌的冰块砸进入海，掀起白色的浪涛，订阔的黑色冻土在接连几天的大雪之后，变成了一片茫茫的雪原。这已经是极北之地了，连绵不断的冰川仿佛怪兽的利齿般将天地的尽头紧紧咬在一起，地平线消失在刺眼的白色冰面之下。

天空被厚重的云层遮挡，光线仿佛蒙着一层尘埃，混沌地洒向大地。

混沌的风雪在空旷的天地间吹出一阵又一阵仿佛狼嗥般的凄厉声响。拳头大小的纷乱大雪里，一个年轻而瘦小的少年身影，一步一步地朝天地尽头的冰川深处走去。

其实他也不知道自己在寻找什么，只是冥冥之中有一个声音一直在召唤自己，像是来自脑海深处的幽魂一样，挥之不去。

凛冽的寒风将他头上的银白色兜帽吹开，镶嵌着华贵白银滚边的深蓝色袍子，被风吹得猎猎翻滚。他金色羽毛般浓密的睫毛下，琥珀色的瞳人闪烁着急促的光芒，风仿佛刀刃般吹过他白皙的皮肤，他的脸颊本该泛着十二三岁少年特有的红润，但此刻，却只是一片苍白，他瞳孔里是无边无际颤抖的恐慌。

两边高高耸立的冰川崖壁在前方渐渐收紧，变成一个越来越窄的峡谷，前方遥远的天地尽头，冰川崖壁合在了一起，只露出一个阴森幽暗的无底洞穴，不知道通向什么地方。天地间翻滚的雪花仿佛被一股神秘的巨大力量吸引着，狂暴地卷动进那个黑色的洞穴，然后就消失在一片死一般的寂静当中。

仿佛被什么吞噬着……

"吱——嘎呀——"

"吱——嘎呀——"

来自洞穴深处的声音。

仿佛某种来自地狱的巨大昆虫的尖叫，每一声凄厉的惨叫划过耳膜都让人毛骨悚然。这种声音初听起来仿佛是巨大蜘蛛被烧死前的惨叫，但是听久了，却透露着一种瘆人的快感，变成了类似于小女孩的尖叫，那种混合着剧烈痛苦和疯狂快意的迷幻尖叫声。

少年已经站在洞穴的门口。

暴风雪在这里已经消失了声音。

所有的声响都仿佛被面前这个巨大的洞口吞噬了。庞大的寂静里，只剩下不时响起的那种切割金属般的刺耳尖叫声。少年的瞳孔里翻涌着混沌的光线，他的表情看起来极其惊恐，但是却又呈现着一种混沌的向往，看起来让人后背发凉，一双瞳孔兀自颤抖着，仿佛两摊熔化开来的金漆。

少年睁着他的双眼，琥珀色的瞳孔倒映着洞穴里深不见底的黑暗。

压抑的寂静里，突然传来一丝声响，沉闷却轻微，仿佛血液在逼仄的血管里奔流时的汩汩声。

少年低下头，洁白的冰面上，一丝青黑色的仿佛静脉血管一样崎岖歪扭的东西，从洞穴里不快不慢地朝自己脚下蔓延而来，仿佛一小股冰面下正歪歪扭扭往前流动的黑血。他蹲下来，低下头，似乎有一种难以抵挡的诱惑力拉扯着他整个人往那股黑血静脉靠近。他埋下脸，仿佛想要把那丝诡谲的东西看得更清楚似的，一寸一寸地将脸庞压近冰面，小小的身体呈现着一种扭曲的姿势。但是，他却并不知道，他那张精致而白皙的面容上，正一点儿一点儿浮现出蚯蚓般密密麻麻的静脉血管，越来越多，越来越密集，越来越清晰，他的琥珀色瞳人在逐渐靠近冰面的过程里，逐渐地变为混沌的黑色，仿佛几尾漆黑的金鱼游动在他的瞳人里。

"汩汩——"

突然一声脉搏跳动的声响，那条冰面下细细的静脉一样的东西，瞬间从洞穴深处往少年脚下的冰面位置膨胀扩大，变成了胳膊一样粗壮的黑色管状物体。少年眼前突然闪过一团漆黑，还没来得及看清楚，视线一花，一团急旋而来的气流，将少年卷裹着，瞬间拉离了洞穴。少年只听得见鼓满耳膜的急剧风声，完全看不清楚眼前发生了什么，只有无数透明的气流仿佛锋利弹射的剑刃，把空气如同布匹般"哗哗"地裁剪着。

"你知道你刚刚差点儿死了么？"

急速旋动的气流里，传来人声。听不出感情，甚至听不出年纪，仿佛纯净的水和空气一样，是很温柔的男孩的声音，但因为又隐隐透着一股说不清楚的冷漠，感觉年纪很大。

蓝袍少年抬起依然惊魂未定的面孔，他的瞳孔渐渐从混沌的漆黑重新凝聚成金灿灿的琥珀色。当视线重新聚焦之后，他发现面前渐渐消散的错乱气流里，一个看起来和自己差不多年纪的银白色短发少年正冷冷地望着自己。他的额前飘着几缕碎发，风吹动着他的细碎刘海儿，隐隐露出额前佩戴的一截镶嵌着璀璨钻石的黑色发冠。一看就知道价值连城，身份尊贵。寒冷的大雪里，银发少年只穿着白纱的长袍，仿佛不惧寒冷一样，身上的白色披风如同没有重量的云朵，在他四周盈盈地浮动着，丝毫不受周围肆虐的风暴影响。

银发少年转过身去背对蓝袍少年，蓝袍少年顺着他的背影往前方的洞穴入口处望去，自己刚刚所蹲处的地面，此刻，一只漆黑烧焦的手，从冰面下破冰而出，以一个仿佛来自地狱冤魂的恐怖姿势凝固在风雪里。如果自己刚刚没有被这个少年救下，那此刻，那只黑色烧焦的手，已经扼断了自己的咽喉。

仔细看看，那只手却又不像人类的手，只有四根手指，每根手指上都是尖锐的黑色指甲，扭曲而锋利，烧焦般的皮肤上，有一个又一个仿佛脓包一样的红色囊肿，上面是仿佛脓血般黏稠的液体。

"难道'那个计划'已经开始了？……但怎么会提前这么多……"银发少年望着幽暗的洞口，不知道是在自言自语，还是对着某个还没有现身的人，轻轻地说着。从背影猜不出他的表情，但是温柔的声音里，隐隐透露着难掩的诧异和忧虑。

银发少年转过身，走到蓝袍少年的面前蹲下来，望着他白皙而精致的面容和他琥珀色的眼睛，轻轻地笑了。银发少年的面容，被这个英气的笑容装点得仿佛水晶色泽般迷人，阳光照耀在银发下隐隐露出的黑色钻石发冠上，反射出无数彩虹的光晕，照亮了他梦幻的双眼，他的一双瞳孔里仿佛撒满了大大小小的钻石。他的头发仿佛冰雪般银白，看起来就像个纯净的天使。

蓝袍少年问："你是谁？"

银发少年伸出手，把他从地上拉起来，说："我叫铂伊司。"

周围的风仿佛停止了，从银发少年身上传来的味道，仿佛一把干净的阿鹿斯港的香料般，淡雅而尊贵。这种香料肯定价值连城。

"你是谁呢？怎么会跑到极北之地来？"年轻的铂伊司站在雪白的冰面上，像个十五六岁的天使。他整个人就像是为这个冰雪的世界而诞生的一样，干净而纯粹，浑身闪动着钻石的碎光。

"我叫艾欧斯……"蓝袍少年小声地回答着，一阵轻柔的风从铂伊司的身后吹过来，于是他鼻子里此刻充满了从铂伊司身上传来的那种高级香料的味道。

空气里弥漫着混合着雪花和香料的气味，头顶盛大而神圣的日光倾泻而下，仿佛笼罩着一场巨大的命运。

艾欧斯看着面前的银发少年，他身后是那个巨大的黑色洞穴，看起来仿佛来自地底的怪兽正准备将他吞噬一般。他的笑容又温暖又美好，却又似乎带着一种因为温柔而显示出的淡淡悲伤——就同风中弥漫着的、来自他身上那种类似阿鹿斯港香料般的柔和香味。

多年以后，艾欧斯每次回忆起这个场景，都觉得像极了一个阴暗的预言，一个漆黑的，灵犀一照。

第一章

第三个红点

漆黑的夜色里

弥漫着一种湖水般的冰冷。

道路尽头的森林，

在夜色中显示出一股骇人的寂静。

深不见底的黑暗里，

一阵一阵庞大的脚步声，

像是巨大的鼓点，

越来越近。

『 西之亚斯蓝帝国·福泽镇 』

金斯走进驿站大堂的时候，已经是下午了。

窗外的夕阳把坐落在福泽镇镇口的这家驿站笼罩在一片温暖而迷人的橙色光芒里。从驿站门口望出去，是一条灰白色岩石铺就的笔直小道，道路看起来年代久远，已经在风雨和岁月里被抚摩出了细致而光滑的石面来。时不时地有行人背着各种形状大小的行囊在夕阳下行走，一看就不是本地人。偶尔也有马车运送着福泽镇特产的香料和手工缝制的皮革离开这个小镇。一直以来，福泽镇出产的这种以枫槐木的根须做成的香料就凭借着物美价廉的优势，在南方靠海的港口卖得特别好。

道路两边之前是厚实的茸茸绿草，而眼下已经到了初冬时节，草坪已经枯黄一片，风卷起枯草碎屑，扬在空气里，阳光照耀其上，像金色的沙尘般飘浮着。

整个福泽看起来就像是一座被黄金粉末粉刷之后的温馨小镇，充满着蜂蜜浆果酒和水果热茶的香味。

但金斯并不关心门外的风景，他眼里此刻只有坐在驿站大堂里的人。

同样也在打量着驿站内的客人的，还有此刻正穿梭在桌子和桌子之间端茶送水的麒零。

　　要形容麒零的话，有很多的形容词，在他小时候经常听到的是伶俐、水灵、乖巧、漂亮，等等，到长大后听得比较多的是俊美、挺拔、英气。麒零的眸子天生就比较亮，配上他仿佛两道细长匕首般锋利的黑眉毛，他的眼睛就像星辰一样，而他的笑容又似天上皓白的弯月。驿站门口每天都有很多福泽镇上的少女特意绕路过来看他，她们顶着花花绿绿的头巾和发带，嬉闹着一边跑过驿站门口一边拿眼睛往里面瞟。

　　看他把一头乌黑健康的头发用黑色小羊皮绳扎在脑后，然后卷起小半截袖子擦桌子、洗盘子，结实的小手臂散发着成熟少年特有的活力，肌肉线条清晰好看，带着勃勃的生气，不像那些坐在桌子边喝蜂蜜羊奶酒的大叔，感觉身体表面裹着一层奶酪，软乎乎的。

　　也看他蹿上后院的果树摘果子吃，或者站在屋顶上清扫秋天掉落的满屋顶的红枫叶。他修长矫健的身子仿佛一头豹子一般。

　　又或者有时候他站在秋天薄暮时的庭院里，残阳如血的黄昏起着风，风把他的眉眼吹得皱起来，看上去就像一个多情而落魄的吟游诗人。但其实他心里也许只是在想"完了，这个月打碎了三个盘子，老板娘肯定又要扣我很多钱了"。

　　当然，麒零也经常冲她们抛媚眼，这个年纪的男孩子，挑逗女生仿佛是他们的天性。他天生眉眼好看，身材又出落得修长灵活，虽然是个穿着洗得发旧的衣服的店小二，但身上却仿佛笼罩着一股贵族的气质，像笼着层星光。

　　镇上去过帝都格兰尔特的人都说麒零像是帝都里的人，锋利的眉毛，光芒流转的瞳人。但麒零从出生到现在十七年，一步都没有离开过福泽镇。他倒是整天都想去格兰尔特，但从来没有离开过这个坐落在一片森林深处的小镇。

　　但今天，这个位于福泽镇入口的驿站里，却坐着五个来自帝都格兰尔特的人。
　　他们的目标，都是今晚会出现在福泽的魂兽【冰貂】。

　　麒零这几天一直听着镇上的人们说来说去，不过，对于他们口中说的什么魂兽啊、魂术师啊之类的名词，麒零实在太过陌生了。虽然他知道整个奥汀大陆都是建立在魂力的基础上，但他所接触过的唯一和魂力有关系的，就是镇上那个八十多岁的整天神神道道的老太婆。镇上的人都传说她年轻的时候是帝都名门望族家里的一个婢女，偷偷学了点儿魂术后，溜回了福泽。但麒零唯一见过她使用魂力的时候，也仅仅是能让井里的水自动喷涌上来灌满她的水缸。并且只是这个如此简单的动作，就几乎要了她的老命，气喘吁吁像是快要一命归西的样子。

　　麒零特别失望。因为他听说了好多关于伟大的魂术师的事情，传说里的他们能够飞天遁地，举手牵动漫天的霞光，挥手又能招来巨大的海啸，感觉就像是神一样的存在。

　　他每次都会向过往的旅客打听关于帝都和帝都里那些魂术师的事情，但能来福泽的旅客多半也不是什么厉害的角色，对帝都里由皇室血统一直掌控着的魂术，也仅仅只是有所耳闻而已。

所以，当驿站里突然出现五个来自格兰尔特的魂术师的时候，他整个人都像是被烧得沸腾起来的开水壶一样，"哐当"乱跳着，一刻都不能静止下来。

金斯瞄了瞄四周，然后挑了一个已经有人的桌子坐了下来，他还没坐稳，他对面的那个女人就说话了："这个桌子有人了，你没看见么？"

金斯抬起头，露出爽朗的笑容。

三十出头的金斯，是帝都里小有名气的魂术师，金氏家族也一直都是以精湛的魂力控制而出名，也算是名门世家了。他扬了扬精心修剪过的眉毛，冲着对面穿暗绿色衣服的女人说："看见了。"说完他抬起手倒了一杯茶，茶水一条细线似的慢悠悠地填满茶杯，过了很长时间，他才将这杯茶倒满。他放下茶壶，"所以呢？"他抬起深邃的眼睛，似笑非笑地看着她。

金斯拿起杯子来，端到一半，刚想送到嘴边，杯子突然"嘭"的一声碎开来。

——四溅的液体凝固成一颗一颗珍珠般大小的水滴，在桌面上七上八下地弹跳着，桌面被敲击着，发出"咚咚"的七零八落的木质响声。但这些水珠却并没有结冰，像是被一股力量控制着，如同无法散开的固体一般凝固成球形，四处弹跳着。

站在旁边的麒零看得眼珠子都快掉出来了。

金斯低头笑笑，轻轻地摊开手，那一瞬间，所有的水珠像是被一股吸引力牵扯着一般，全部回到他的手心，麒零还没怎么看清楚，一个玲珑剔透的冒着森然寒气的冰杯就出现在金斯的手里。金斯拿过旁边的茶壶，又倒了一杯滚烫的茶水进这个冰杯里，滚滚的热气中，却不见那个冰杯有任何的融化。

对面的女人脸上像是笼罩着一层寒霜，她刚要站起来，金斯就抬起手，示意她坐下。金斯喝了一口茶，幽幽地说："你还是留着魂力抓冰貉吧，或者，留点儿魂力，好逃命。"金斯的笑容灿烂而自信，"你说对么，露雅？"

这个穿暗绿色衣服叫露雅的女人没有再说话，倒是旁边桌子的一个中年男人说话了："反正冰貉只有一个，迟早都要抢，早打晚打都要打，现在就死一个，也没什么大不了，反而痛快。"

金斯回过头去，露出了厌恶的表情。他最不想看见的人，此刻就坐在他旁边的桌子——托卡。金斯摸了摸袖子里自己断掉的那根小指，用怨毒的目光看了看托卡。三年前在围猎魂兽【流云】时，托卡和自己抢夺，用冰剑砍掉了自己的小指，但最后托卡也没有捉到流云，最后收服流云的是帝都里一个年仅八岁的小郡主。

三年后的此刻，托卡再一次狂妄地冲着金斯笑着，露出他脏兮兮的牙齿。

"抢冰貉又不一定要死，这样说多伤和气呀。"坐另外一桌的一个看上去非常艳丽的女人也跟着说话了。她穿得像那些在镇与镇之间巡回演出的舞娘，浑身吊满了铃铛和五彩廉价宝石。不过，她的身份可一点儿都不廉价。"只要懂得及时夹着尾巴赶紧走，就不用丢掉小命，免得到最后血肉模糊的，还捞不到任何好处。所以说，做人要懂得分寸和掂量自己的分量。"她说话的时候轻轻地晃着她饱满的发髻，显得特别愉悦，像刚喝了什么美味的佳酿一样，不过不知道她在对谁说这些话，她看着空气，目光没有聚到任何一个人身上。

金斯看见她之后，深深地吸了口气，用一种半畏惧半厌恶的口气，说："流娜，你不是已经有【红日】了么，你来凑什么热闹。"

流娜娇嗔地笑了笑，转过头对着自己身边的空气说："可是红日一个人久了，也会孤单的啊，你说对吧，红日？"话音刚落，流娜身边的空气突然像是液体一般扭动出一个透明的旋涡，然后轰然一声巨响，一头两人来高的雄壮的红色狮子突然显影在流娜身边，不停地咆哮，它的额头上长着四只血红色的大眼睛，每一枚都像是烧红的铁珠，张开的血盆大口喷薄出的灼热气流让空气波动出无数透明的扭曲来。本来流娜的身材是很高大结实的，但是此刻衬在这头巨兽身边，让她显像一个娇小的少女。

本来还在驿站大堂里悄悄议论着这群人的小镇居民，此刻纷纷大呼小叫着落荒而逃。因为他们从来没有看见过真实的魂兽——他们想象里的魂兽，应该就和狮子老虎差不多。

"而且，冰貉也不好对付呀，关键时刻，还是得靠我的宝贝，让它先上。"流娜一边抚摸着身边恐怖的怪兽，一边温柔地呢喃着，仿佛一个母亲正在抚摸自己的孩子般温柔而慈祥。

"说得好听，"金斯从鼻子里哼了一声，"让它先上？应该是让它先上去送死吧。谁都知道，普通的魂术师只能拥有一头魂兽，你要抓冰貉，那么势必得让你的红日先死。"

"是啊……"流娜的目光仿佛水一样的温柔，她的手指抚摸着那头怪兽血盆大口边缘的那圈黑色的息肉，头也没回地说，"但是，关你什么事呢？"

托卡和露雅都在鼻子里哼了一声，没有做声。

金斯看得也很不舒服，但是他也没办法发作。就算流娜不召唤出魂兽来，光是凭流娜自己，在魂力上就和金斯不相上下了。金斯深吸了一口气，转头看向户外渐渐昏暗下来的天色。

驿站大堂里很快就空了下来，只剩下他们四个，和站在一边端着茶壶吓得完全不敢动的麒零。

"丁零——"

安静的驿站里，一声清脆的金属铃声像是湖面突然被雨点打出的一小圈涟漪一样，扩散在空气里。薄暮时分昏暗的大堂里，弥漫着一种森然的氛围，看不清楚的昏暗里，像是藏着一堆冷飕飕的鬼魅。每一个人都敏锐地感觉到了，周围的温度正在以一种难以察觉的速度往下降，空气里的水分缓慢地凝结着。

"哎呀……"一个稚嫩但又透出一股说不出的诡异感的声音，从头顶的黑暗里传来，"怎么还有这么多人呀？"

驿站楼梯上，一个小女孩的身影模糊地出现在昏暗的阴影里，十二三岁的样子，穿着紫色的及膝长袍，赤脚站在楼梯上，手上和脚上都挂着一圈一圈银白色的金属手环脚环。刚刚那声冷幽幽的"丁零"声，应该就是从这里发出来的。

"这让我有点儿……不高兴呢。"

幽幽的声音，像一潭黑色的死水。配合着她脸上麻木而空洞的表情，看上去这句话不像是她说出来的，而像是来自黑暗里某一个躲藏着的鬼魅。空气里的氛围迅速地变得诡异而扭曲起来，像是从死亡沼泽上吹过来了一阵浓郁的腥臭。

小女孩慢慢地一步一步走下来，走过露雅身边的时候，她轻轻转过头，面无表情地看着露雅，把头轻轻一歪，"那，就先少一个吧。"

然后露雅的头，莫名其妙地，"咣当"一声掉在地上。

她失去头颅的躯干还笔直地坐在桌子面前，甚至手上正在倒茶的动作都还维持着，只是脖子上碗口大的血洞，仿佛一口泉，往外汩汩地冒着黏稠的热血。

麒零手里的茶壶"咣当"一声掉在了地上。他看着直挺挺地坐在桌子面前的没有头的尸体，全身像是被死神透明的大手攫住了一样，无法动弹，他的理智在叫他逃走，但是身体却因为巨大的恐惧而无法做出任何的动作。

小女孩从露雅的尸体边走过，脚上的金属环在寂静的大堂里，发出摄人心魄的"丁零"声，她慢慢走向麒零，每走一步，身上银白色的金属环就叮当作响，听起来说不出地诡异。

她目不斜视地从麒零身边走了过去，甚至连眼珠都没有转动一下，仿佛麒零是不存在的。她一直走到流娜面前，转头看向红色的狮子，目光里是一个小女孩天真的疑惑，她用天真而脆生生的声音说："为什么它会在这里呀？它不知道冰貉马上要来么？"

她小小的身躯站在巨大的火红色雄狮面前，抬起头，天真地望着它，"你是不是想死？"她的声音弱弱的，很平静，像在问别人吃过早饭了没有。

红日在她目光的注视下，像是看见怪物般，越来越退缩，之前飞扬跋扈的暴戾气焰，此刻消失无踪，仿佛一条受惊的狗般颤抖着。流娜站起来，挥了挥手，红日溃散成一团红色的烟雾，消失在空气里。

小女孩歪了歪头，慢慢地走到一个角落的椅子面前，然后转身坐在椅子上，把腿缩起来，抱着膝盖，整个人小小地，陷在椅子扶手的空间里。她托着她圆圆的小脸，用她灵动的大眼睛，像是看着一群死人般，把目光从房间里的人的脸上一一扫过。

流娜压抑着内心的恐惧，站起来，对着小女孩说："如果你也是来和我们抢冰貉的，那我认输，我退出。"

小女孩认真地皱起眉头，她摇了摇头，用一种像是从遥远的空间传递过来的幽幽的声音，认真地说："不是啊，我不是来和你们抢冰貉的。"说完，目光转向窗外，此刻的窗外已经漆黑一片，如血的夕阳已经完全地沉进了大地深处，墨黑的夜色密密麻麻地涂遍了小镇的每一寸地面，漆黑的大地上只剩下房屋窗户透出的零星灯火。她停了一会儿，说："我是来和他们，抢冰貉的呀。"

旁边托卡在鼻子里"哼"了一声，说："他们是谁？"

小女孩歪了歪脑袋，看着托卡，像是在思考他的问题，她目光空洞地看着托卡，说："他们，就是他们呀。"然后停了停，说："他们不是你。"说完把头转回来，盯着门外道路尽头，一动不动。

而托卡坐在桌子前面，也是一动不动。

站得离托卡近一些的麒零，已经弯下腰忍不住呕吐了起来。

从托卡的两只脚下的地面上，不知道什么时候，长出了几株锋利而尖锐的冰晶，如同疯狂生长的藤蔓般，从他的脚底穿透，沿着托卡的身体内部，一直从小腿、大腿内部往上穿刺，最后从胸膛处密密麻麻地扎了出来，盛放在空气里，像是有一颗巨大的白色海胆从他的胸膛里爆炸了一样。无数水晶石般锋利的冰刃，把他的尸体装点得像是一个雕塑。他的内脏和肠子，血淋淋而滚烫地挂在这些银白色的冰晶体上，冒着滚滚的白气。

死亡的黑暗从头顶笼罩而下，不断攀升的寒冷气息，在驿站大堂里卷动着。流娜站起来，看着小女孩，满脸恐惧，"……你到底是谁？"

小女孩没有看向流娜，而是抱着膝盖，抬起头看着天花板上面不知道什么地方，她的目光空洞而又苍白，像是可以穿透屋顶直接看见外面越来越黑压压的天空。

头顶的苍穹乌云密布，像是巨大布匹般不停卷动的气流，把云层撕成絮状的长条。冬夜里寒冷的风卷裹着零星的冰屑，从窗户外面吹进来。

"连我你都不认识啊……"小女孩把目光放下来，有点儿遗憾的样子。

"她是……【骨蝶】莉吉尔……"金斯从颤抖的喉咙里，嘶哑地挤出这句话来。

"咦？……你认识我啊……"莉吉尔幽幽地看着金斯，突然轻轻地笑了，面容像是雾气里妖艳的一朵花，"还是说……你看见它了？"

小女孩蜷缩在光线昏暗的角落椅子里，但是她身上却笼罩着不知道从哪儿来的绿幽幽的若隐若现的光芒。此时，在她的身后大堂角落的地方，庞大的空间里，却挤满了一只……一只不知道怎么形容的，类似蝴蝶一样的生物。它因为太过庞大，只能把翅膀扭曲着挤在莉吉尔身后的角落里，几乎快要把整个屋顶撑破了。它身体上覆盖着细密而锋利的鳞片，每一片都闪烁着绿色的幽光，组成它翅膀的那些支架，全部都是一根一根森然的水晶一般的白骨，连接在这些白骨中间的翅膀是一种膜，看起来有种让人恶心的柔软。翅膀的边缘长满了湿漉漉的像是章鱼触手一般的东西，此刻正乱七八糟地蠕动着。整个巨大而阴森的蝴蝶，看上去其实更像一只黏糊糊的斑斓蝙蝠，扭曲在莉吉尔的身后一动不动。

"它很漂亮吧……"一根黏糊糊的鳗鱼一样的东西，从屋顶上垂下来，莉吉尔伸出手，抚摸着骨蝶垂下来的那根黏糊糊的触手，仔细看一下的话，会发现触手的顶端，有一只半闭着的肉眼。

金斯和流娜猛地站起来，带翻了椅子。他们匆忙地冲出了驿站。没有人想和这样的怪物争什么东西。

麒零缩在驿站的角落边上，他想跑，可是整个人从头皮到脚趾，都麻痹了，他看着眼前依然目光空洞的小女孩，又看着刚刚仓皇离开驿站的金斯和流娜，他完全被吓傻了，更别提大堂角落里那堆不知道是什么玩意儿的东西。

如果之前对魂力世界充满了向往的话，现在的麒零，只想赶紧逃出这个噩梦。

莉吉尔这个时候转过头来，看着麒零，"我饿了。"她身后的骨蝶突然"哗啦"一声化成了一摊绿色的浓浆，汩汩地从墙上淌下来，沿着地面流淌过来，攀上椅背，顺着莉吉尔的后背流进她的身体。"你去找点儿吃的东西给我。"

麒零点点头，上下牙齿害怕得直哆嗦。他一边点头一边跌跌撞撞地准备朝后院跑。

"喂，"麒零刚刚要跨出后门，莉吉尔叫住他，"你最好快一点儿哦，而且如果你要逃走的话，我会不高兴的呢。"

麒零走出大堂之后，莉吉尔回过头来，目光盯着驿站门外，"哎呀，他们来了。金斯和流娜干吗要跑呢，好像我是个什么可怕的怪物一样，他们不知道，跑出去，才是真正遇见那一群怪物么……"她少女的面孔笼罩着一层淡淡的忧伤，好像真的在为他们两个可惜一样。

而此刻，天空的乌云被风吹开了一个缺口，月光从天空上照下来，照在驿站外的大道上，在离驿站两百米的大道分岔口处，正横着金斯和流娜的尸体。皎洁的月色在他们的尸体上覆下一层薄薄的霜。

一刻钟之前，驿站的大堂里只剩下莉吉尔一个人，而现在，突然重新变得热闹起来，加上莉吉尔和麒零，一共十个人。

新来的八个人都穿着类似款式的银白色长袍，干净而高贵。男的都戴着一看就身份显赫的头饰，腰间都别着一把黄金佩剑。而女的都穿着如雪如雾般飘逸的纱裙，那些纱裙随着她们的行走和动作如同烟雾一般在她们身上无风而浮，轻轻地荡漾着，像缓慢变幻的雾气，看上去就像是神界的人一样。她们的手腕上都有一串冰蓝色的手链，看上去就像是大海的眼泪一般晶莹剔透。

他们八个人坐在大堂的一边，而对面，依然是窝在椅子里懒洋洋的像是灵魂出窍般诡异的莉吉尔。

明显截然不同的两个气场，弥漫在大堂里。

"你们神氏家族的人，怎么也来凑这个热闹？"莉吉尔看着对面八个白衣如雪的人，冷冷地说，"你们的魂兽还不够多么？"

对面的八个人看着莉吉尔，虽然没有露出恐惧的神色，但是多少还是显得有点儿忌惮。这从他们八个刚刚开始走进驿站的时候，就看得出来。他们看见一个人窝在角落的莉吉尔时，明显地露出了吃惊的神色。

坐在八个人中间的一个三十岁的男人，看上去像是这些人的首领，他一边喝着麒零倒给他们的茶水，一边低沉着声音说："有能力吞噬冰貉的人不多，所以，我们神氏家族自然会来，而且冰貉是高级的水属性，百年一见，我们家族当然愿意多几个这样的高等级魂兽。"他放下茶杯，看着莉吉尔，"倒是你，在帝都格兰尔特放肆还不够么，还要到这里来。"

"哎呀，哎呀……"莉吉尔把脚放下来，伸了个懒腰，"就像你说的，在帝都格兰尔特我都那么放肆，在这种小镇上，我更是会翻天覆地的呀。"

她缓慢地站起来，左右轻轻摇晃着身体，身上的手环脚环叮当作响，"只是你们一下子来这么多人，我一个人要和你们抢，很吃力的呢……"她用一种怪异极了的动作，舒展着刚刚因为坐太久而僵硬的身体，她娇小的身躯里发出一连串骇人的"咔嚓咔嚓"的声响，"你说你们，多不要脸，这么多人，和一个小姑娘抢……"

"你还小姑娘啊？你应该是老姑娘了才对……"白衣人之中，一个年轻的男孩样子的人小声地冷笑了一句。

莉吉尔的脸突然冷了下来，仿佛霜冻了的死人，"你再说一次。"

屋顶上突然垂下来两条蛇一样灵活的冰凌，坚硬锋利，却又如同蛇般灵活柔软，两条冰凌缓慢地垂下来，瞄准着年轻男子的两个眼睛，仿佛时刻准备突击的眼镜蛇。

男孩的脸色苍白，他显然受到了极大的侮辱，但是却不敢拿自己的性命开玩笑，于是他吞了吞口水，咬紧牙关。

莉吉尔的脸色又柔和了起来，仿佛春风吹过一样。两条冰凌烟雾一样消散在空气里。

中年男子回过头冲男孩小声而严厉地训斥了一声："别惹事。"

莉吉尔重新坐回椅子上，目光又变得空洞而诡异起来。

麒零本来给莉吉尔送了饭菜过来，并且给新的客人倒上茶水之后，就准备开溜了。说实话，无论他对这些来自帝都的神秘魂术师有多么地好奇，在接连看着死了那么多人之后，他一秒钟都不想再多留。

正在他要端着茶壶从后门溜走的时候，他脚下不知道被什么一绊，整个人失去重心往前面摔出去。

他本来已经闭上眼睛准备砸在地上了，但是，突然一阵软绵绵的触感，像是摔在了软软的床上。

麒零睁开眼睛，面前是一张漂亮得让人觉得是女神一样的脸。他低下头看见自己摔在一张银白色的网上，那些白色的蛛丝一样的线交错纵横在空气里，把茶壶、杯子和自己，都承接在上面。

麒零赶紧挣扎着站起来，然后听见刚刚看着自己的那个女孩子对自己说："你没事吧？"说完，她扬起手，瞬间那些银白的蛛丝刷刷地像烟雾般抽回她的手心里。

"我……没事。"麒零的脸迅速发烫，他看着面前和自己差不多年纪的女孩子，白色飘逸的长袍纱衣，黑色的头发像是流动着光泽的黑墨般轻轻绾起在头顶。她的眼睛圆润而乌黑，长长的睫毛像雾一样，把她的眉眼修饰得极其润泽。她尖尖的小脸，肌肤像是软雪一般白皙润滑，整个人就像是一个年轻而高贵的公主。

"我叫神音，是从帝都格兰尔特来的。"她看着麒零，轻轻地微笑着。

"我叫麒零……"本来想要逃跑的麒零，现在却被牢牢地吸引住了，如果说刚刚他还觉得之前的场景像一个骇人的梦魇，现在，他真觉得自己是在最美好的梦里了。他小心地在她边上站着，胸膛里翻涌着少年的年轻血气，他从来没在小镇上看到过这么漂亮的女孩子，他恨自己没有出息，连呼吸都变得平静不下来。

"你坐下来吧，别站着了。"神音冲他招招手。

麒零惶恐而激动地坐下来，他看着神音美丽得几乎不食人间烟火的脸，刚刚的恐惧早抛到脑后去了，现在就是有牛车来拉他，估计也拉不走。

"姐姐……你也是魂术师么？"麒零睁着他浓眉下的大眼，直直地看着她。

"嗯，是啊，我们都是。"神音把手放在桌子上，手腕上是那串蓝得纯粹剔透的宝石手链。"我们家族在帝都也是挺有名的家族了，家里的人都是魂术师。他们都是我的亲人，你看刚刚说话的那个，就是最中间的那个，"神音把头靠过来，小声地对麒零说，"他是我的哥哥，神斯，他永远都是板着一张脸，老吓人的。"

麒零看着靠近自己的神音，感觉呼吸都急促了很多。鼻尖上是从神音身上散发出来的一阵又一阵稀薄的玉兰花香，若有若无的，毫不浓郁，却非常清晰，像是黑夜里看不见的地方开出了一朵花。

"哇，那你们是帝都里最厉害的魂术师么？"麒零眼睛里闪着光，他对魂术世界的好奇又开始翻涌了起来。

"你说我们啊？我们家族在魂术师里还算不错吧，但是，如果是整个魂力世界的话，最厉害的人，已经不叫魂术师了，他们被称做【王爵】，他们是整个魂术世界的巅峰。"神音看着面前好奇的麒零，一边轻笑着，一边对他解释。反正离冰貉出现还有点儿时间，与其和家族里那些一本正经的人待着一言不发，还不如和眼前这个俊美的少年聊聊天。

"啊？那你哥哥是王爵么？"麒零问。

"我哥哥啊？"神音看着面前这个对魂术世界一无所知的少年，掩着嘴笑了，"可能一百个我哥哥，都能被王爵【瞬杀】吧。"

"瞬杀？"

"嗯……就像刚刚，骨蝶莉吉尔杀掉露雅和托卡一样。在魂术师的世界里，如果两个人的魂力级别相差太远，近乎于压倒性的优势的话，那么，强势的一边，是可以完全压抑对方的魂力使之无法释放，而在一瞬间就能杀死对方的。"

"王爵这么厉害啊？！"麒零瞪大了眼睛。

"当然了。你对我们的世界不了解。我们从小到大，几乎都没有机会能见到王爵，帝都里见过王爵的人也屈指可数。王爵对我们从小学魂术的人来说，就像是天上的天神一样，很少出现在大家的视野里，很多时候他们都像是传说一样存在着。"

"有多少个王爵啊？"麒零忍不住问。

"七个，"神音的脸在灯光下看起来就像是用圆润的美玉雕刻出来的一样没有瑕疵，"从我们帝国有历史记载开始，王爵就有七个而且只有七个。老的王爵死亡了，才会有新的继承人成为王爵替补上去。王爵不会变多，也不会变少，永远都只有七个。王爵的继承人，被称呼为【使徒】，每一个王爵都有专属于自己的使徒。"

"他们每个人都那么厉害么？"

"那可不是，差得远着呢。王爵按照魂力区分，从【七度王爵】到【一度王爵】，魂力越来越厉害。而其中排位前三度的王爵，在他们成为王爵之后，甚至是他们成为王爵之前，我们几乎所有人都不知道他们是谁，他们长什么样子。他们几乎也没有在我们的国家里公开地出现过。在我还没有出生的时候，有一年，北之峡谷里的成千上万头魂兽不知道什么原因而集体失控了，那个时候，我娘见过【五度王爵】出来镇压那些魂兽。那也是我们家族历史上，见过的最高级别的王爵了。没有人知道王爵们的魂力究竟有多大，也没有人看过他们的魂兽是什么样子。"

"为什么没人看过啊？就连我都看过两个魂兽了，一个狮子，一个蝴蝶……或者是蝙蝠……我不知道那个东西是什么，我都没敢仔细看，太可怕了，那东西长着很多根黏糊糊的触须，别提多吓人了。"麒零小声对神音说，同时偷偷地瞄着莉吉尔，怕被她听到。

"一般魂术师的魂兽当然比较容易看到啦，我的魂兽也经常放出来的。但是王爵他们就不同了，一来他们本身就很少在世间走动，平时我们几乎没有机会能看见他们；二来他们的魂力高得可怕，几乎不会遇见什么紧急关头是需要他们释放魂兽才可以解决的。"神音说起王爵的时候，脸上是一种无限尊敬和崇拜的表情。

麒零看着她美若天仙的面孔，不由也跟着幻想王爵到底是什么样的人。想了一会儿，麒零突然想起来，问神音："姐姐你的魂兽是什么啊？"

神音抿着嘴笑了笑，说："还是别告诉你了，怕吓着你。"说完，她指了指刚刚凝结银白蛛丝网一般的地方，麒零突然想起了什么，脸色苍白地说："别放出来……我最怕那玩意儿了……"顿了顿，"那他们真的是这个世界上最厉害的七个人了啊？了不起！"

"嗯，应该说是我们亚斯蓝帝国最厉害的七个人吧。因为我们这块奥汀大陆是被分为东南西北四个国家的。我们是西方的水源亚斯蓝帝国，还有东方的火源弗里艾尔帝国，北方的风源因德帝国，和南方面积最大也最神秘的地源埃尔斯帝国。每个国家，都有七个王爵。应该说，他们二十八个人，是这片大陆上魂力的最巅峰。"

"对了，姐姐，你们说的那个冰貂到底是什么东西啊？"

"它是魂兽啊，如果你能捕获得了它，就可以让它成为被你的魂力驾驭的魂兽，无论是对敌作战还是差遣它去做别的事情，都会有很多帮助。而且魂兽的魂力一般都是比人的魂力要高的。说简单一点儿，你可以把魂兽当做我们的武器。而这一次的冰貂，因为是属于高级水元素魂力的魂兽，对于我们出生在亚斯蓝帝国的人来说，是非常好的魂兽。因为我们生长的这片领域，是水属性的大陆，我们天生具有的魂力对水的控制也最强。所以好多人都想得到它。但是没一点儿级别的人，根本就是来送死。"

"姐姐你不是有魂兽了么，那你还来？"

"我一点儿都不想要冰貂，是我哥哥神斯想要。"神音轻轻地吐了吐舌头。麒零看呆了。

"那你们干吗来这么多人啊？"

"冰貂也算挺厉害的魂兽了啊，虽然没有我的【织梦者】厉害，哈哈，"神音悄悄地靠近麒零，"别对我哥说，不然他又该生气了。捕捉魂兽是特别危险的事情，因为要释放自己绝大部分的魂力去吞噬掉对方的魂力，我说简单些吧，就是等于把你的灵魂赤裸裸地从肉体里释放出来，然后去吞噬对方的灵魂，这个过程一不小心，就容易被对方反吞噬了。那可就不好玩了啊……所以，一般我们都是集中把魂兽先攻击到垂死状态，然后趁它的魂力最弱的时候，去吞噬它，让它成为我们自己的魂兽。所以，我们今天等于是来帮我哥哥做围捕猎人的，我们负责攻击它到垂死，然后我哥再去吞噬它。"

"啊，原来是这样……"麒零似懂非懂地点点头。

漆黑的夜色里弥漫着一种湖水般的冰冷。

道路尽头的森林，在夜色中显示出一股骇人的寂静。深不见底的黑暗里，一阵一阵庞大的脚步声，像是巨大的鼓点，越来越近。

天上微微下起了小雪，开始只是一点点零星的雪花，在夜色里反射出星屑般的亮光，而一转眼，空气的温度就飞速地下降，整个小镇仿佛被拉扯着往一个冰川峡谷深处坠落，前一秒还是松软的泥土地面，下一秒钟就变成了结满了冰的坚硬冻土。

黑暗森林里，密密麻麻的冰雪用一种席卷一切的速度，轰然向前扩散着，吞噬一切般地冻结了天地间的一切。

这种灾难般的危险正朝着驿站风驰电掣而来，但里面的人，似乎没有意识到这一切，依然仿佛树洞深处安睡的松鼠，并未感觉到树洞外的暴雪。

　　"姐姐你还要喝水么？我去帮你拿。"麒零打了个寒战，看向窗外，好像起风了。他站起身，把开着的窗户关紧，转身从炉火里拿出一根燃烧着的木柴，走到墙边的壁炉旁，把里面的木炭点燃。屋子里的温度已经让人受不了了。"怎么会突然这么冷？这才只是初冬啊。"麒零拨弄着炭火，裹紧了衣领。

　　这时，一直离他们远远的窝在椅子里的莉吉尔，轻轻地站了起来，她甩了甩手，叮叮当当的手环撞击出音乐一样的声音来。她的瞳孔散发出冰蓝色的骇人光芒，脸上依然是那副又纯真又诡异的笑容，"哎呀，好像来了呢。"

　　说完，她轻轻地，一步一步缓慢地朝大门走去，大堂的角落里，一团模糊而氤氲的绿色光芒渐渐显露了出来，光芒里滚动着一些游窜的条形黑影，缠绕着，纠葛着。莉吉尔走过神斯旁边的时候，看了看他，然后微笑着说："那我先去了——"刚说完，她突然把手往后一甩，全身扭曲成一个极其古怪的像是飞鸟展翅起飞前的一个姿态，而下一秒钟，突然"砰"的一声巨响——

　　角落里那团巨大的暗绿色光芒里，巨大的骨蝶突然在空气里显形，森然的白骨伸展扩大，发出"咔嚓咔嚓"的骇人声响，一瞬间，它用尽全力振开自己的翅膀，"刷"的一声冲上了天空，完全张开翅膀之后，它就像一个笼罩在天空里的巨大幽灵，无数黏稠的绿色汁液，从它的翅膀上甩开，像是下雨一样。屋顶被撞出一个巨大的窟窿，撞破的房梁和瓦片，变成无数的木头碎片和瓦砾，纷乱地往下砸，麒零刚要逃，神音轻轻地抬手，指尖飞快而复杂地一动，他们头上"嗡"的一声就撑开了一面巨大的银白色丝网。所有碎片都砸在网上。

　　莉吉尔看着神斯，没有张口，却有冰冷的声音从她那张诡异笑容的脸上发出来，她说："哎，你看，我真是运气不好，遇见这么强的对手要和我抢冰貉，我只能先下手为强了啊。"

　　神斯冷冷地笑着，说："你知道就好。"

　　莉吉尔歪着头，呵呵笑着，目光里是欲言又止的复杂，她缓慢地走出了驿站。她走到门外，回过头，看着驿站里面神斯的背影，低低地梦呓一般自言自语地说："我说的对手，可不是你呢，我说的是在那边和小朋友聊天的那一只，我和她比起来，真正是怪物的，是她才对吧……"

　　房间里，正笑眯眯地和麒零说话的神音，仿佛感受到了什么似的，轻轻地把脸转过来，望着门外的莉吉尔，对她露出了一个迷人的微笑。

　　骨蝶莉吉尔离开之后，房间里只剩下神氏家族的人，和麒零。

　　坐在神斯边上的看起来年纪稍微大一些的一个女人，对神斯说："我们真的要让她先去么？"

神斯说："放心好了，就凭她一个人是没办法吞噬掉冰貉的。让她先去消耗掉冰貉的一些力量也好。"

麒零听到这里，本来对莉吉尔完全没有好感，这个时候突然觉得她有些可怜。而且也对面前的神斯产生了一些不好的印象，一群成年人，竟然要一个小女孩先去送死，怎么都显得太不道德了。麒零看着小小的十二三岁的女孩子的背影消失在门外道路的尽头，心里隐隐有了些不忍——当然，如果他抬头看到此刻正缓慢跟随着莉吉尔，在她头顶盘旋振翅的那个巨大幽灵般的骨蝶的话，又是另外一番感受了。

一盏油灯的时间之后，麒零实在受不了房间里的寂静了。可能是因为大家都在准备等一下的围捕，所以，连神音也不怎么说话了。

麒零刚想离开，突然一阵刺骨的寒冷从胸腔蔓延开来。他双脚像是失去力气一般，直接跌坐在椅子上。

一瞬间，整个屋子被白色的光芒笼罩起来，地面上一层薄冰，从门外蔓延进来，很快，就把整个地面冰冻了起来。

门突然"咣当"一声被风猛烈地掀开，莉吉尔不知道什么时候，已经站在门外面了，她的脸上是那种因为极度的兴奋而微微扭曲的笑容，看得人毛骨悚然。

空气里弥漫着一种介于弦音和蜂鸣之间的诡异响声，把耳膜刺得发痛，没有人知道这种声音来自哪里，仿佛地狱里发出的邀请，在勾人的灵魂。窗外的亮光越来越惨白，像是凄惶的世界末日来临一样。

她像刚刚离开的时候那样，一步，一步，走了进来，她轻轻地抬起左手，半掩着嘴，"呵呵，真是开心呢，今天……"她的目光从屋子里每一个人的脸上扫过去。

神斯一颗心突然坠了下来，他恨得咬紧了牙，"看来，我还是低估了你的魂力……今天算了，冰貉我不要了！"他猛地站起来，压抑着愤怒，准备走。

"哎呀，"莉吉尔诡异地笑着，"我还没说完呢。"

当神斯回过头看她的时候，他像是看见了最可怕的梦魇一样，惊讶得倒退两步。

而麒零，已经坐在椅子上动不了了。

骨蝶莉吉尔的右边肩膀到腹部，突然像是被无形的刀劈开了一样，就像是暴雨后滑坡的山体，她的右臂以及小小乳房部位的血肉，突然从身子上垮了下来，她的右半边腹腔里的内脏、肠子，也随着"哗啦啦"地流了一地。她的目光混浊，很明显她的生命力正在飞速地耗损消散，但她依然笑着，脸色惨淡如同金纸，"我高兴的是，呵呵……呵呵呵呵呵……"她腹腔里又滚出了两坨内脏，看不清楚是什么器官，"啪嗒啪嗒"掉在结冰的地上，空气里是让人窒息的血腥味，"我高兴的是……今天，大家都要死在这里了呢。"她的双脚，突然又断成了四五截，空气里突然闪过几道又薄又迅捷的亮光，随后莉吉尔整个人就像一堆碎块一样堆在地上。她长长的头发浸泡在她的血浆和内脏里，她的一颗头颅此刻堆在她尸体的碎片上，依然还在说话，看起来说不出地阴森恐怖，"来的不是冰貂……是【苍雪之牙】……我们得到的情报，都错了呀……"

说完，她的头从中间裂成了两半，两颗眼珠"啪啪"地爆炸出两朵璀璨的冰花。

神音和麒零在恐惧里僵硬地回过头，不知道什么时候，神斯的胸口，已经爆炸出了一堆巨大而璀璨的冰凌，仿佛汹涌盛开的食人花一样，锋利而坚硬的花瓣，从胸口拥挤而出，内脏和肠子，挂在钻石一般的冰雪上，冒着滚滚的热气，过了一会儿，就结成了冰。

『西之亚斯蓝帝国·心脏』

银尘上一次走进这个叫做【心脏】的巨大殿堂建筑时，是三年前。

三年过去了，这里依然没有任何的变化。高耸入云的尖顶，辽阔无比的中庭，高高的院墙仿佛巨大的山崖，将宫殿围绕其中，整个建筑修建在巨大的山峰上，看上去已经快要刺破蓝天的塔尖，牵引着无限魂力的磁场，仿佛隐形的雷暴。

这栋建筑，被称为帝都格兰尔特的心脏。它庞大而又诡谲地耸立在帝都的正中央山峰上。

它的方圆一公里之内，几乎没有任何的平民百姓。

所有的子民沿着山脚而居，整个城市也以心脏为中心，朝周围繁衍扩张。

它是皇室帝王居住的中心。它代表着格兰尔特最高的高度，它那几栋银白的尖顶，永远笼罩在云雾里面。偶尔有巨大的飞鸟从它的旁边飞过。嘹亮的神乐也来自于心脏顶端的钟楼，每天早晨，婉转的赞美诗般的旋律，都会笼罩整个格兰尔特。

但只有极少数的人知道，帝都真正的中心，是在这座心脏的地底。以地面为对称中心线的地下，有一座一模一样的倒立建筑在大地深处的宫殿。

而银尘，此时就在这个倒立建筑的最深处。

这个最深处的地方，叫做【预言之源】。

银尘站在空旷的大殿中间。周围都是萦绕着光芒的巨大墙壁，上面都是密密麻麻复杂而又巧夺天工的花纹雕刻，头顶是巨大的穹顶——虽然是倒立在地底深处，却依然有明亮的光线，从上面投射下来。这是这个心脏里凝聚的巨大魂力。

银尘走在大殿里，空间太过巨大，他的脚步声听起来带着幽然的回声，像是来自深深的峡谷深处。空气里庞大的寂静，有一种类似神迹般让人无法呼吸的凝重感。

而真正的神迹，则是此刻银尘所站立的脚下的地面。

一整块地面都是一面巨大的没有拼接缝隙的原始水晶，空旷的大殿地面，是由这样一整块巨大的水晶所充当的。没有人会怀疑这是神的力量，因为没有任何的人工力量，可以开凿制造这么巨大而完整的一块水晶地面。

仔细看的话，会发现水晶从表面到可见的深处，都镂刻着发亮的纹路，这些都是上古时代就传承下来的关于魂力的秘密。

而知道这些秘密的人，是这个国家唯有的三个【白银祭司】。

他们三个，似乎从这个大殿修建之时，就一直在这里——他们的生命是一个永恒的谜，没有人知道他们活了多久，也没有人知道他们什么时候就存在在了这里，也没有人知道为什么他们会一直被困在这个水晶里面。他们就是以这样一种让人觉得恐惧的方式千万年地存在着：

他们三个仰面躺在水晶的深处，位置在大殿的正中心，彼此的头对立在一起，形成一个三棱的花纹，他们本身，就是这个巨大水晶的一个刻纹——他们的身体被巨大的水晶体包容其中，他们的身上穿着一种独特的服饰，类似于战斗铠甲，但是又完全不是亚斯蓝的服饰风格。他们露出衣服之外的只有手和头部，但是，可能是经过太长的时间，他们的脸，看上去都像是水晶的一部分，透明的，没有瑕疵的，三张一模一样的像是用水晶做成的脸。他们双眼紧闭，没有任何的表情，沉睡在水晶的深处。谁都不知道这块水晶有多厚多深，在他们身体下面，一直看下去，光线就渐渐昏暗，最终变成一片漆黑的深渊。

两个男祭司，一个女祭司。

他们穿着高贵而又复杂的服饰，带着天神般的容貌，永恒地凝固在这块巨大的魂力水晶之中。

银尘走到他们面前，跪下来。

不知来自哪儿的声音，缥缈地充盈着整个大殿。

银尘低头凝听着，他知道这个神迹般的声音，来自三个白银祭司共同的魂魄。

"银尘，你现在脚下出现的这个地图，是在亚斯蓝帝国西边的一个叫做福泽的小镇。"

银尘低头看着自己脚下的那块巨大水晶，水晶地面之下，浮现出来一张由发亮的光线勾勒出来的地图，上面出现了几个蓝色的亮点，和三个血红色的亮点。

"银尘，我们需要你前往这个小镇，寻找一个叫做麒零的少年。他是最新的一个使徒。"

"好，我现在就去。"银尘抬起头，看着水晶深处沉睡着的三个祭司，又看了看地图上那三个正发出血红光亮的红点，他如同冰雪般冷漠而完美的脸上，露出了微微复杂的表情。他动了动他刀锋般薄薄的嘴唇，说："但是祭司大人，为什么，会有三个王爵出现在这个小镇上？"银尘的瞳孔像是白银一样。

"错了。银尘，你前往那里，那里只会有你一个王爵。这三个看上去具有王爵魂力级别的红点，一个是魂兽苍雪之牙，一个是你的使徒麒零。"

　　"还有一个呢，那个红点，"银尘望着沉睡在水晶里的祭司，一字一句地问，"它是什么东西？"

第二章

赐 印

无数尸体的碎块，
仿佛大爆炸般地四散在周围。
没有灯火。
整个小镇的生命和呼吸
仿佛都被鬼魅带走了。
森林包围的这座乡村，
此刻漆黑一片，
没有灯火，没有温度。
冰冷的黑暗里只有呼啸的暴雪。

『 西之亚斯蓝帝国·福泽镇外森林 』

月光像是水银般流淌在福泽镇的地表上。

只是，之前黄色粗麻岩石铺就的道路，现在已经是一片坚硬的银白色冰面了。道路上金斯和流娜的尸体被一簇一簇珊瑚般美丽的冰晶包裹着，他们的面容像是凝固在琥珀里，呈现着一种死亡阴影笼罩下的美。

而之前还是人声鼎沸的驿站，此刻沉浸在一片阴森的死寂里。地面、墙壁、回廊、庭院，全部被包裹成了一个冰雪的世界。四处都喷洒飞溅着鲜血和尸体碎片，散发着热气的内脏、肠子、血液……此刻也早就凝固成了冰。

无数尸体的碎块，仿佛大爆炸般地四散在周围。

没有灯火。整个小镇的生命和呼吸仿佛都被鬼魅带走了。森林包围的这座乡村，此刻漆黑一片，没有灯火，没有温度。冰冷的黑暗里只有呼啸的暴雪。

麒零的知觉仅仅残留着部分。耳边是呼啸的锐利风声，或者说，已经不是风声那么简单了，无数高频而又尖锐的蜂鸣弦音从耳膜上飞快地划过，传递进脑海里，变成一种撕裂的痛觉。身体上各个部位都传来刺痛，像是整个躯干和四肢都被无数刀刃划破了。眼前的一切场景，都晃动成拉长的模糊光线，麒零的视线在这种疾风般的高速里涣散开来，什么都还来不及看清楚，眼前只有一片混浊的光——感觉自己应该是被什么东西挟持着在高速地奔走，应该是某种怪物，肯定不是人，因为人不可能有这么快的速度。

停留在记忆里的，还是刚刚在驿站里的画面——尽管此刻的驿站，早已经变成了一座冰雪包裹下的阴森鬼域。当神音用银白的丝刃把自己卷裹着从驿站里拉出来逃命的时候，麒零刚好看见驿站里结冰的地面上，突然疯狂钻出冰面的几十株锋利冰雪晶体刀刃组成的藤蔓，它们肆意吞噬着那些魂术师的身体，它们像蛇一样钻进他们的头发，然后猛烈地撕开，几十条这样的冰晶巨蛇像是有生命的巨大怪物一般，把神氏家族缠绕包裹着，用锋利的冰凌尖刺，把他们卷裹着拖进梦魇般的恐惧深渊里。

几秒钟之前像是神祇般光芒万丈的银白色家族，在几秒钟之后，变成了一堆毫无还手之力的肉块，撕心裂肺的惨叫随着浓烈的血腥气一起扩散在空气里，从身后席卷而来。

麒零忍不住想要呕吐的感觉。

他的视线渐渐清晰过来，他看见自己正趴在神音的背上，而神音正以不可思议的速度，朝幽暗的森林深处逃跑，她那张精致而美好的脸，现在完全笼罩在恐惧的阴影里，嘴唇苍白，瞳孔锁紧成线。"你不救他们么……"麒零从喉咙里发出声音，神音没有回头，冷冷地说："救不了的，他们一定会死……"

当麒零适应了眼前飞快变化的场景之后，他才看清楚，自己是被神音用银白色的丝缠在她的身上，飞快地朝前逃跑，感觉像在飞一样。神音脸色苍白，咬牙用力地挥舞着右手，无数白色的光芒像是流窜的光线一样从她的掌心里喷涌出来，朝前面飞卷而去，缠绕在无数的巨大树木枝干上，然后神音用力一拉，巨大的力量就带着他们两个朝前飞掠。脚下的地面被飞掠而过的巨大气流卷动粉碎，留下一条深深的沟壑，不断轰然爆炸的声音一路划破森林，冲向光线越来越幽暗的深处。

而即使是在这样暴风般的速度之下，身后那种让人窒息般的恐惧感，依然没有摆脱，相反，是越来越近。麒零回过头去，远处一片迷蒙的风雪，鹅毛般的雪花在天地里肆意地舞动着，地面以一种不可思议的速度飞快地结冰，朝他们逼近，耳边是不断响起的冰面凝固的"咔嚓咔嚓"的声响，那团不断追赶而来的白色风雪里，是一个巨大的黑色影子。

周围的温度疯狂地下降，像是零度的死神不断地朝他们逼近。麒零手脚一片冰凉，他张开口，却发现已经没办法控制舌头说话了。他费力地从喉咙里对神音说话，到了口边，却只变成没有意义的沙哑的喊声，周围暴风雪的声音，迅速地把他的声音吞没。他的思维渐渐混沌一片，冰冻的寒冷正在把生命从他的躯体里扯出来撕成碎片。麒零的双眼渐渐地闭起来，他再一次地快要失去知觉了。

"再快一点儿，再快一点儿，我不想死啊……"他听见神音的声音，像是被人攫住了喉咙发出来的一样，充满了瘆人的恐惧。

神音可以精确地感应到自己身后的魂兽所散发出来的庞大魂力，那就是轻而易举地就杀死了莉吉尔和自己家族所有人的苍雪之牙，像是压倒性的海潮一样的魂力从背后冲刷而来。她知道自己不可能会赢。她只有逃。

魂力释放到了极限，无数银白色绸缎一样的丝线一股一股地从她身体里以光芒的形式爆炸出来，疯狂朝前方风驰电掣着，拉动着他们朝前飞掠。而当她内心还存在着侥幸、期待着可以从这场浩劫里逃出生天的时候，她看见了森林尽头拔地而起的山体。

"不……"

她绝望地站在原地，看着眼前的绝路，而身后是已经逼近了的怪物。

神音恐惧而僵硬地转过身来，她看着已经从自己的后背摔倒下来的麒零，此刻已经仰倒在地面上意识混浊，他英俊的脸上是一层薄薄的白色寒霜，挺拔的眉毛上结满了冰花。看上去，几乎已经处于死亡的边缘。

神音抬眼看着森林深处渐渐逼近的一团混沌旋转着的风雪，咬了咬牙。

"如果一定要这样的话……"

天空上乌云急速卷动而过，轰隆作响的雷声在天空上厚厚的云朵深处不断爆炸着。

如果此刻从幽蓝的夜空上俯瞰的话，这片笼罩在暴风雪里的巨大森林，每一棵参天大树之间，都被扯上了密密麻麻的手腕粗细的结实白丝，错综复杂地，把幽暗的森林编织成了一张散发着死亡气息的捕食者之网，如同巨大的蜘蛛在大地上留下的一个白色的死亡陷阱。

浓密的树影里，不时有幽幽的光晕在各处此起彼伏地亮起，然后又神秘地消失，像是黑暗里无数双巨大的瞳孔。

神音压抑着胸口里像是怪兽一样呼之欲出的恐惧感，用颤抖的瞳孔，盯着渐渐逼近的那团风雪。

——不要怕，只要调动起全身的魂力，感应对方的速度，不会死的……

——每一根丝线都能替我精准捕捉对方魂力的流动和变化，只要静下心来感应，可以做到提前预知对方的攻击的……

——不想死……不要死……没有关系的……

——没有关系，实在到了万不得已的时候，我还可以……

神音渐渐压抑下自己心里的恐惧，慢慢闭上眼睛。她把魂力从身体里释放出来，像是流水一样，沿着白丝汩汩流动，让魂力均匀地依附在每一寸交错分割的网上。黑暗里所有细微的变化，所有攻击的企图，所有魂力的流动，都通过那些蛛丝传递回她的身体。她仿佛突然变成了一只巨大的怪物，将白色的神经布满了整个森林，现在，整个森林都是她庞大的身躯。

"来了！"她的眼猛然睁开。

在还来不及作出任何魂力回应的瞬间，她只能看见面前像是闪电般穿刺过来的五根锋利的巨大尖爪，如同可以无限伸展的利刃一样，笔直地射穿了她的身体。她整个人被巨大的冲击力穿刺着，朝身后的山崖撞去，轰然一声爆炸，岩石四处激射，尘埃弥漫一片。

——明明提前感受到了，却躲避不了的速度……

天地恢复一片寂静。

尘埃缓慢地落定了。陡峭的山面被神音的身体砸出了一个幽深的坑洞，洞穴的门口，神音丝绸般的黑色头发从洞里倒挂出来。无数冰块碎裂的声音在空气里响起。无数尖刀般锋利的冰雪藤蔓，缓慢而又扭曲地生长出来，填满了那个洞穴，看上去像是它们拥挤着从山崖里刺穿出来，顶破了岩石，把水晶一般的锋利锐芒暴露在了空气里。一簇一簇冰晶之间，是神音死气沉沉的被血液浸泡得黏稠的发丝。

麒零躺在地上，用涣散的瞳孔看着身后倒立的画面，看着神音被那些疯狂的冰雪藤蔓渐渐吞噬掩埋，看着那个洞穴最终被无数冰凌交错填满。

而同时，无数尖利的冰刺从他身体周围的地面破土而出，用一种迟缓的速度，带着傲慢的姿态，一点儿一点儿地刺穿进他的身体，一圈一圈地把他捆绑起来，然后渐渐勒紧，每一个冰刃上又爆发出无数个更尖利的冰刃。脚踝、大腿、手臂、胸膛、小腹，锋利的冰刃密密麻麻地撕扯开他的肌肉，把极度的寒冷像是毒液般注射进他的身体，痛觉变成一种麻木感，失去温度的血液倒流着充满了整个胸腔，窒息般地压迫着心脏，口中是喷涌而出的血腥液体。

失去意识前的最后一个画面，麒零看见自己面前，那只巨大的、毛茸茸的怪兽的爪子。上面淋漓的鲜血，被月光照出幽幽的绿色来。

它冲着自己高高举起，巨大的尖爪遮挡了皓白的月亮，阴影里，闪电般的光亮飞速地划下。

『西之亚斯蓝帝国·港口城市雷恩』

莲泉走进雷恩市的时候，日正当午。碧空如洗，蔚蓝的天壁如同平静的大海一样纯粹。偶尔有白色的海鸟在天空上发出响亮的鸣叫，被风吹得更远。

空气里是港口城市特有的海洋味道，咸咸的空气加上灿烂的阳光，让人的心情愉悦。雷恩处在亚斯蓝的西南面，在这样的季节里，亚斯蓝大部分地域都已经进入了初冬，而雷恩依然仿佛笼罩在温暖的春日里。

生活在这样的城市里，似乎每一个人的心情都很愉悦，无论是出海归来的渔夫，还是铁匠铺里的工匠，每个人脸上都绽放着和天空一样开朗的笑容。然而莲泉的脸上却没有丝毫笑意。她从小到大就几乎没有笑容，所有人都觉得她太过严肃了，生命了无趣味。

作为亚斯蓝帝国的第四大都市，雷恩一直扮演着帝国出口咽喉港口的角色。无数的海运船只，都经由这个港口，卸货，载货，重新起航。

这个城市的居民，也一直安居乐业，并且生活富足。渔业和运输业，是这个城市的支柱。

但雷恩一直有一个秘密。

这个秘密是所有魂术师之间所共知的。那就是，它是【魂塚】的入口。

莲泉就是为魂塚而来的。

她刚刚走进恢弘的城门不久，就听见城外远处一阵喧闹的声音。她转过身皱起眉头，刺目的阳光下，一队马车从白色的街道上飞快地奔驰过来。两边的摊贩行人纷纷避让，所有人都小心翼翼低头做人，彼此心照不宣。

应该是城里哪个显赫的贵族吧。

莲泉把面纱蒙起来遮住半张脸，往路边站了站。

车队飞快地从远处驶来，马蹄踏在白色大理石的街道上，发出响亮的声音。道路的中央，一个行动迟缓的年老妇人，正在弯下腰捡起她因为惊吓而打翻的篮子，而车队正朝她飞快地奔驰过来。

周围的人还来不及救助，甚至老妇人都还维持着那个佝偻弯腰的姿势，下一个瞬间，砰然一声，老妇人的身体就像是一枚枯萎的落叶一样，没有重量般地从地面飞起，然后轻飘飘地抛离出去，撞在道路边的城墙上，黏稠的鲜血在烈日下，很快就凝固了。

莲泉的眼睛从面纱上方露出来，皱着眉头望着老人趴在墙角一动不动的尸体和飞快离去的车队——他们丝毫没有任何的停顿和迟疑，似乎撞到的只是一个箩筐或者一把椅子。一些旧的记忆画面在脑海深处闪动起来，和面前的影子重叠在一起。

车队在远处两百米的地方停下。

高大的白色岩石修建而成的宫殿，大门口已经站满了迎接车队的护卫和侍女。

莲泉动了动步子，身影在烈日下晃动了几下，再一闪，就站在了车队的面前。

当马车里的人撩开沉甸甸的华贵垂帘时，他看见了站在马前的莲泉。车里下来的男人用冷漠的眼神看了看她，然后轻蔑地把目光移开，从牙齿间轻蔑地吐出两个字："滚开。"

莲泉没有动，似乎也没有看到身后朝她走来的、拿着沉重狼牙棒的壮硕武士。

车里的男人半眯着眼睛，而下一秒钟，莲泉身后的那个武士用力地挥舞起黑铁打造的狼牙棒，如同野兽一般朝着莲泉的脖颈处死命地打下去。

骨头碎裂的声响和尖刺插进血肉的混浊声。

莲泉的身体"砰"的一声飞出去，坠落在十几米远的地面，在岩石的地面上翻滚摩擦着，摔出去好远。

周围的市民全部低着头默不做声。大家都悄悄地用眼角的余光打量着一动不动倒在道路中央的莲泉。

车上的男人慢慢地下车来，他华丽长袍上点缀镶嵌的白银滚边和肩头襟花，在烈日下反射出耀眼的白光。

他不急不缓地走到莲泉身边，抬起脚，用脚掌把她的脸翻过来对着自己。他对莲泉说："有没有人告诉过你，我们是雷恩的第一魂术世家？"

"第一魂术世家啊……那可真是……帮了大忙了……"莲泉从地上缓慢地站起来，因为刚才的重击和坠落，将她的脖子、脊椎、关节都打得变了形。她站直了身子，不急不缓地扭动着脖子、胳膊、腰肢，像是在把支离破碎的身体重新组装起来，骨骼关节诡异地扭动着，发出"咔嚓咔嚓"的声音来，令眼前的场景说不出地诡异。

男人的眼睛里闪出一丝疑惑，"你说什么？"

"我是说，"莲泉最后把脖子一拧，像把一根巨大的楔子插进了木槽一样，"你会魂术，真是帮了大忙了，因为我曾经发过誓，绝对不杀不会魂术的人。"

"开什么玩笑！"男人的瞳孔瞬间收紧，杀气砰然将他的长袍鼓舞起来。

而莲泉连出手的机会都没有给他，她双手朝天空一举，那个男人的躯体就像是被一双无形的巨手攫住一般，朝天空高高抛起。而同时，莲泉优雅而不急不缓地，伸出手凌空对着远处路边一个水池里，轻轻地抓了抓，于是，无数颗滚圆的水珠从水面破空而起，朝她飞了过来，她把手背一转，五指朝着天空上那个男人用力地一甩——

那些珍珠般大小的水珠，以一种雷电般的速度朝那个男人射过去，一连串"噗噗噗"的声响，是水珠穿透那个男人身体的声音。无数滚圆的水珠像是坚硬的钢铁一般，围绕着他的身体疯狂地旋转，反复地穿射，如同一群疯狂的昆虫，密密麻麻地围着他，反反复复，将他的身体射出了无数的窟窿。漫天飞洒着细密的红色血雾，纷纷扬扬，如同红色的尘埃沾满了周围高大的白色石墙。

砰然一声，他的尸体坠在了地面上，那些饱含了他鲜血的水珠此刻已经变成无数赤红的颗粒，像是吸饱了血的一颗一颗虫子，幽幽地悬浮在他身体上方几米的距离，莲泉依然没有表情，但是眼睛里淡然的光，看起来像是满足了的样子。她轻轻地挥了挥手，于是那些赤红的血珠纷纷碎裂开来，化成大大小小的雨滴，"哗啦"淋在他的身上。

他身体上成千上万个窟窿里，有更多黏稠的血浆汩汩地涌出来。

莲泉走过来，在他边上蹲下来，轻轻地摘下面纱，那个男人的眼神像是看见了最可怕的怪物一样。

海风把莲泉的头发吹起来，阳光下，她耳朵下方脖子上的那处印痕，清晰可见。

"第五……【爵印】……"男人含满鲜血的口中发出模糊的声音，"你是……"

莲泉的脸上依然没有任何表情，她点点头，看着面前快要死了的男人，认真地说："对，我就是鬼山莲泉，第五使徒。"

『 西之亚斯蓝帝国·福泽镇外森林 』

睁开眼睛的时候，天已经非常明亮了。白云像是洁白的丝绒，一根一根紧贴着布满湛蓝的天空。阳光从茂盛的树冠缝隙中间摇晃着投射下来，在身边形成一个一个游弋的光斑。风带着树叶的清新香味，在空气里被阳光加温。寒冷的冬天像是退进了遥远的森林深处，此刻，福泽仿佛进入了雪化后的暖春。

一切都很美好，而昨夜那场如同噩梦般的杀戮，像是从来没有发生过一样。

麒零被光线刺得眼睛发痛的同时，猛然坐起来，下意识地按向自己的胸口。奇怪的是，昨天晚上被那些锋利的冰刃刺穿的胸膛完全没有任何的痛觉，他撩起袖子和裤管，发现手脚也没有任何的伤痕。

那神音……

他突然回过头，看向陡峭的山壁。那个被砸出来的洞穴依然在，但那些疯狂生长的冰晶全部消失无踪了。麒零爬起来，动作迅捷地爬上山崖，一边攀爬一边感觉到身体的变化，非但不像一个刚刚从死亡边缘挣扎回来的人，反而像是有用不完的力气。但他爬上去之后，发现洞穴里空空的，没有任何东西。

但是昨天自己明明看见神音被几道发亮的闪电击中，砸出这个洞穴的啊。而且里面明明填满了利刃般的冰凌尖刺。但现在只有一个空空的洞穴，麒零抚摸着洞穴边缘的石块，发现划痕都是崭新的，证明昨天自己并不是幻觉，这个洞确实是刚刚被砸出来的。

他失望地重新回到地面之后，抬起头发现了一直坐在离自己不远处的银尘。

银尘坐在一棵巨大的古木暴露在地表之外的根系上，那条黑色的树根从地面凸起，悬空爬行了一段距离，又重新钻回地面，仿佛一段拱起的桥，足足有一人合抱粗细。

星星点点的光斑在巨大的绿色树冠上摇碎了，投射到他的脸上。他的面容在明亮的光线里看起来如同冰雪雕刻般的精致，但同时也透着一股森然的冷漠。他身上的长袍在空气里以一种缓慢而神奇的方式，云一般地浮动着，把他衬托得格外神秘而吸引人。他把手中的一卷羊皮古书收起来，抬起头朝麒零看了一眼，然后冷冷地说："走吧。"

"走？走去哪儿啊？"麒零把手放在后脑勺上，完全不知道他在讲什么，"先生，我刚睡醒，脸还没洗呢。"

"跟我走就是了。慢慢和你说，现在一时半会儿，也说不清楚。"

"那是你救了我吗？我昨天记得自己好像是被几把刀给切开了……"麒零挠了挠头，仿佛自己也觉得这个形容有点儿怪异，"你是医生吗？"

"……我不是医生，"银尘低下头，揉揉自己的眉毛，表情看起来有点儿怒，"我来的时候，你就是躺在那里睡觉的。"银尘深吸了口气，恢复了冷漠的面无表情。

"这位先生，我之前真的是快要死了……"麒零想了想，不知道怎么跟他解释，毕竟不是每一个人都相信有魂兽或者魂术师这种事情的，于是换了话题，"你来的时候有看见那个坑洞里，就那边，里面有一个姐姐么？大概比我大两三岁，长得非常好看，你有看见她么？"

银尘看着面前这个少年，目光是死水一般的沉寂，"没有看见。"

银尘站起来，朝麒零走过去，"跟我走吧，去格兰尔特。"

"格……格兰尔特？"麒零吓了一跳，"你要带我去格兰尔特？为什么啊？我还要赶回驿站去，不知道那边怎么样了，如果不回去，老板娘肯定要骂死我，而且我从小到大都生长在这里，我的人生还没有……"

麒零还没有说完，就突然感觉整个口腔里都是冷得刺骨的冰碴，他哇啦哇啦几口吐出来，舌头都麻木了。

"吵死了。"银尘半眯起眼睛，揉了揉耳朵，做出了一个惬意的表情，仿佛在享受此刻的宁静。他回过头来，一双清澈的眸子在光线下仿佛宝石，他对着麒零说："从你成为使徒的这一天起，你以前的人生，都不具有任何意义了。"

"什么……是……使徒啊？"麒零用冻得不听使唤的舌头含混地问。

银尘的瞳孔渐渐缩小，他一步一步逼近麒零，周围的树干上突然结满了寒霜，空气里是肆意流动的寒冷气旋，"你问我，什么是使徒？"银尘站在麒零面前，盯着他的眼睛，"你到底是什么人？"

"我……"麒零看着眼前面罩寒气的银尘，之前刺骨的恐惧再一次席卷上来。

"你从来没有听过使徒是什么？"

"没听过……"

"那你会魂术么？"

"不会……"

银尘看着面前这个英气逼人，但依然没有完全脱去稚气的少年，他的表情充满了恐惧，但却没有心虚。很明显，他说的都是实话。

银尘的瞳孔重新放松下来，身边树干上的冰霜化成白气，消失在温暖的阳光里，他叹了口气，不知道白银祭司到底在想什么，感觉像和他开了个玩笑。也只能把他带回格兰尔特，亲自问白银祭司了。

"你……你会杀我么……"麒零半个身子躲在一棵树后面，他的手指抓着树干，紧张地问。

一丝像是泉水般温柔而清澈的感觉，在银尘心口流动而过。仿佛非常遥远却又熟悉的感觉，他轻轻地笑了笑，眉眼舒展开来，英俊极了。他露出整齐洁白的牙齿，用好听而温柔的低声，对麒零说："放心，不会的。我不会杀你，我会保护你。"

『西之亚斯蓝帝国·港口城市雷恩』

莲泉找了家旅店住下，她坐在床上，在黑暗里闭着眼睛沉默。

床头放着店家配送来的铜灯，她也没有点燃，黑暗里她的脸依然没有表情。

窗外浑圆的月亮高高地悬挂在大海之上，从窗户向外看，海面在夜色里波光粼粼。

一股透明的涟漪在空气里波动着。

像是感应到了什么一样，莲泉在黑暗里睁开眼，她的身体突然寂静无声地爆炸出一层幽绿的烟雾，像是被风吹散一般，瞬间就扩散消失在了窗外的黑暗里。

时间在死寂的黑暗里缓慢地流逝着。

"看起来这一次……"莲泉低声地说，"来了个不得了的怪物呢……"

月光把通往雷恩城门的大道照得一片银白，道路边两排有雕刻着各种神兽的巨大石柱，也有盛放着饱满花朵的白色大理石砌成的花坛，沿路零星装点着喷泉，这些都象征着雷恩的繁华和富饶。

此刻，几声叮当作响的清脆之音，在深夜里听起来温柔悦耳，声音从城外传来，渐渐地朝雷恩城逼近。

『西之亚斯蓝帝国·福泽镇外森林』

"我们也不用去福泽镇了，那里已经……"银尘停了停，然后继续往下说，"我们直接从这里出发，去雷恩港口坐船，那是去格兰尔特最简单也最快的方法。"

跟在银尘身后的麒零，呆呆地点了点头。他抬起头望向村庄的方向，那边一片漆黑，夜色里什么都看不出来，但是他记得自己从驿站逃出来时的场景，四处飞溅的鲜血，散落各地的内脏，想到此处，他的脸上浮现出悲伤的神色来。

银尘看着自己面前的麒零，轻轻地叹了口气。

当银尘刚刚赶到福泽的时候，他甚至以为自己来晚了，从村口的驿站一直到村落里面，四处都是拔地而起的大大小小的尖锐冰柱。有些冰柱上直接刺着一个人的尸体，有些冰凌上，挂着几副血淋淋的脏器，整个城镇就像是被恶魔咬碎了的恐怖地狱。他感应着空气中残留的魂力轨迹，一路追到镇外的森林深处，然后看见了安静地躺在地上熟睡的麒零。

长江文艺出版社北京图书中心·上海最世文化发展有限公司

重点书目：

名家名作

书名	作者	价格	书名	作者	价格
《妄谈与疯话》	六 六	22.00元	《后寓言：〈狼图腾〉深度诠释》	李小江	39.00元
《偶得日记》	六 六	20.00元	《结婚进行曲》	赵 赵	20.00元
《蜗居》	六 六	25.00元	《新狂人日记》	王 朔	25.00元
《手机》新版	刘震云	25.00元	《大校的女儿》	王海鸰	24.00元
《一地鸡毛》	刘震云	23.00元	《读史记》	王立群	26.00元
《我叫刘跃进》	刘震云	25.00元	《高地》	徐贵祥	25.00元
《一句顶一万句》	刘震云	29.80元	《武训大传》	瞿 旋	30.00元
《鲁迅回忆录》	许广平	32.00元	《精变》	泊 尔	26.00元
《非诚勿扰》	冯小刚	22.00元	《教授》	邱华栋	25.00元
《失控》	张 震	25.00元	《大国的较量》	吴海民	28.00元
《荣宝斋》	都 梁	36.00元	《天瓢》	曹文轩	25.00元
《狼烟北平》	都 梁	30.00元	《咏远有李》	李 咏	25.00元
《血色浪漫》	都 梁	36.00元	《岁月与性情》	周国平	20.00元
《狼图腾》	姜 戎	32.00元	《官场逗》	宫小桃	20.00元
《狼图腾》英文版	姜戎/葛浩文	96.00元	《窗边的男孩》	安德里亚·怀特	22.00元
《女人心事》	万 方	23.00元			

名人励志

书名	作者	价格	书名	作者	价格
《如果爱》	冯远征/梁丹妮	22.00元	《相信中国》	梁 冬	20.00元
《幸福深处》	宋丹丹	22.00元	《我的诺曼底》	唐师曾	29.00元
《墨迹》	曾子墨	22.00元	《我的世界我的梦》	姚 明	25.00元
《心相约》	鲁 豫	22.00元	《时刻准备着》	朱 军	25.00元
《忏悔无门》	王春元	26.00元	《我把青春献给你》新版	冯小刚	26.00元
《印记》	傅彪/张秋芳	22.00元	《两生花》	沈 星	22.00元
《潘石屹的博客》	潘石屹	26.00元			

实用指导

书名	作者	价格	书名	作者	价格
《从头到脚说健康》	曲黎敏	29.00元	《黄帝内经·生命智慧》	曲黎敏	29.00元
《从头到脚说健康2》	曲黎敏	29.00元	《从字到人：养生篇》	曲黎敏	28.00元
《黄帝内经·胎预智慧》	曲黎敏	29.00元	《股民基民常备手册》	陈火金	29.00元
《黄帝内经·养生智慧》	曲黎敏	29.00元			

以上图书，欢迎到各大书店购买。
咨询电话：010—58678881转1362/1361/1368/1358/1369/1366/1367/1363

长江文艺出版社北京图书中心·上海最世文化发展有限公司

重点书目：

青春文学

书名	作者	价格	书名	作者	价格
《小时代1.0折纸时代》	郭敬明	29.80元	《大梦》	猫某人	19.80元
《小时代2.0虚铜时代》	郭敬明	29.80元	《当我们混在上海》	叶阐	26.80元
《悲伤逆流成河》百万黄金纪念版	郭敬明	25.00元	《单人床上的忏悔》	叶阐	26.80元
《幻城》2008年修订版	郭敬明	23.00元	《浮世德》	陈晨	24.80元
《N.世界》	年年/郭敬明	38.00元	《薄暮》	林培源	21.80元
《夏至未至》2010年修订版	郭敬明	26.80元	《锦葵》	林培源	24.80元
《临界·爵迹Ⅰ》	郭敬明	19.80元	《回声》	蒲宫音	19.80元
《收纳空白》	年年	36.00元	《远歌》	蒲宫音	22.80元
《琥珀》	年年	29.80元	《光月道重生美丽》	自由鸟	19.80元
《告别天堂》2010年修订版	笛安	22.00元	《羽翼·深蓝》	自由鸟	22.00元
《西决》	笛安	22.80元	《白色群像》	肖以默	22.00元
《东霓》	笛安	26.80元	《迷津》	萧凯茵	24.80元
《须臾》	落落	24.80元	《燃烧的男孩》	李枫	24.80元
《不朽》	落落	22.00元	《直到最后一句》	卢丽莉	24.80元
《尘埃星球》2009年修订版	落落	22.80元	《沙城》	雷文科	22.80元
《年华是无效信》2010年修订版	落落	24.80元	《恋爱习题与假面舞会》	爱礼丝	22.80元
《全世爱》	苏小懒	19.80元	《微光世界》	小皇	36.80元
《全世爱Ⅱ·丝婚四年》	苏小懒	22.80元	《童年是孤单的冒险》	简宇	22.80元
《四重音》	消失宾妮	22.80元	《蒹葭往事》	林汐	22.80元
《馥鳞》	消失宾妮	22.80元	《第四人称》	陈龙	22.80元
《任凭这空虚沸腾》	王小立	22.80元	《草样年华1》	孙睿	22.00元
《陪安东尼度过漫长岁月》	安东尼	19.00元	《草样年华2》	孙睿	18.00元
《这些都是你给我的爱》	安东尼	24.80元	《我是你儿子》	孙睿	23.00元
《第一届THE NEXT文学之新新人选拔赛作品集上》				郭敬明主编	29.80元
《第一届THE NEXT文学之新新人选拔赛作品集下》				郭敬明主编	29.80元

原创漫画

《青春白恼会VOL.1恋爱零突破》《青春白恼会VOL.2少年相对论》	千鹰/阿敏/爱礼丝	10.00元/册
《青春白恼会VOL.3高校大作战》《青春白恼会VOL.4摇滚特工队》	千鹰/阿敏/爱礼丝	10.00元/册
《青木时代VOL.1》《青木时代VOL.2》《青木时代VOL.3》	陌一飞/郭敬明/猫某人	14.80元/册
《下垂眼》	王小立	10.00元
《王牌大助理》	阿敏/小叶/小青/meiyou	26.80元

《最小说》杂志系列：2010年改为月刊。

《最小说》+《最漫画》	郭敬明主编	15.00元

青春励志

书名	作者	价格	书名	作者	价格
《年轻的战场》	张杨	22.00元	《靠自己去成功》	刘墉	16.00元
《成长·成功》	刘墉	16.00元	《告诉世界，我能行》	卢勤	18.00元
《跨一步，就成功》	刘墉	16.00元	《告诉孩子，你真棒》	卢勤	16.00元

他闭上眼睛,所能感应到的,也就只剩下面前的麒零身上传来的魂力了。之前在预言之源看见的三个红点,为什么只剩下了麒零一个人,他也不清楚。

银尘看着悲伤的麒零,慢慢朝他走过去,冲麒零伸出手。

麒零没有说话,但是他的瞳孔颤抖着,很明显感觉到了恐惧。

银尘轻轻地靠近他,说:"别怕,我不会伤害你。"银尘抬起手放到他的脸上,指尖轻轻地靠近他耳朵后面的头骨。"可能会有一点点刺痛的感觉,但没关系的,你忍一下。"

银尘的指尖扣紧了麒零后脑勺的头皮,几丝寒冷的力道仿佛锋利的针一样,闪电般刺进麒零体内,疯狂窜进自己后脑的寒冷触感,让麒零的心瞬间就被恐惧抓紧了。

但真正恐惧的人,是银尘。

当他把用于感知的几丝魂力刺探进麒零的身体时,他发现自己刚刚释放出来的魂力在进入麒零身体的瞬间就消失得无影无踪了,而相比起来,麒零身体内部蕴含着的魂力,却像是一望无际的汪洋,肆意翻滚着滔天的巨浪。

银尘终于确定,麒零就是白银祭司让自己寻找的使徒。

银尘叹了口气,看着自己面前仿佛一张白纸的麒零,瞳孔里是别人无法猜测的神色。

不过也好,比起要重新改变一个已经学了某些不地道的魂术的人来说,麒零这样的人,反倒可以从一个最纯粹的起点开始。

银尘刚想把手放下,突然,他像是感觉到了什么一样,手指重新释放出一波加重的魂力。"别动。"银尘低声呵斥道。麒零本来就害怕,看着面前突然表情肃穆得像是看见了恶魔一样的银尘,更加心里没底。

银尘骇然地收回手,脸上的表情苍白而凝重。他难以相信刚刚几秒钟内发生的事情,如果非要准确一点儿说,那就是自己的那些魂力,如同被一个无法估计体积的巨大怪兽吞噬了,而且就是一瞬间的事儿。更可怕的是,如果银尘是抱着伤害麒零的意图使用了大量的魂力,或者说没有及时收回的话,也许此刻毫无防备的自己身体里的魂力,已经被瞬间吞噬大半了。

"你身体里面……到底有什么……怪物……"

麒零的脸色苍白,完全不知道银尘在说什么,但是,他从银尘恐惧的脸上,知道发生了非常可怕的事情。

『西之亚斯蓝帝国·港口城市雷恩』

莲泉站起来,走到窗口,然后朝外面用力一跃,整个人像一只黑色的苍鹭一样高高地飘向夜空。她纯黑色的长袍在月光下反射出一种鬼魅般的光泽,衬托着天空里的月亮和脚下波光粼粼的蓝黑色海面，看起来就如同一只飞掠过空中的暗夜幽灵。

一个朦胧的白色影子在天空里，从她的身后无声地飞掠而过。

莲泉在空中转了个方向，然后"嗖"的一声朝那个白影追了过去。

辽阔壮丽的大海被远远抛在了身后，动作快如流星的一黑一白两个身影，在无数教堂和宫殿的尖顶之间拉动起模糊的光。

"你想死，我就成全你……"鬼山莲泉露在长袍外面的手臂和脖子的肌肤上浮现出了无数个交叉十字图案的金黄色发亮的纹路，庞大的魂力翻涌成巨浪，天空里一声轰隆的闷响，一个庞然大物瞬间在天空里显形。漆黑的巨大倒影，顷刻间投射覆盖了脚下的城市。那是一双如同山脉般庞大的羽翼，无数银白色的羽毛在夜空里发出刺眼的白光，锐利的鸣叫像利剑般划破夜空。

鬼山莲泉站在【闇翅】羽翼丰满的双翅之间的背上，纹丝不动，风把她的长袍吹得翻滚不息，她的魂兽闇翅载着她，朝前方那个白色的影子无声无息地飞掠而去，从地面往上看去，天空里像是飞快移动着一座庞大的悬浮着的冰雪岛屿。

『 西之亚斯蓝帝国·福泽镇外森林 』

"别动。"银尘按住麒零，让他站直了不要动。

银尘伸出手，把麒零的衣服解开，露出少年结实的胸膛，"你要……干吗……"麒零的表情有点儿尴尬。

银尘没有答理他，只是轻轻地把五根修长的手指按在他的胸口，银尘闭上眼睛，把更多的魂力注入麒零的身体。因为他刚刚感知到的麒零身体里的东西，让他完全不能相信那是真的。如果刚才不是自己的错觉，那么这个少年身体里究竟隐藏了多少秘密？

而在下一个瞬间，银尘猛地感觉到随着手指渗透进少年身体里的五股魂力，像是被一个巨大引力的黑洞吸食着一样，把自己朝无限的深渊里拉扯。他刚要把手从麒零胸膛上移开，就突然感觉到，五道快如闪电的魂力，像是扭动的蛇一般，缠绕着自己原来的魂力，从麒零身体深处，突然疯狂地朝自己逆向反噬而来。

"嗖"的一声，银尘朝后面倒跃而出，整个人像一只无声的飞鸟一瞬间蹿上高高的树冠，然后在空中翻了个身，在离麒零一百米的地方，轰然一声坠落下来。爆炸一般的巨响，尘埃飞扬，烟尘中间，银尘单脚跪在地上，他膝盖下的地面裂开了无数条缝隙。

他抬起头，看见远处的麒零，笔直地朝后面倒下去。

胸腔里翻滚着的气浪，如同沸腾的水，却又是极度的寒冷，难以形容这种荒谬的错觉，对，就是沸腾不休的寒冷，像是无数尖刀利刃飞快地在身体内部游窜切割着，所有的经脉和肢体，都在这些利刃之下，千刀万剐，分崩离析，肢解破碎成了碎块，成了粉末，成了黏稠的液体，最后化成了空气。整个人的身体都不存在了。

麒零的意识混沌一片，无数股纠缠的力量在他的身体里肆意流动，像是洪荒时候的大地，无数水流从四处会聚而来又重新离散而去，他被幻觉笼罩的视线里，是黑暗中流动的无数金色光河，密密麻麻的像是一团庞大的根系，而身体里所有的动脉静脉甚至毛细血管，全部被这种金光填满膨胀开来。

"我要死了……"麒零痛苦地在喉咙里发出微弱的声音。

当麒零再次睁开眼睛的时候，周围一片漆黑，只有树干与树干之间飘浮着不知道是什么东西的金色碎光，也许是飘浮着的萤火虫吧。

他挣扎着撑起身体，刚才那种身体爆炸撕裂成碎片的感觉消失不见了，痛觉像是从来都没有存在过一样。

他转过头，看见坐在身后的脸色苍白的银尘大口地喘着气，看上去快要虚脱的样子。

"你……没事吧？"麒零跑过去，在他面前小心翼翼地蹲下来。

"没事，"银尘苍白的脸，在月光下看起来仿佛一碰就要碎的薄玉般完美无瑕，"本来应该带你回到格兰尔特再进行【赐印】的，但是刚才如果不这样，你就没命了……"一口气说完这么多，银尘停下来，脸色更加白。

麒零隐隐可以看见他从领口处露出来的脖子和锁骨肌肤上，那些流动的金色回路，和刚刚自己失去意识时看见的那些金色光河一模一样。不知道为什么，银尘脖颈间被这些金色回路照耀得发光的皮肤，充满了一种迷人的感觉，像是某种强大的力量，或者某种美到极限的神迹，在对麒零召唤，想要靠近，想要拥有……一种迷幻而错乱的感觉，混乱了麒零的气血，他压抑着胸口涌动的急促呼吸，猛地摇了摇头。

银尘看着面前的麒零，似乎全都了然于胸，他冲麒零挥挥手，虚弱地说："你现在刚刚被赐印，你得……离我稍微远一点儿……"

"为什么啊？"麒零的脸红通通的，望着银尘。

"因为……你现在会觉得我……怎么说呢，很'迷人'？"银尘歪着脑袋，似乎也非常痛苦地才找到了这么个形容词。

"哈？……你？迷人？"麒零在黑暗里翻了一个巨大的白眼，然后倒退两步，蹲下来，双手抱拳一推，"这位先生，相信我，你真的想多了！"

银尘闭上眼睛，懒得和他争论。

麒零看着眼前虚弱的银尘，也不再说话，甚至连大气都不敢出，他安静地蹲在他面前，看着他，等了好久，看见银尘的脸色恢复了正常的气色，他才拉拉银尘的袖子，小声地问他。

"赐印是什么啊？"麒零抓抓自己的头。

"所有的魂术师身上，都会有一个印记，这个印记根据每个人身体里拥有的魂术回路不同，会出现在身体不同的位置上，也会有不同的形状。而王爵和他的使徒身上的这个印记，被称为爵印，王爵和自己使徒身上的爵印是一模一样的，也在同样的位置。王爵把使徒寻找到之后，带回帝都格兰尔特，赐予使徒与自己相同的灵魂回路从而让使徒与自己拥有相同的爵印的仪式，叫做赐印。"

"哦……"麒零听得半懂不懂，他抓起额前的头发，露出他漂亮的发际线，表情有点儿困惑，"不过，为什么刚才你说如果不现在赐印给我的话，我就会没命呢？"

"爵印不仅仅是一个印记这么简单。它是我们魂力的最中心，也是我们最脆弱的地方，更是我们运用魂力时的出发点。而且，最重要的是，它是我们的魂兽平时栖居的地方。你知道在你身体上的爵印里，苍雪之牙正乖乖地待在那儿么？如果刚刚我不给你赐印，它在你的身体里就找不到居所，它的魂力和你的魂力没办法共存，最后的结果不是你死，就是它死。"

"……这么吓人！"麒零坐在地上，"我的意思是说，那个刚刚一直追杀我的怪物，现在在我身体里面？！太吓人啦！"

"它再也不会追杀你了，它现在只听你一个人的命令，你叫它做什么它都会去做，只有两种指令是对魂兽不能下达的，第一就是让它攻击自己的魂术师，第二就是让它自杀，"银尘看着面前吓呆了的麒零，"不信你现在把它放出来试试。"

"不不不不不不！！！"麒零赶紧摆手，突然想起了什么，又一翻身蹲起来，看着面前这个看上去没比自己大多少的男孩子，他苍白的面容在月光下，看上去比自己还要俊美秀气些，"刚刚你说我是你的使徒，那你就是……你就是王爵？你就是传说里的我们国家最厉害的那七个人之一？"

银尘翻了个白眼，不想答理他，但麒零一直盯着他等他回答，银尘被面前这个男孩滚烫而期待的目光看得一阵别扭，于是只得不情愿地点了点头。

"哇！"麒零"噌"的一声站起来，"我竟然可以见到王爵！还是王爵的使徒！这也太棒了吧！"麒零重新蹲下来，看了看又嫌麻烦，于是干脆坐下，两条长腿懒散地伸展着，"王爵，你要我做什么啊？我可以帮你烧饭啊，我做菜那真的是非常好吃，全镇有口皆碑的！我也可以帮你洗衣服，你看你老穿白的，多么容易脏啊，下个雨在森林里走一走，那瞬间就变泥猴子啦！我还会捶背，捏肩膀，梳头发我也很厉害，你看你这一把长头发，还有个小辫儿，你每天早上梳得很辛苦吧，需要我来帮你梳头么？我会扎比你现在好看的辫子，就像我头上这个这样，你看看？喜不喜欢？我想想我还会什么……"

银尘闭上眼睛揉了揉耳朵，麒零又"哇啦哇啦"吐出满口的冰碴。麒零一吐，一边朝银尘做出"我明白我明白，我闭嘴"的手势。尽管他愁眉苦脸地伸出被冻得发麻的舌头，但是银尘还是可以从他的眼睛里，看到那种渴望的眼神和发自内心的喜悦。银尘不由得微微笑了一下。等到他发现自己的笑容，连自己都吓了一跳。

"王爵大人，那你会教我魂术么？"麒零挪了挪，朝银尘坐近一些。

"当然。"银尘面无表情地说。

"真的啊？太好了！"麒零迅速爬起来手舞足蹈，"大人你需要捶背么？使徒给您捶两下？你那个袍子太薄了，冷不冷，冷不冷？我身体结实，把衣服给你啊？要喝水不？我去给你找水来……"

还没说完，银尘又举起了手。

麒零赶紧捂住嘴，举起双手投降。不过，这次银尘没有再让他满嘴是冰，而是轻轻地对着头顶的天空随便招了招，一阵"沙沙"的树叶摩挲的声音。麒零抬起头，无数树叶间的露珠，闪着晶莹的光芒，像是萤火虫一样纷纷朝银尘飞过来，在他面前悬浮凝聚成一颗拳头大小的水团，银尘伸出手拿过来，像是摘下一个苹果一般，"我还真有点儿渴了。"他优雅地把小水球放进嘴里。麒零看傻了，"王爵大人，你太厉害了……"

"别一直叫我王爵了，我的名字叫银尘。"

"银尘……名字真好听……我听神音说，王爵是分'度'的，银尘你是第几度王爵啊？那么厉害，至少前三度吧？"麒零把手一挥，显得特别激动。

"嗯，是的。王爵分为七个等级，从第七度到第一度，数字越小越厉害。我是七度王爵。"

"什么啊……"麒零的语气明显地失望了，"你是七个人里最弱的啊。"他摊了摊手，话刚说完，"噌"的一声，双腿中间的泥土突然破开，一根尖利的竹笋般的冰刺刷地从地里刺出来顶在他的喉咙上。

"我错了……"麒零抬着下巴求饶。

"哼。"银尘冷哼一声，闭目养神，完全不想再答理他。

冰刺"刷"的一声重新回到地里。麒零尴尬地干笑了两声，挠挠头。

"不过，我们七个人里面，居于第二位的【二度王爵】，是王爵里比较特别的存在，你以后如果遇见他，最好都绕道走。"银尘睁开眼睛，看着面前的少年说。

"为什么？他不是也才二度么，难道比一度还要厉害？"麒零问。

"因为二度王爵专门负责清理背叛了国家或者白银祭司的王爵，所以他又被称为【杀戮王爵】，简单地来说，就是专门杀王爵的王爵。他的使徒也一样，被称为【杀戮使徒】。至于一度王爵……你就不用担心了，估计你这辈子都难见到他一次。现在的这个一度王爵，我们从来都没有人见过他。听说他一直都待在帝都格兰尔特心脏的最深处，从来没有离开过。"

"这样啊……"麒零半懂的样子点点头。

"我很累，我要先休息会儿。没有重要的事情，不要吵醒我。"银尘重新闭上眼睛，靠在树干边上睡去。

月光照耀着银尘俊逸的面容，让他的脸像是光滑的瓷器般洁白细致，麒零靠得很近，空气里一阵一阵飘浮着来自银尘身上的味道，仿佛一种清洌的树木芳香，让人觉得梦幻般的美好，这味道真迷人……迷人？

麒零猛然摇摇头，赶紧离银尘远一点儿。他抬起手往自己太阳穴上一拍，"我不是有病吧？"他回头瞄了瞄银尘，确实五官精致得无可挑剔，眉眼开阔清晰，高高的鼻梁下是粉红色的饱满嘴唇。但是也不至于让人产生"迷人"的感觉吧？看来等他醒了，得好好问问这个事情，否则严重了。

麒零暗自定了定心，突然想起来银尘刚刚说自己身上会有一个爵印，于是撩开自己的衣服——胸膛上，肚子上都没有，他便把上衣脱掉，扭过头去看了看左右肩膀和腰，也没看见。"哦，那应该在腿上吧？"麒零转过眼，看上去银尘像是睡熟了的样子，于是索性连着裤子一起脱了下来。

"哦，原来在屁股上！"麒零若有所思地点头，"银尘不是说王爵和使徒的爵印无论形状还是位置都一模一样么？那银尘的屁股上应该也……"他还没说完，又弯下腰大口大口地吐着冰碴。这次的冰碴太多，麒零愁眉苦脸，怎么都吐不完。

"我们爵印所在的地方是尾椎的最后一节位置，不是屁股。"一直闭着眼睛的银尘，慢慢从树根处朝麒零走过来，他用冷冷的眼神看了看麒零，说，"既然你把衣服都脱了，那正好……"说完，他慢慢地解开领口上那个白银铸成的精致领扣，脱下自己的长袍。

"你要干吗……"麒零的脸突然红了起来，"你不是要说睡觉吗？你别过来了……我警告你啊……"

银尘没有说话，看着他，继续把里面的衣服脱了下来，然后又解开了自己的腰带，月光下，银尘的躯体修长而又结实，小麦色的肌肉雕塑出开阔的胸膛和结实的小腹，月亮柔软的光芒把他的身体笼罩在一片象牙白里。

"我……"麒零憋得满脸通红，胸膛里心脏莫名其妙跳得飞快，最后还是忍不住大声喊了一声，"我喜欢女孩子的！"

这个出乎意料的摊牌让银尘直接被噎了一大口，弯腰咳嗽的时候，银尘愤怒地把手在空气里一划，麒零两腿间的地面上破土而出的冰刺直直地顶到他的裤裆下面。

麒零面红耳赤，咬着嘴唇，仿佛下了多大决心一般，两眼一闭，"我真的喜欢女孩子的！你别逼我了！"

银尘翻了个白眼，暗自无力地伸手扶住了旁边的树。"看仔细了，白痴！"银尘转过身去，撩起自己轻柔地垂散在后背的头发，露出自己的股沟位置。

麒零睁开眼睛，本来还想争辩几句，却被接下来的事情惊讶得一个字都说不出来，他看着自己眼前仿佛梦幻般的场景，一动不动地呆立原地。

眼前的银尘赤裸的身体，呈现着一副他从未见过的、神迹般的样子。

"这……这是……"

第三章

灵犀

耳边是爆炸般密集的鼓声，
像是巨大的铁锤砸在胸口，
无数参天的巨大树木沿路倒下，
天空上是一阵接一阵
类似昆虫发出的
奇怪的"吱——吱——"声，
像是金属彼此切割发出的声音，
却有着摧毁一切的力量。

　　月亮被涌来的黑云遮盖，只从厚厚的云层后面透出一层含混的暗色光晕来。风在高高的树顶摇晃着，发出一阵阵庞然缓慢的沙沙声。像是头顶移动着沙漠般的树海，衬托着静谧的夜。

　　风中可以明显地感觉到初冬的含义，一星半点儿的，悬浮在空气里，是露水或者冰屑，说不清楚，只是碰到皮肤的时候，会激起一阵小小的鸡皮疙瘩。

　　麒零睁着眼睛，呼吸因为紧张而急促混浊，他看着面前背对自己赤身裸体的银尘，说不出话来。

　　黑暗里，银尘的后背、大腿、手臂、脖颈……全身上下除了脸部，所有的肌肤上都浮现出清晰的金色脉络，无数金色光点沿着这些如同叶片上叶脉般的渠道缓慢流动着，然后不断地会聚到尾椎处的那个爵印的位置。仿佛庞大的江河流域，错综的水系，分布在银尘的全身。

　　那个爵印如同一个强力的心脏，汩汩地跳动着，全身流动的金色液体不断地通过它循环往返。

　　在呼吸般隐隐明灭起伏的金色光芒里，银尘转过身来，他的面容在金色光芒里，英俊得令人窒息，他面对着麒零，"魂术的本质，就是对蕴藏在身体里的魂力的运用。每一个人诞生的时候都具有魂力，只是每个人魂力的多少有所不同。有些人学会了怎么运用，于是他们就成为了魂术师；有些人不懂得使用，就像你之前一样，那就是普通的平民。世界上有成千上万种魂力的运行方式，而目前的七个王爵使用的运魂之术，是我们国家里最强的七种运魂方式，也是独一无二、彼此不同的。我在你身体里赐予的，是和我自己的魂术方式相同的灵魂回路，你可以简单地把自己身体里所有的神经、脉络、血管，全部想象成河流水渠，然后试着把你的魂力想象成水，在这些像是渠道一样的魂力回路里流动，从而与外界的各种元素——水、风、地、火相呼应，从而产生强大的力量。"

麒零看着黑暗里浑身流动着金色细线回路的银尘，完全忘记了说话，他耳朵里只有银尘低沉磁性的声音，仿佛一只拳头不轻不重地持续敲击着自己的胸腔。

"而使用魂兽的方式，也是用魂力激荡来完成的。当你在战斗中释放出魂兽时，魂兽力量的大小，取决于两个方面，一是魂兽本身的魂力强弱，另一个方面，就是你对魂兽的使用。我们通过不断地运行自己的魂力去冲击爵印，每激荡一次，我们自己连同魂兽的力量都会增强，就像敲钟一样，你的爵印就是那口钟，魂力就是横木，冲击爵印的次数越多，力量越大，那么钟声就越响。"

麒零看上去仿佛呆了一样，他的口微微翕动着，也不知道在说什么，他下意识地朝银尘走了几步，仿佛被眼前神迹一样的金光绚烂给迷住了……

"慢慢来吧，以后我都教给你，反正我们……"银尘像是突然想起了什么，没有再说下去。他把衣服慢慢穿好，重新披上他银白色的长袍，然后转过身对麒零说："还有一件事情，不得不提醒你……"

"什么事啊……"麒零两眼发直，定定地对牢银尘的瞳孔，呼吸低沉而急促。

"那就是，拥有相同灵魂回路的人，彼此会被对方所……怎么说，吸引。"银尘把衣服重新穿好，朝麒零脸上举手一挥，一层冷冰冰的霜花瞬间凝结在他的脸上。麒零被突如其来的寒冷弄得倒吸一口冷气，神智瞬间清醒了。

麒零眉毛一挑，"你说什么？会被对方吸引？别开玩笑了，俩男的，多别扭啊……"麒零一边说着，一边还是忍不住皱着他的眉眼瞄银尘，心里暗暗地想："就算被吸引，也是因为你长得太清秀，比福泽的女的都白净，没事儿晒晒太阳耕耕地啊！"

"那是因为，一般拥有同样灵魂回路的人，彼此就是王爵和使徒的关系。本身王爵和使徒之间，就有一种不容置疑的，忠诚和誓死的关系。这和人类的爱情也差不多，彼此都是对方的唯一，也愿意为对方牺牲一切。"银尘看着面前目瞪口呆的麒零，叹了口气，继续说道，"而且从魂力本身来讲，魂术师本身就会对强大的魂力产生占有的欲望，对魂术师而言，最强大的魂力就代表着最高的美感，最致命的吸引力。而对于和自己拥有相同灵魂回路的人，这种吸引力就更强，更致命。这和人类的性欲差不多……"

"杀了我吧……"

"不用担心，这只是一开始。等你渐渐习惯了这样的情感，这种对相同回路的同质魂力产生的迷恋，会渐渐地消退，而且会从一开始类似性欲或者爱恋的那种感情，渐渐过渡变化成为真正灵魂深处的一种情感。那个时候，你们人类也能将这种情感，和性欲区分开来了，乍看上去非常相似，但实际上完全不同……只是现阶段，你们人类很容易混淆两者的区别……"

"好了好了，别一口一个你们人类你们人类的……说得好像你不是人一样……"麒零抓着头发，一脸难以接受的表情。

"我以前确实是人……"银尘淡淡地笑着，脸庞发出轻柔的白光，看起来美极了。

"你说你以前是人……"麒零汗毛一竖，倒跳着后退一步，"那你现在？！"

"我也不知道我们这样的……算什么。有些人觉得我们是神，有些人觉得我们是恶魔。有些人觉得我们其实是不存在的，有些人觉得我们是怪物……"银尘看着麒零，脸上没有表情，淡淡地说着这些话。

麒零的心放下来，他看着面前的银尘，在他冷漠而英俊的脸上，竟然似乎透着一股隐隐的悲伤。难道神一样的王爵，也有烦心的事情么？麒零摇了摇头，想不明白。

"那我以后，不会就只喜欢男孩了吧？我不要啊……我妈还等着我给她抱个大胖孙子呢……"麒零咳嗽两声，有点儿尴尬地小声接了一句，"虽然我妈已经死了……"

"你不是喜欢男孩，你是喜欢我。"银尘锋利的眉头焦虑地皱起来，他在心里怀疑面前这个人的智商，长得一表人才的，不会脑子有问题吧。

"那不一样嘛！"麒零悲恸欲绝地跪倒在地，举着手呐喊，"我这是作了什么孽啊……"

"你也不是喜欢我，我只是用这样的感情给你打一个比方！"银尘抬起手，麒零的呐喊瞬间就消失了，他嘴里塞满了冰，但依然在用他那双大眼睛瞪来瞪去地表示"悲剧啊！"

"王爵和使徒的感情，是很复杂的，和亲情不同，和友情也不同，如果硬要说，刚开始接触到的人，会觉得和爱情比较类似，独占的、毁灭性的、至死不渝的一种情感。这种感情本来在人类的情绪里就是没有的，所以我也只能用爱情和性欲，来给你作一个比喻……到了后期，准确地来说，可能称呼这种感情为'灵犀'更为适合吧，彼此心意相通，感同身受。"

银尘看着被冰封了口、无法说话，但愁眉苦脸的麒零，叹了口气，蹲下来，伸出手从他嘴唇上抚过去，麒零口中的冰碴化成温润的泉水，麒零咽下去之后，开口第一句话："那我得和你结婚么？！"

银尘面无表情地站起来，翻了个白眼，伸出手一挥，麒零的嘴又被更多的冰碴封上了。

银尘转过身，头也不回地朝一棵参天大树的树根处走去，他找了一处被巨大纠缠的树根环绕着的长满厚厚苔藓的凹处躺下来。初冬时节的苔藓已经枯萎了，变成干燥而毛茸茸的一大团，垫在身下，像一床毯子，温暖而舒服。

麒零哆嗦着麻木的舌头，心里恨恨地想着："睡个觉而已，还得挑这么舒服的地方，娇气！"

他爽气地就地一躺，大咧咧地冲着天空摆出个"大"字。

浓稠的夜色仿佛冰冷的潮水，"哗啦啦"地轻轻摇晃着这座静谧的森林。初冬时节的福泽小镇，感觉快要下雪了。

麒零躺在冷冰冰的坚硬地面上，咬着牙，过了很久，终于忍受不了这种刺骨的寒冷了，冲银尘喊道："我能去你那边睡么？太冷啦！"

"不行。"银尘依然闭着眼睛躺着没动，幽幽地答了一声。

"为什么？！"麒零坐起来，一头健康强韧的黑发胡乱顶在头顶。

"因为现在的我，对你来说，"银尘轻轻摇着头，像是特别可惜什么的样子，"太过迷人。"

"……要不要脸啊你！"麒零猛然愤怒地翻身倒下，刚躺下，又翻起来，"那你把你那件袍子给我当被子！"

"也不行。"

"为什么？！"麒零两眼一斜，一副雪白的牙齿咬紧，"难道你的那件劳什子袍子，也太过迷人？！"

"袍子不迷人，"银尘换了个更加舒服的姿势，裹了裹自己的袍子，看起来像躺在被窝里一样舒服，"可是袍子上有我的气味，而我的气味，对现在的你来说，太过迷人。"

"……要不要脸啊你！"麒零愤怒地翻身躺下。

刚躺下，突然响起一阵"哗啦啦"的声响。从他身下的土壤深处，一层薄薄却坚硬的冰墙，从地里蹿起来，像一个蚕茧一样，在自己的上空搭出了一个帐篷。小小的冰室笼罩着自己，让周围的寒风无法吹进来，而整个狭小空间里的温度，也渐渐被自己的体温升高起来。

麒零躺在银尘为自己搭建的这个小小冰屋里，心里有一股暖暖的感觉。从小到大，自己都是个孤儿，习惯了没人照顾自己，虽然银尘和自己只认识了一天，但是，却有一种非常亲近的感觉。虽然他对自己看似非常冷酷，说话也非常严厉，但从他冰冷的面容下面，依然能够感受到他对自己的关切，是温暖的，也许就像他说的那样吧，王爵和使徒之间，真的存在一种无法分类的感情，就像此刻他为自己搭建的冰屋，虽然是寒冷的冰，但是却能带来温暖的夜……我，爱上他了？

"银尘，我拜托你！留一个洞让我呼吸呀！你这做的是屋子还是棺材呀！有没有人性啊你！"

『西之亚斯蓝帝国·港口城市雷恩』

天空里尖锐的鸟鸣声突然如闪电般炸向地面，无数羽毛卷动飞舞，然后瞬间消失。

羽毛化成烟雾散去之后，莲泉出现在地面上，她对面，那个白色的影子也没有再逃窜了。白色人影幽暗地静立在黑暗里，背对着莲泉，不说话，也不动，仿佛冰凉夜色里浮出的白色幽灵。

这是一条冗长的走道。准确说来，是两座宫殿中间的间隔地带，两座高不见顶的建筑的外墙，中间隔出了这样狭长的一条勉强能够过一辆马车的通道。

莲泉站着没有动，她冷冷地看着前方那个白色的人影慢慢地回过头。那是一个绝顶美貌的少女，精致的轮廓和五官在月光下看起来倾国倾城，像是散发着光芒一般地迷人。

"你想干什么？"莲泉冲着这个少女，冷冷地问。

"我啊，呵呵，"少女轻轻地抬起手，像是不好意思般掩着嘴，娇嫩的嘴唇中间是明亮的皓齿。她的眼神温婉流转，看着莲泉，满脸抱歉的神色，"我是来杀你的呢。"

"杀我？你知道我是谁么？"莲泉的瞳孔渐渐紧缩，脸庞在月光下露出森然的寒气。

"我知道啊，你是鬼山莲泉，厉害的【第五使徒】呢。"少女如同梦幻般的白色纱衣在风里轻盈地浮动着，像是云朵又像是烟雾般包裹着她曼妙的身体。"你哥哥就更厉害了，鬼山缝魂呀，五度王爵呢！不过话说回来，王爵和使徒之间的感情，不都是非常暧昧的么？你们兄妹俩……也不怕别人说闲话么？乱伦什么的……多不好听呀。"少女做出一个害羞的表情，仿佛自己说了什么让人难以启齿的话。但是她一边低着头的同时，一边轻轻抬起她妩媚的眼角，用流转的眼波扫着鬼山莲泉，眸子里充满了戏谑的表情。

"你找死！"

"我当然不想找死呀，"少女的脸上是认真的表情，她摊开手，说，"所以我才把你引到这里来了啊，你以为在天上这么飞老半天不累啊，很消耗魂力的啊。你以为谁都像你一样，有一个能飞的畜生么？"

"你！"鬼山莲泉太阳穴隐隐地跳动着，她能听见自己血管里血脉汩汩冲击的声响。

少女完全没有理她，继续自顾自地说着："如果刚刚就在海边和你动手的话，你把你的【第一魂兽】【海银】释放出来了，那家伙从海里钻出来，那可怎么得了，那我就有可能会败的！"

"哼，"莲泉冷笑一声，"就凭你，我根本不需要动用第一魂兽，甚至连闇翅都不需要释放出来。"

"也不要这样说啊，"少女的表情微微有些生气了，"虽然我知道你是第五使徒，很厉害，可是，人家也不弱啊，所以，你一定要认真和我动手呢，否则就太无趣了！"

"你这么想死，我一定成全你。"鬼山莲泉的手上，隐隐浮现出来无数金黄色、流动着光芒的十字纹路。她脚下的地面仿佛突然卷起大风，把她的黑色长袍吹得蓬然鼓动，猎猎作响，让她在夜色里看起来像一个准备吞噬人的鬼魅。

"这就急着动手了啊？都是女孩子，优雅一点儿啊，还有，在动手之前，顺便告诉你哦，"少女轻轻撩了撩耳边的发丝，"我也是使徒呢，而且，我有个特别的名字，我自己特别喜欢，叫杀戮使徒哦。"

少女抖了抖自己的手腕，如同海洋般纯粹的一串蓝色宝石手链，发出悦耳的"叮当"声响。月光下，少女的笑容像是最美的画卷，她浑身无风自动的洁白纱裙缠绕着她纤细凹凸的胴体，宛如一个洁白的女神。

鬼山莲泉的心陡然沉进了冰冷的深海峡谷。

"哎呀，你看我，真没礼貌，只顾着告诉你我的称号，忘记告诉你我的名字了呢，我啊，名字叫神音。"

风吹动着乌云，在天空里快速地席卷着。月光从乌云的缺口洒下来，照穿了一整条狭长的走道。

清脆而悠扬的宝石碰撞声在这片静谧的黑暗里响起。

鬼山莲泉身上不断涌现而出的十字黄金刻纹，在黑夜里发出如同呼吸般起伏明灭的光亮来。巨大的魂力在她的身体里越来越汹涌。坚硬大理石铺就的甬道地面之下，隐隐传来沉闷的轰隆声，像是有什么庞然大物，正从地下苏醒。

神音抬起手掩在嘴角，娇媚地笑了笑，然后抬起她那双如同湖泊般动人的眼睛，看着莲泉，说："喂，我告诉你呀，别动歪脑筋哦，否则你死得更快。"

"我问你，为什么要杀我？"鬼山莲泉的脸笼罩在一层动荡的杀气里。

"哎呀，使徒当然是听王爵的话啊，杀戮王爵派我杀谁，我就杀谁啊。他那个人你也知道的嘛，你什么时候见过，他杀人会告诉别人理由的呢？除了他和白银祭司，谁都不知道呢。"神音有点儿嗔怪地对着莲泉，轻轻地用手玩着垂在鬓角的发丝。

"好……"莲泉的瞳孔锁紧成细线，"那我问你，你们追杀的是只有我一个人，还是连带着我哥哥五度王爵鬼山缝魂一起？"

"那我就不知道了，"神音晃动着她的手腕，天空里迅速聚集起无数滚动的黑云，"不过我出门的时候，我们家那位嗜血的王爵，也匆匆地出了门呢，他凝重的神色，哦不，应该说那种喜悦的神色，看起来也像是去杀一个了不得的大人物吧。"神音说到这里，低下头，若有所思，"不过也挺精彩不是么？这么多年过去了，除了四年多前那场浩劫，很久都没有看见过王爵打王爵了呢，真是好期待呀。"

"使徒打使徒，不是一样值得期待么？"鬼山莲泉冷冷地说。

"是啊，所以你要用全力哦，否则，两三下就被我弄死了，就太没意思了啊。"神音俏丽的脸上，嘴角向下撇着，一副动人的嗔怪表情。

"咕叽——咕叽——"

像是有什么东西从身体里钻出来的声响，血肉拉扯的声音，黏液滑动的声音。

神音看着对面脸色苍白的鬼山莲泉，笑了笑，说："哎呀，终于亮出【魂器】了啊。

好精彩呢。"

鬼山莲泉反手伸向自己的后背，抓住从背脊上刺破皮肉长出来的一把剑的剑柄，然后用力地把那把巨大的长剑从身体里拔出来，整个后背被划开一道巨大的血口，她反手朝下一挥，黏在剑锋上的血"啪"的一声甩在地上。后背翻涌开的皮肉，缓慢地愈合到一起，把刚刚露出来的脊椎白骨，重新包裹起来。

莲泉右手拿着长剑，剑身斜斜下垂直指地面，周围的空气里，无数的水汽纷纷凝聚成细小而锋利的冰晶，这些冰晶迅速地卷动起来形成气流，像是一股一股半透明的丝绸，吹向剑身，天空上的月光像是水流一样汨汨地会聚成光线，注入宝剑的内部，整个剑身泛出月光的象牙白，空气里是呼吸频率一样起伏的"嗡——嗡——"的剑吟声。

"了不起的魂器呢，既然这样，"神音轻轻地把一只手放到后脑勺上，像是摘下发簪般动作优雅地，从颈部脊椎里拔出一根细细的柄，"我也陪你玩玩吧。"说完，她像是把自己软绵绵白花花的脊髓从后颈处扯了出来一样，将一根手指粗细的银白色绳状物体，从脖子后面缓慢地拔了出来。她的眼睛半垂着，表情动人而又妩媚，像是高贵的公主在拔发簪一样。

她轻轻地把这条银白色的鞭子绕在手上，然后抬起手揉了揉后颈，那个血洞迅速地愈合了，留下一片光滑雪白的肌肤，完全没有任何痕迹。

"那就来吧。"神音脸上的笑容在一瞬间收敛起来，寒霜般的苍白在她的脸上笼罩成一层白雾，她把银白色的细鞭子朝地面用力一甩，尖锐的鞭头"砰——"的一声刺破她脚下的岩石地面。

鬼山莲泉突然感觉到一阵闪电般迅捷的魂力从岩石下面穿刺过来，"来了！"她把巨剑朝脚下的岩石地面一刺，轰然一声爆炸，碎石朝四周激射，地底深处发出诡异的惨叫声，像是有什么东西被刺中了一样。而倏然眼前一花，鬼山莲泉还来不及反应，一口鲜血就从她嘴里喷了出来，一个来不及看清的瞬间，白色的鞭子像是一条灵动的白蛇闪电般从剑身旁边的地面蹿出来，洞穿了她的肩膀，鞭头从莲泉的后背肩胛骨刺穿出来之后，像是食人花一样撕裂成五瓣倒刺紧紧嵌进莲泉肩膀的血肉里，咬得死死的，鞭头上面白色的黏稠物像是蛇牙上的毒液。远处，神音同样露着森然的白色牙齿，她的笑容诡异而恐怖，"来呀。"神音用力地把手一扯，鬼山莲泉轰然朝下面坠去，整个人重重地砸在岩石露面上，飞起无数裂痕和碎石，空气里爆炸出无数尘埃。

『西之亚斯蓝帝国·福泽镇外森林』

梦境里是天空呼啸的大风，无穷无尽的大风吹散了每一片云。

浑圆的月亮高高悬挂在头顶，把凛冽而凄冷的白光洒满整个大陆。死寂般悄然无声的沉睡森林被如水的月色浸泡着。突然，从地平线的黑暗深渊里，传来一声沉闷的声响，像是一记重鼓，然后鼓声越来越快，如同暴雨般密集。咚咚咚咚，沉闷而急促地从地平线上黑压压地滚来。

麒零就是被这样的鼓点惊醒的。

他睁开眼睛，刚刚适应头顶雪白的月光，瞬间一个黑影压到自己身上。麒零刚要惊呼，嘴就被捂住了。他睁大惊恐的眼睛，看清楚压着自己的人是银尘之后，大松了一口气。但随即，脸刷地红了起来，整个人的温度瞬间升了上去。

"你……要干吗？"麒零的嘴被银尘用力地捂着，发出含混的声音来。离自己鼻尖只有几寸距离的银尘的瞳孔，像是波涛汹涌的黑色大海。

"你……你要干吗？！"当麒零发现不知道什么时候，银尘冰凉而修长的手指已经撩开自己的衣服滑了进去的时候，他整个人像是烧红了的虾一样挣扎着弹跳起来，但又被银尘死死地压着动弹不了。

"不要出声……"银尘的面容像是冰川上的积雪一样冷漠。

"……你？见鬼啊！"银尘的手已经绕过麒零的腰，从背后伸进了他的裤子……

"你疯啦！……你他妈摸哪儿啊你！"麒零面红耳赤地刚吼出声来，尾椎便传来一阵刺痛骨髓的寒冷，闪电般地冲进身体，他一瞬间两眼一黑，失去了知觉。

银尘把全身结冰凝固的麒零抬到一块巨大的岩石背后放下。他看了看面前像是冰雪雕刻成的麒零，然后背靠着岩石坐下来。

远处密集的鼓点声越来越巨大。中间夹杂着不断有树木被折断的"咔嚓咔嚓"的声响。

银尘压抑着自己内心疯狂翻滚的恐惧和血脉里不断被那些鼓声激荡起的魂力，他闭上眼睛，把全身的魂力消除，所有金色的刻痕在他身体上渐渐消失，"隐藏魂力……不要被发现……否则……"

耳边是爆炸般密集的鼓声，像是巨大的铁锤砸在胸口，无数参天的巨大树木沿路倒下，天空上是一阵接一阵类似昆虫发出的奇怪的"吱——吱——"声，像是金属彼此切割发出的声音，却有着摧毁一切的力量。每一次声音响起的时候，空气里都是透明的涟漪。银尘靠在岩石上，目光涣散，嘴角源源不断地涌出赤红的鲜血，染红了他胸前整片白色的衣襟，他的身体不断地抽搐起来，"吱——吱——"他英俊的面孔恐怖地扭曲……每一寸肌肤，每一根血管里的血液，都被这种诡谲阴森的叫声激荡得如同滚水般沸腾，身体深处隐藏着的魂力，似乎难以抵挡这种叫声的勾引，而纷纷想要从身体里刺破而出，像是难以压抑的等待喷发的火山……

银尘僵硬地转动着脖子，转过头看着包裹在冰晶里安睡的麒零，随即抬起头，用最后剩下的清醒目光，看着自己头顶缓慢爬行而过的庞然大物……黑色的巨大身影，望不到头的庞然身躯……无数巨大的触脚仿佛锐利的石柱交错移动着，每根巨大的触脚砸向地面的时候，都发出类似擂动巨鼓的轰然声响……

"为什么……【诸神黄昏】……它怎么会在这里……不可能……"银尘的目光终于在皎洁的月光下失去了光泽，一片黯然。

他胸口雪白的衣襟，被口中涌出的鲜血染红。

遥远的天空上月光一片皎洁，从没有丝毫云朵遮盖的天空向下望去，一片静谧的原始森林中间，一条如同雄浑山脉般巨大的黑色蜈蚣，正缓慢地爬过，所到之处，树木交错断裂，像是一条巨蟒爬过草地后留下的痕迹一样……泥土碎石沿着它路过的地方四处迸射，成千上万条巨大的腹足交错起伏地砸向地面，大地的裂缝交错蔓延，像是冰面的裂痕一样四处崩坏……

『西之亚斯蓝帝国·港口城市雷恩』

月光幽幽地发亮，仿佛也被血染红了似的，散发着一层猩红的光辉。

甬道右边高大的宫殿外墙上，一排蛇发巫女的头像雕塑一字排开。月光下每一个神像空洞的眼神里，都像是发着幽暗的光。

血液像是浓稠的红色浆体一样，喷洒满了周围所有的地面和墙壁。岩石铺就的路面上，是深深浅浅的一道道砍凿出来的沟壑，墙壁上布满被巨剑和鞭子划破的裂痕，空气里爆炸弥漫着碎石和尘埃。

鬼山莲泉跪在地上，那把巨大的长剑有三分之一都插进了地面，她用剑撑着自己的身体。她竭尽全力地控制着身体，不让自己轰然倒向地面，胸腔里翻涌的气血，像是决堤的洪水一样在身体里四处席卷，她的意识混浊一片，巨大的恐惧压垮了她的神经。

"她简直……就是一个怪物啊……"莲泉抬起被鲜血模糊的视线，看着甬道那头浑身依然一尘不染的神音。月光下神音的纱衣仍旧如同初雪般洁白，飘逸着化作夜色里的云雾。但此刻的自己，浑身沾满了鲜血，后背两道深及白骨的创口，此刻已经没有多余的魂力来愈合，一阵一阵的剧痛，像有一只大鸟的爪子，深深地抓着自己的脊椎骨。

但真正恐惧的，却是此刻依然面容平静的神音，她心里的震撼比莲泉还要大。本来居于【第二使徒】位置的自己，实力应该远远压倒第五使徒。谁都知道在王爵和使徒里面，第三和第四之间是一道清晰的分水岭，前三度王爵的任何一个，都具有足以单独挑战后四位王爵联手的实力。但现在，在自己魂力已经释放扩展到如此地步的追杀之下，鬼山莲泉看上去依然生命力十足。难道真的需要释放魂兽才能杀了她么……那对自己来说简直就是一种侮辱……

神音看着对面跪在地上的莲泉，幽幽地说："喂，问你呢，你是不是快要死了？如果还能打，那我要动真格的了……真讨厌啊，非得让我花力气……"月光下，神音的脸上一副不耐烦的样子，感觉像是在谈论吃饭喝水一样平凡的事情，谈论着莲泉的性命。莲泉看着面前这个美艳无比的怪物，轻轻移动着步子，一步一步地逼近自己，像一个微笑着的白色恶魔。

莲泉猛地站起，把插进岩石地面的巨剑用力拔出来，往旁边的墙壁上一撞，"嗡——"的一声巨大的剑鸣把空气撕裂，无数卷动着的光芒从剑身里爆炸而出，空气里轰然一声，一只巨大的雪白凶禽出现在莲泉的身后，空气里翻滚着尖锐而响亮的鸣叫。神音被一连串的嘶鸣震得胸口发闷。雪白的巨鹰迅速膨胀变大，如同遇风就长，瞬间塞满了整个甬道，额头两边长出四根金属般锋利的长长尖刺，像是头盔般闪耀着凛冽的光芒。鬼山莲泉虚弱地靠在闇翅的一只脚边上，闇翅巨大的尖爪比她手里的巨剑还要大。她望着满脸惊恐的神音，脸上是诡异而苍白的笑容，"呵呵……呵呵哈……今天就算不能活着走出这里，也要拉你一起下地狱……"

头顶一阵密集的鼓点，咚咚咚咚，像是在遥远的地方有人擂响了巨大的战鼓。神音朝头上狭窄的天空望了一下，脸色微微地变了一变，她后退几步，收敛了脸上的惊恐，再次换上波澜不惊的美艳笑容。她轻轻地摘下手上那串海蓝色的宝石手链，指甲轻轻一挑，十六颗宝石散落在她的手里。她用手指拿起来，一颗一颗地轻轻丢下，"一、二、三……"像是玩游戏一样，把十六颗宝石随意地丢向了地面，"……十五、十六，"神音脸色一冷，一层寒霜瞬间笼罩在她的脸上，瞳孔锋芒闪动，"没工夫和你玩了，动真格的吧！"

掉在地上的十六颗宝石，突然"叮咚"地跳动起来，然后开始扭曲、变形，像烟雾一样在空气里扭动成一棵植物……空气里弥漫着无数像是鬼魂又像是婴儿的怪叫，刺得人浑身发痛……

"这不可能……这……怪物……你是什么怪物……"鬼山莲泉的喉咙渐渐锁紧，恐惧像深海的怪兽般攫紧了她的心脏。

整个冗长的甬道地面上，那些扭动的藤蔓交错编织，搭建成骨骼，扭动出血肉……月光下，十七个神音俏丽盈盈地立在地面上，像是十七团迷蒙扩散的云朵，交错分布在狭长的甬道中。

十七张一模一样的脸孔，在月光下露出诡异而又噬人的笑容。

十七个银铃般的声音，温柔却又透着刺穿身体般的寒冷，一起说着："来呀，你害怕什么呀……"

激越的风声，空气里此起彼伏的破鸣声。

漫天飞舞的银色羽毛、十七个流星般飞快上下掠动的身影、尖锐的鸟鸣、鞭子凌空划破黑夜的抽响，整条甬道在两股排山倒海的魂力里，像是被大手揉捏着一样四分五裂。爆炸的声音、石块碎裂激射的声音，震得两边高大的宫殿摇摇欲坠。

鬼山莲泉仰倒在地面上，满脸是血，闇翅把她护在自己的身下，同时振动着双翅，用翅膀上那些如同利刃般的长羽，勉强应付着十七个围绕着自己闪电般攻击的白色身影。

闇翅高大的身躯上伤痕累累，胸口上一道巨大的伤口，一直往外汩汩地冒血，莲泉眼里不断滚出滚烫的眼泪，但是她没有丝毫力气再动了……她眼睁睁地看着神音的鞭子呼啸着从空中甩下，撕开闇翅坚硬的羽毛，把皮肉掀起。悲痛的鸟鸣在空气里像一首壮阔的诗歌。

一声凄厉的鸣叫划破夜空，闇翅全身上下被银白色的鞭子捆在一起，如同被一条白色的细蟒缠绕住了一样。十七个神音渐渐会合成一个，当最后两个神音的身体重叠到一起的时候，她露出了满意的笑容，手上轻轻握着鞭柄，看着倒在脚下的莲泉，和被捆绑得无法动弹的巨大闇翅。

"你看，我还是可以不释放魂兽，就了结你的性命呢。看来，下位使徒永远就是下位使徒。"说完，她轻轻地扬了扬手，从鞭子的手柄处开始，一连串的锋利倒刺从鞭子上刷刷刷地蹿出来，一路传递到捆绑着闇翅的地方，伴随着一连撕开血肉的模糊声响，闇翅眼睛里是难以忍受的痛，但仅仅在喉咙里发出了压抑的低鸣。

"你这个畜生……"鬼山莲泉的眼泪滚出来掉在地面上。她的手指太过用力，已经深深地陷进了地面的岩石里。

游蛇般的银白色细鞭，渐渐从闇翅的身上游动下来，松开了这只不再动弹的巨大魂兽。

神音朝莲泉走过来，轻轻地甩了甩鞭子，"啪"的一声抽在莲泉的腿上，一条血口在腿上绽开来，她像是享受着这种居高临下的游戏，脸上是优雅而又完美的表情。

鬼山莲泉翻过身来，趴在地上一动不动，过了一会儿，她的喉咙里开始发出一阵低沉而诡异的笑声，"呵呵……呵呵……"她的五指紧紧地插在岩石里，满是鲜血。

"你笑什么呀？"神音饶有趣味地低头看着她。

鬼山莲泉没有说话，神音正想再问，突然隐隐地感觉到大地的震动，遥远的海域上，一声巨大的嘶吼震荡在天地间，轰隆隆的声音从地底由远及近。"什……什么……"当神音感觉到一阵庞大的魂力突然从地底喷涌而出的时候，她全身突然爆炸开的无数白色光芒拉扯着她朝后面倒掠而去，沿路地面上，轰、轰、轰，不断破地而出的巨大尖锐冰柱拔地而起，朝着高空刺破而去，倘若神音退得慢些，此刻早就被这些冰柱洞穿身体了。

"……这是你的第一魂兽海银？不可能……它怎么可能从海里来到这儿……"

而就在神音恍神的这一个刹那，鬼山莲泉突然爆发出唯一残留的魂力，冲向倒在一边的闇翅，她把巨剑往地上一撞，巨大的剑鸣声里，闇翅挣扎着双翅一展，化成一团烟雾卷进剑身，而下一个瞬间，莲泉突然冲向墙壁上的第十七个神像，当她的双手接触到神像的一瞬间，她所有的力气都消失了。

这是她唯一能够逃脱的方法。

神音看着消失在自己面前的鬼山莲泉，脸上是怒不可遏的表情，随即变成了难以置信，"不可能……她已经有了自己的魂器，怎么还能通过【棋子】再一次进入魂塚去呢？"

她站在原地，身边是无数巨大的冰柱。她眯起眼睛，把鞭子一挥，所有的冰柱在一瞬间爆炸成碎片，四散激射。无数细小的冰晶弥漫在天空里，折射出璀璨的光芒，映照着神音满脸杀戮的表情。

『西之亚斯蓝帝国·雷恩海域·魂塚』

四处旋转的斑斓光芒，把幽深而巨大的空旷洞穴映照成一片游离的璀璨。

鬼山莲泉浑身鲜血地倒在一块岩石上，巨剑横在一边。

涣散的意识，失去焦距的瞳孔，她的胸腔剧烈地起伏着，喉咙里模糊而又黏稠的血浆，像要窒息般地掠夺着她的生命。

周围拔地而起的山崖，围绕成了这个巨大的像是远古遗迹般的洞穴。

四周岩壁的山石上，钢针般密密麻麻插满了成千上万把发亮的魂器。

无数把强力的魂器彼此感应着，发出剧烈的共鸣声，如同锋利的爪子，撕扯着鬼山莲泉最后的意识。

她涣散的视线里，是那张风雪里坚毅而充满浩然正气的面容，锋利浓密的眉毛下，是深蓝色的瞳孔，目光永远都像是大雪弥漫的寂静旷野。

"缝魂……"

第四章

生 魂

两侧拔地而起的高人黑色山脉，
把蓝天拥挤得只剩下一条狭窄的缝隙。
峡谷的入口处，
弥漫着浓厚的乳白色大雾。
峡谷深处被大雾掩盖着，
什么都看不到。
偶尔传来一声诡异的吼叫声，
隐约地在空气里回响。

『西之亚斯蓝帝国·福泽镇外森林』

森林里静谧的夜色渐渐地被霞光洗去，朝阳在树顶上涂抹出一层闪耀的红色光晕来。一束一束笔直的光线，从树冠的缝隙里刺进森林的深处，照耀着地面厚厚的苔藓。

麒零在温暖的阳光里醒过来，从地上爬起来，看见远处，银尘正站在一条溪涧边上洗手，他的脚边放着几个新鲜干净的青果子，看上去新鲜多汁。

银尘听见声音转过身来，看了看麒零，然后扔了个果子给他。

麒零接过来，啃了一口，甜蜜的汁液瞬间滋润了喉咙。强烈的饥饿感才让他想起来，自己已经有一天多没有吃过东西了。他吃完后，伸手用袖子擦了擦嘴，他抬起头看看银尘，发现他也刚吃完，但是他正在用一张雪白的丝巾，擦着手。麒零对比一下自己，再看看面前仿佛初雪般一尘不染的银尘，气鼓鼓地说："我们老板娘说了，男子汉就得脏点儿，隔壁的柳霜花，最爱用丝巾了，没想到你也……"说到一半，弯下腰"哗啦啦"地吐冰碴子。

银尘依然慢条斯理地擦着手，完全没有答理他。溪涧反射出的粼粼波光，在他脸上晃动着。他呼吸着森林里清晨的气息，脸上的表情似乎很愉悦，一点儿都没被麒零影响。

"银尘，我必须得告诉你，你这样非常地没有道德！"麒零吐完嘴里最后一坨冰碴，哆嗦着麻木的嘴唇，愤怒地说，"有本事你也教我这个啊，让我也在不想听你说话的时候塞你一嘴，你以为你自己说话少啊？你啰唆起来，比我之前那个老板娘还厉害。稀里哗啦讲一大堆，也不管别人是否听得懂。"

"教给你也没用。"银尘把雪白的丝巾收起来，"你没办法对我用这样的魂术的。"

"为什么？"麒零斜着眼睛挑衅着。

银尘看着麒零，深邃的眉眼半眯起来，尽量控制着自己的情绪，他依然让自己的声音显得平静而温柔，"因为魂术师的身体，布满了灵魂回路，等于一个天然的最强大的屏障，除非是你比对方的魂力高出许多许多倍，否则，你是不能突破对方身体表面，去在他身体内部使用魂术的。打个比方，比如我们亚斯蓝的魂术师，天生对水就有极强的控制力。而人类的身体，有百分之七十以上，都是水，如果我们轻易地就能突破对方身体的屏障，那么随便将对方内脏里的水结成冰，随便在别人肚子里变几把冰剑出来，那不是太容易了么？"

麒零沉默着。

"你是不是又没有听懂？"银尘压抑着怒气，小声地问。

麒零点点头，"是的，老师。"

银尘背过身去，面对着美丽的溪涧，不停地深呼吸，他握紧拳头，尽力让自己不被面前这个智力有问题的人打扰到，他尽情地享受着这个美丽的清晨。

麒零看银尘不再理睬自己，自己也有点儿无趣，于是坐到树荫下，把身上的外衣脱下来，用手搓着布料，上面混合着血迹的泥浆此刻已经干透了，在麒零的搓揉下，变成红褐色的粉末纷纷扬扬地落到地上。

看着自己衣服上的种种血迹污渍，麒零感觉过去的两天像是在做梦，自己从一个平凡无奇的驿站侍者，突然间变成了传说里能飞天遁地的使徒。他双手机械地搓揉着衣服，但目光发直明显已经陷入了深思，直到他眼前的光线突然暗下来，他才回过神来，看着不知道什么时候开始，已经站在自己面前的银尘。

"把衣服脱下来吧。"银尘面无表情地说，仿佛照着书上的字念出来的似的。

"什么？！"麒零难以相信自己的耳朵。

"把衣服脱下来，你这样是弄不干净的，你不是一直问我为什么我的衣服总是这么干净，像新的么？你脱下来，我教你。"这次，银尘反倒出奇地耐心，眼神里没有露出不耐烦，甚至在早晨清亮的阳光里，他的面容看起来像是很愉悦。

麒零别扭地把外衣递给他，又脱下自己里面的袍子，阳光照耀在他小麦色的皮肤上，闪耀着十七岁男孩充满力量的光芒。因为从小就在驿站里搬运酒桶、椅子，每天砍柴，所以麒零练得一身漂亮的肌肉。

"还有裤子。"银尘微笑着看着他说。

"……"麒零咬了咬牙，把腰带一扯。

尽管福泽并不属于北方，但是，初冬的天气里，依然带着不轻的寒意，特别是在刚刚破晓不久的黎明，阳光还没来得及把这座被黑暗笼罩了一夜的幽暗森林照耀得温暖。

麒零把一块银尘递给自己的白色布匹围在腰上，饶有兴趣地站在溪涧边上，看着银尘洗衣服……嗯，"洗衣服"……勉强这么称呼吧。

不过对比起自己之前在驿站，每天要清洗的大量客人交付的衣物来说，银尘简直太过轻松了。他完全不需要像自己一样，先挑几桶沉甸甸的水倒进洗衣桶里，也不需要倒进由刺槐皂角的果实榨成的浆汁用来去除衣服上的油污，更不需要像一匹马一样，用脚大力地在厚重衣服上踩来踩去。

银尘看上去就像是在花园里闲立着，抄着双手在赏花。一大团清澈的溪水悬浮在他面前，仿佛一个凌空滚动着的巨大水球，里面翻滚着麒零的衣服，无数股大大小小的水流仿佛一群缠绕在一起的游鱼一样以极快的速度交错流动着，发出"哗啦啦"的水声。麒零看得目瞪口呆的时候，银尘转身一言不发地走进森林里，过了一会儿又出来，手上拿着一把看起来像是芦苇的黄褐色草茎。他一挥手，这把草茎就裹进那颗大水球里，"哗啦啦"跟着一起卷动了。

"你丢把草进去干吗？"麒零挠挠头发，不理解，

"这是千香柏，你们西南方的特产。港口贩卖的来自你们福泽镇的香料里，就有这种植物香料，你不知道么？"银尘抱起手，看着麒零的衣服在水球里滚来滚去。

"不知道……你丢香料进去干吗？又不是做菜。"

"因为你太臭了。"

"……你有没有人性啊你！我被一头怪物打得血淋淋的，又在雪水泥浆里滚来滚去，我能干净到哪儿去啊？"麒零从鼻孔里"哼"了一声，但还是没有忍住悄悄地抬起自己的胳膊闻了一下，"邻居几个女孩子都觉得我香着呢，她们说我砍柴的时候连汗水都是香的！"

"是啊，你看，这水……都变成酱油色了呢。"银尘开心地微笑着。

麒零转头看着那团转动着的水球，从最开始的晶莹剔透，现在几乎已经快变成一团泥浆了。他叹了口气，哭丧着脸，垮了。

太阳升得更高了，光线的角度变得更加垂直，亮度也比清晨时分来得剧烈，森林在饱满的日照下，终于脱去了那一层被夜里寒露打湿的冰冷外衣，变得暖烘烘起来。

真是个让人愉悦的初冬早晨。

此刻，银尘的脸离麒零的鼻尖，只有几寸的距离。他长袍上的兜帽放下来紧靠着他的脸庞，冰雪般英俊的面容此刻有大部分隐藏在树叶的阴影之下，波光粼粼的溪涧反射而来的明晃晃的光斑照耀在他的宝石般透亮的瞳孔里，像是暗影里闪烁的星辰。

他看着面前的麒零，正在将洗好的袍子重新穿上少年的身体。刚刚还湿淋淋的衣服裤子，被他随手一抖，就全部"哗啦啦"结成了冰，然后再一抖，所有的冰块都碎成粉末，纷纷扬扬地掉了下来，手上只剩干燥而芳香的衣服了。

麒零一边用手系着腰带，一边看着自己面前一脸认真表情的银尘，他正在帮自己整理衣领，顺便把卡在脖子里的头发撩出来。如果此刻麒零面前有一面镜子的话，他就能发现，自己的脸有多红了。因为他此刻的脑海里，不断闪烁着昨天晚上残留在记忆里的画面。最后的记忆就是银尘的手伸进了自己的裤子，然后自己就昏迷了……这不是标准的那什么的戏码么？麒零满脸通红，心里充满羞愤。但又不敢问银尘，万一是自己的梦呢……那可就丢人丢大了……

银尘看了看麒零的表情，心里大概也清楚他在想什么了。虽然仅仅只是两天的王爵和使徒关系，但是对于对方的想法和情绪，也多少是能捕捉到的。那种彼此之间的灵犀，仿佛在渐渐地生成。不过同时银尘也顺便且意外地感受到了一些其他的，这个年纪血气方刚的男孩脑海里的事情，他不由得红了脸，但又不好挑明，于是只能继续假装镇定地帮麒零整理着衣服。

心怀鬼胎的两个人，彼此沉默相对着，假装各忙各的……

麒零当然完全不知道，昨晚两人几乎是贴着死亡的边缘走过的。银尘自然也不想告诉他关于诸神黄昏的事情。因为就连银尘自己，都难以相信，它会出现在这里，甚至到底是不是诸神黄昏，自己也不是很确定。

如果不是昨天晚上消除掉身上所有魂力的话，一定早被诸神黄昏发现了。也许三个自己，都只是它嘴下的鱼肉而已。不过消除魂力之后的自己，就是一具没有任何防御力的肉体，在它充满魂力的啸叫声中，还能存活下来，也算是奇迹了。

穿好衣服的麒零，上下跳跃了几下，也许是好好睡了一觉，又吃了新鲜的水果，他觉得自己身体里充满了力量，用不完似的。他当然没有忘记低头在自己胸口上闻一闻，"确实很香……真想让村里那几个小姑娘闻一闻……"他低头小声念叨着，表情一副"可惜了"的样子。

"好了，你现在没事儿的话，就把苍雪之牙放出来试试看吧。"银尘找了一根矮矮的横着的树干，坐在上面，非常悠闲，像在看戏似的。

"苍雪之牙？不不不不不不……不！不！不！千万不要！"麒零浑身一激灵，赶紧摆手，"它的一只脚就比你坐着的这棵树的树干都还要粗，几根爪子就像是纯钢的大刀似的！"

银尘轻轻地翻了个白眼，一脸不屑。（他翻白眼的动作幅度很小，所以看起来还是那副酷酷的样子，麒零心里想，无时无刻不在注意自己的形象，累不累啊你！）看见银尘不理会自己，麒零歪着头想要逃避这个话题，于是说："银尘，你的魂兽是什么啊？我听他们说，王爵的魂兽都特别厉害，要么你放出来看看？"

"你是说【雪刺】么？"银尘问。

"你的魂兽叫雪刺啊？长什么样子啊？"

银尘把脸转过来望着他，两眼一眯，瞳孔瞬间缩成一条细线。

"哎？"麒零抬起头看看天空，四周一下子黑了下来，是有乌云吗？但是就算是乌云也不能黑得这么彻底啊，伸手不见五指。麒零左右四顾，发现只剩下站在自己面前的银尘，他身上的白色长袍还在隐隐发着些微光，周围一片漆黑。他刚动了动身子，就发现左手碰到了一个冰凉而坚硬的东西，上面是黏黏的液体，再仔细一摸，是一根尖锐的巨刺。麒零小心翼翼地在周围摸了一圈，发现此刻他脚下头顶，都是这样看起来像是黑色水晶般的锋利尖刺。

"这是哪儿啊？"

"你不是要看我的魂兽么？"银尘面无表情地说，"我们现在都在它的嘴里。"

麒零一张小脸吓得惨白，死命地闭上眼，"……你有没有人性啊你！你快收了它！"

麒零吱哇乱叫了好一会儿，再睁开眼睛的时候，周围又是树林环绕、阳光明媚的森林溪畔了。

麒零松了口气，抬手擦擦头上的汗。

"我的你已经看过了，该看你的了。"银尘无所谓地说，一副镇定自若的样子。

"我的什么？"麒零装傻，不想面对。

"你的魂兽！"银尘咬紧牙，太阳穴上一根青筋隐隐地跳起来，但是他还是维持着他高贵而漠然的冰雪王爵的姿态。

"很吓人的……"麒零一双大眼睛四处乱转着。

"少废话，快点儿把苍雪之牙放出来，否则我就睡觉去，让你一个人和我的雪刺玩。"银尘斜着眼睛看他，一副"我真的做得出来"的表情。

"怎么放啊……"麒零都快哭了。

"试着用你的魂力去冲击你的爵印。"

麒零闭上眼，心里想，死就死吧。

然而，麒零非但没死，反而像是看见了宝物一般，满口"啧啧啧啧"个不停。从空气里"嘭"的一声爆炸声出现之后，他就一直围着他面前出现的这头比他还高一个头的雄伟狮子转来转去，一边转，一边说着："太帅了！真是太有面子了！"而这头满身纯净银白色的高大狮子，仿佛也能听得懂麒零的话一般，高昂着它的头，挺着胸口，一副得意扬扬的表情，甚至是炫耀一般地把身体一抖，随着一声震耳欲聋的嘶吼，一双巨大的银白色羽翼从它的双肩"砰"的一声扩展开来，仿佛神话世界里的天神驾驭的神兽一般，光芒万丈。

苍雪之牙闭着眼睛，高昂着头，抬起它巨大的前爪朝麒零伸过去，像一个高傲的王子一样。麒零赶紧伸出双手握着它厚厚的、毛茸茸的爪子上下摇晃，"很高兴认识你！"

"不过魂兽分男女么？"麒零回过头疑惑地望着银尘，然后又回过头来看着苍雪之牙，"你是公的还是母……大哥！我错了，有话好说，别动爪子……"麒零抬着下巴，眼珠向下看着顶在自己喉咙上的、苍雪之牙突然暴长出来的一根匕首一样的爪子。

苍雪之牙收起爪子，闷头哼了一声，转身走开了，轻轻两下就跳上了一处高大的岩石，它在阳光下对着天空发出了一声雄浑而辽阔的嘶吼，然后回过头，用轻蔑和不屑的眼神望着麒零，那表情就是"你知道大爷我是男还是女了么"。

麒零揉着喉咙，小声嘀咕说："你大爷的，怎么和人一样，还会比中指？！"说完回过头，冲着银尘大声说，"它和你一个毛病，动不动就爱拿那些锋利的玩意儿顶着别人的喉咙。"

苍雪之牙跳下来，重新站在麒零身边。麒零抚摸着它脖子上那一圈威风凛凛的银色长毛，回头问银尘："之前我看见它的时候，它可比现在大多了，一只脚就有一棵树那么大，怎么现在是这个样子呢？"

"你看见的是它战斗时的状态，每个魂兽战斗的时候，都会变形成最具有威力的形态。"

"哦……"麒零点点头，"那你的雪刺平时的状态是什么样子呀？……你别放出来，我不要看它刚刚的那种战斗形态，吓人！我只要看平时的样子就行了……"

银尘"哦"了一声，然后摊开手，朝麒零的面前伸过来，他掌心里，一只小小的银白色蝎子，此刻正举起一只小钳子，冲麒零左右摇晃，像是在打招呼……

"我们等一会儿就出发了。在这之前，我要先去一个地方办一点儿事情，你在这里等我，你要不要回一下福泽？不过那里……也没剩下什么了。"

"那我回一下福泽镇上吧……我还是得去看看……你什么时候回来啊？"麒零看着银尘，心里竟然有一种对他的离开而产生的舍不得的情绪。他突然被自己的这股情绪给恶心到了，立刻干呕了一下。

银尘当然知道他在想什么，完全没答理他，转身走了，"快的话，下午就会回来了。你就在福泽等我，别乱跑。"

"跑"字还在空气里回荡，银尘的人已经不见了。只留下空气里依然旋动着的气流，吹起无数从树干上掉落下来的，金黄的落叶。

『 西之亚斯蓝帝国·西南天格据点 』

帝都格兰尔特在整个亚斯蓝帝国的疆域上，设立了无数个大大小小的这样的据点，用来供王爵和使徒，以及皇家的魂术师们联络情报，和获取信息。所有这样的据点，把整个帝国的疆域，笼罩在一个网下，这个庞大的情报网，被称呼为【天格】。

这是离福泽最近的一个【天格】的据点。

银尘从陈旧的仿佛一个墓碑一样的石门洞穴往下走，渐渐地朝着地底深处走去。脚下的石阶磨损得很厉害，一看就是年代久远的地下建筑物。这个通往地底的冗长的隧道，两边每隔一段距离，都有一个放置在石槽里的壁灯。不是用火光来照明，而是用魂力的亮度在维持着。不过每一盏石灯都不太亮，所以，只能看清隧道里大概的状况，隧道的尽头，依然笼罩在一片死寂的黑暗里。银尘一边走，一边感觉自己在走向一个墓穴。真不知道为什么这个据点建造得如此阴森。

通道两边的墙壁上渐渐出现雕刻的连绵不断的细密花纹，非常典型的亚斯蓝的水源装饰纹路。

再走一会儿，就到了台阶的尽头。一个略显空旷的石室，没有多余的装饰，只有面前的一个巨大的石台。石台后面，一个穿着黑色长袍，戴着黑色兜帽的魂术师。他的脸笼罩在兜帽的阴影里，只能看见他的嘴。他的嘴唇薄而苍白，看起来像一个失血过多的病人。

"七度王爵，银尘。我来获取一些情报，希望你能提供给我。"银尘冲着黑袍人，淡淡地说着。

"王爵，愿意为您效劳。"黑袍人的声音在幽暗的洞穴里嘶哑地响起来，听上去让人不舒服，仿佛后背爬上了一条冰冷的蛇。

"昨晚，福泽镇外的森林，是否出现过高等级的魂兽？我说的高等级，是指……上古四大魂兽这种级别的……"

"……"黑袍人沉默着，显然是没想到银尘会提出这样的问题。

"是诸神黄昏么？"银尘的瞳孔仿佛冰冻一样，闪烁着寒光。

"昨晚福泽镇外，确实出现过非常高等级的魂兽，以魂力来推断的话，至少是数倍于王爵之上的，所以按这个标准来说，可以认定为是上古四大魂兽之一……但是否是诸神黄昏，不敢肯定……"黑袍人继续用他那种阴冷的嘶哑声，回答着银尘的问题。

"我可以肯定。没有其他的魂兽可以发出那种能将人体内所有魂力都激发至沸腾的叫声来，在那种叫声里，任何人，只要稍微运行一点儿魂力，或者稍微被它捕捉到一点儿魂力的话，它都能用那种叫声，将这个人所有的魂力激发到崩溃，在体内像失去控制的海潮般乱涌，最后直到将人的所有魂路冲击得七零八落，对魂术师造成重创……"银尘一边不紧不慢地说着，一边观察着黑袍人的神色。

黑袍人对银尘的话没有表态。他的表情被兜帽的阴影笼罩着，无法判断他此刻在想什么。

银尘冷冷地斜了斜嘴角，笑着说："我最后问一个问题，附近还有没有别的王爵？如果有，他们是在执行什么任务？"

"附近有别的王爵。他们是在执行别的任务。"

"是谁？在干什么？"银尘紧紧盯着那人的脸。

"抱歉，这个情报的知晓权限，在您的级别之上，您无权获得这个情报。"黑袍人礼貌，但是却冷冷地回答道。

『 西之亚斯蓝帝国·福泽镇外森林 』

愈渐浓郁的夜色，将无边的森林笼罩在一层深灰色的暗影里，看上去静谧而又温柔。

等了半天的麒零，这个时候才发现天色已经暗了下来。他抬起头，依然没有看到银尘的身影。周围是空旷的森林，除了自己没有任何人影，无数巨大的参天古木仿佛一个个黑色的巨人，矗立在自己的周围，它们低下头怜悯地看着孤单的自己。

那一刻，麒零感到前所未有的孤零。

福泽镇上，已经没有剩下什么人了。驿站整个塌毁了，已经是一片木头残渣的废墟。镇上其他的部分也被毁得够呛，很多人都离开了福泽，剩下一些孤寡老人，因为无处可去，所以留了下来。

整个镇子像经历了一场浩劫。此刻只留下让人窒息的破败和寂静。

"我回来了。"银尘的声音突然在自己面前响起。

麒零跳起来，忍不住伸手抱了银尘一下，他脸上的笑容特别真实，看得出，他是发自内心地感到高兴。

"我还担心你……"麒零说了一半，摇了摇头，打住了。

"担心我丢下你自己走了？"银尘问。

"算是吧……"

"那你可以放心，王爵一旦对使徒赐印，就无法逆转这个事实，而且也不能再对别人进行赐印，也就是说，我只有你这么一个使徒，所以我不会丢下你的。"银尘认真地解释着。

麒零用力地点头，然后笑了。

"饿了么？生堆火吧，你自己烤一点儿吃的，顺便取暖。入夜后又会冷的，我懒得再帮你搭建屋子了，一晚上都得留些魂力来维持，很累的。"

天彻底黑下来之后，月亮就从云里出来了。

月色下的森林显得多情而又静谧，像个婉约的少女。

苍雪之牙依然昂首挺胸地围着麒零缓慢地踱步，而麒零也非常配合地一直对它赞不绝口。它抬起毛茸茸的脚掌，"哎呀，这爪子就像宝剑一样锋利，太帅了！"它"刷"的一声从肩膀释放出那对宽大的羽翼，"哇，这简直是天使的羽翼啊！"它甩动着尾巴，尾巴上那三根像匕首般的尖刺轻轻地就把一根腰围粗细的树木拦腰削断了，"天啊，你这就是传说中斩妖除魔的宝剑么？"

两主仆你唱我和，没完没了，彼此都很享受……

银尘不屑地翻了翻白眼，转过头不再看他们。他坐在树下的石头上，把手上的面包撕成一小块一小块的碎渣，然后喂给雪刺。雪刺那张小嘴一直"吧嗒吧嗒"地，都没合拢过，一双滴溜溜的小眼睛在脑袋上支棱着，两只钳子左右挥舞着，看起来就像是一条摇头晃脑高兴得不得了的狗。

"吱吱吱——"雪刺吃完，在银尘肩头跳来跳去。

"我不饿啊。"银尘温柔地摇了摇头，用小手指轻轻在它后背的壳上敲了敲。

雪刺转身从他肩膀上跳了下去，矫健地跳着消失在茂密的草丛里。

"你听得懂它说话啊？"远处麒零走过来，疑惑地问。

"当然，相处久了，自然就懂得。"银尘看着麒零，面无表情地说。

麒零刚要说话，一阵"咕隆咕隆"的声音响起，然后草丛远处的黑暗里，突然飞过来几十个野果，像是下雨一样"咚咚咚"地掉在银尘脚边，然后就看见小小的雪刺一路跳过来，跳上银尘的肩头，挥舞着小钳子，唧唧喳喳的。

银尘拿起一个果子，咬了一口，冲雪刺笑了笑。

麒零弯腰捡起一个，咬了口，酸甜可口的果汁流进他的口腔里，"雪刺你真棒……"还没说完，就听见身后一声闷吼，转过身去，看见苍雪之牙甩了两下尾巴消失在森林的黑暗里。过了几秒钟，就听见一声惊天动地的嘶吼。麒零一阵胸闷，一边用手揉着胸口，一边看见苍雪之牙从树木间的黑暗里走出来，银白色的身影在黑暗里光芒流动，它用力地把羽翼一展，"哗啦啦啦"，无数飞鸟从头顶坠落到麒零的脚边上，每一只鸟都嘴角吐血，明显是被刚刚那一吼给震挂了。

苍雪之牙昂着头，一副不可一世的样子，但同时又用半眯起来的眼睛偷偷地从眼缝里看麒零，一脸炫耀的同时渴望着表扬的表情。麒零赶紧跑过去，一边摸它的头，一边说："你最棒了，你超棒的，你最厉害了……"它得意地把尾巴甩来甩去，麒零看着尾巴末端的那三把匕首，心里发慌，"你当心啊你可别甩到我啊……"

而银尘肩头的雪刺，把它小小的头一转，完全不想答理它。过了一会儿，雪刺"嗖"的一声从银尘肩头蹿下，然后小碎步滴溜溜地跑到苍雪之牙的厚厚的肉掌边上，站定了，抬起头望着面前这个庞然大物。

苍雪之牙斜睐着眼，看着几乎如自己指甲大小的雪刺，一脸不屑。

于是雪刺慢慢地转了个身，翘起尾巴，冲着苍雪之牙的肉爪子一扎……

苍雪之牙"嗖"地冲天而起，跳到树冠上趴着，一脸惊悚的表情，舌头吐了半截在外面，眼珠子瞪得极其大。

而树下那只小小的雪刺，此刻一只钳子插在泥里撑着自己小小的身体，另一只钳子扶在自己胸口上，弯着腰颤抖着，看它的样子，"咯咯咯"笑得都快岔气了……

银尘和麒零彼此对望一眼，一脸尴尬的表情。

麒零看着满地的飞禽，正好肚子也饿了，于是去森林里捡了些枯枝，然后掏出衣服里的火石，生了堆火，把那些飞禽拔了毛，串在树枝上，架在火上烤。烤了会儿又觉得不够，转身走进森林里，四处寻觅着，抓了几味草，又找了几种野果子回来。他把那些草揉碎了，把草汁涂抹在肉的表面，又把那些用来调味的野果子，塞进打理好的飞禽肚子里，重新架到火上烤。不一会儿，那些飞禽肉的表皮上泛出发亮的油光，诱人的浓郁香味弥漫开来。

火光在夜色里，显得温暖而又亮堂。

柴火不断地燃烧着，发出"毕剥"的声响，不断爆炸出火星，像萤火虫一样被风吹起来浮动在树与树之间的暗影里。

火堆点燃之后，雪刺就又重新回到银尘的爵印里。而苍雪之牙也跳到离火很远的一块岩石上，趴在那里无精打采。

银尘对麒零说："你还是把它收回你的爵印里吧。"

麒零歪着头，想了想，说："哦……对了，为什么平时你都把雪刺收在身体里的爵印中呢？放出来不是挺好么？我觉得啊，身边跟着一头这么高大的狮子，真是有面子极了。"

"魂兽一旦被收服，就不再像之前自由的时候那样，可以随着猎食和休息而恢复魂力了。它们必须在我们的爵印里，才可以恢复魂力。如果一直在我们体外保持实体形态或者战斗形态，那么它们的魂力都是持续消耗状态，"银尘抬起手指了指，"喏，你看苍雪之牙，你再不让它回爵印里待着，估计明天早上它连路都走不动了。"

麒零吓得赶紧站起来，一路小跑到苍雪之牙面前，冲着它挥了挥手，然后指了指自己的屁股。苍雪之牙睡眼惺忪地站起来，绕到他的身后，茫然地站着，低着头看着他。

麒零回过头，冲银尘说："我怎么把它收到爵印里啊？"

"把你的魂力往爵印聚拢，然后和它的魂力形成感应，很简单的。"

麒零完全没有听懂，但是银尘已经在闭目养神了，他只得咬咬牙，看着身后困得快要睡着了的苍雪之牙，两眼一闭，在体内感应着自己的魂力流动。

空气里轻轻的一声炸响，高大的银白狮子像一阵白色的烟雾一样，卷动着流淌进了麒零的身体。

麒零目瞪口呆，"这真是……太神奇了。"

麒零回到银尘身边，在他脚边上坐下来，推了推他的腿，"银尘，再和我说些关于你们那个世界的事情吧。我小时候睡觉之前最爱听故事了……"

银尘低着眼睛，满脸不屑的表情，"谁和你讲故事，我说的都是真的。"

麒零赶紧点头，"是是，你多说一点儿，我想听。你想啊，我好歹是你的使徒，以后见了其他的王爵，怎么说也不能像个傻子一样什么都不知道吧，我得给你争气。虽然你只是个小小的七度王爵……大人！请把冰刺收起来，我不是那个意思！好了，我是说，至少以后大家见面联络，我也有个使徒的样子嘛，免得给你丢脸……"

银尘看着麒零认真的面容，火光里，他少年的稚气依然未脱，但是还是能在他脸上，预见他将来英俊挺拔的样子。他挪了挪姿势，面对麒零说："王爵和王爵之间，是很少互相往来的。王爵历来就是独身一人，身边只会跟着自己的使徒。除非是白银祭司下达了很重要的任务，需要王爵们彼此协力完成，否则，王爵们平时，几乎不打照面的。因为本身王爵一个人的魂力，就很惊人了，所以，几乎很少会有什么事情需要派出几个王爵才能解决……"银尘把身体往后倾，靠在岩石上，"而且你也不会给我丢脸的。"他想到自己在最初探测感知麒零身体里的魂力时，所感应到的如同浩瀚汪洋般的魂力。

"是吗？可是我什么都不懂，银尘，那你其他的使徒肯定都特厉害吧？"麒零有点儿沮丧地低着头，不时抬起眼睛看银尘。

"我告诉过你啊，一个王爵只有一个使徒，除非使徒死亡，否则王爵不能对第二个人进行赐印。而在你之前，我没有过使徒。"银尘闭上眼睛，轻声说着。

"这样啊……原来我是你的第一次……"麒零两手一摊，大松了一口气。

银尘维持着安静而高贵的睡姿，但是依然难以掩饰他太阳穴上愤怒跳动着的青筋。

麒零挠了挠头发，心里莫名地高兴起来，"说起来，使徒到底是做什么的？伺候王爵的么？还是说，是你们的跟班？"

银尘睁眼睛看着麒零，月光照在他年轻而英气的脸上，他的目光像是黑色的大海，剑锋一般的眉毛衬托着他的俊美，"使徒……是下一任的王爵，我死了之后，你就是【第七王爵】。"

"啊啊啊啊啊啊啊！"麒零在愣了三秒钟之后，抓着自己的头发尖叫起来——当然，叫到一半，又开始满嘴冰碴，"呜呜呜"地开始吐。

吐完嘴里的冰碴，麒零依然没有放弃，"银尘，你们的魂术都太厉害了。我要练多少年，才能像你那样啊？你也教教我从地面引爆一根冰刺出来吧！太厉害了啊！或者至少你教我'哗啦啦'地洗衣服吧？这样我这个跟班干干净净的，你脸上也有面子呀！"

"这些东西，是没办法教的，只能在不断的战斗和练习里学来。王爵教授给使徒的，也仅仅是他们独特的运魂方法而已。而至于能产生多大的能量，完全取决于个人的修为。如果说得简单一点儿的话，魂术的本质，就是运用自己身体里的魂力，和外界的各种元素产生感应，从而达到普通人类用肉体无法完成的'奇迹'。而亚斯蓝帝国疆域上的魂术师，天生体内的魂力，就是水属性的，所以对水、冰、雾、汽这一类的事物，具有出类拔萃的控制力。不过这种对元素的控制力，对魂术师来说，都像是喝水、眨眼睛、抬头这类动作一样，几乎是一种生命的本能。就像你出生之后，没有人教过你如何眨眼，但是你生来就会；没有人教过你如何呼吸，但是你生来就会。魂术也是一样的。你慢慢就懂了。"

麒零低着头，若有所思。

"并且，魂术师们因为体内魂力的不断操控、循环、激荡，所以肉体也比普通人类具有更强大的潜能。比如我们的力量、速度、再生能力，都远远超越一般的人类，所以说——你的鸡，已经烤焦了。"银尘望着麒零身后，面无表情冷冰冰地说。

"什么？……哇！！"麒零蹿过去一把抓起树枝，不过为时已晚，他看着手里一块焦炭一样的东西，哭了……

『西之亚斯蓝帝国·深渊回廊』

两侧拔地而起的高大黑色山脉，把蓝天拥挤得只剩下一条狭窄的缝隙。

峡谷的入口处，弥漫着浓厚的乳白色大雾。峡谷深处被大雾掩盖着，什么都看不到。偶尔传来一声诡异的吼叫声，隐约地在空气里回响。

四处爆炸散落的血块，残肢断臂，无数形状奇异的头颅，有些被踩碎一半，混浊的脑浆喷溅在黑色的岩壁上，有些只剩下一个空壳，里面的脑髓已经不知去向。地上大大小小散落着各种颜色和大小的眼珠子，仿佛无数冤魂的眼睛，不甘地瞪着人间的幽灵。

数不清的内脏和肠子，它们饱蘸着血浆，四处悬挂着，山崖上，树枝上，岩石间的溪涧里，水面上也不时漂过一副脏器，整个巨大的山谷被黏腻混浊的恶臭包裹着。

如同人间炼狱般寂静无声的场所。

一望无际的空旷辽阔，被雾气覆盖着峡谷腹地。

不知道这里发生了什么，以至于让这个静谧的峡谷盆地，变成了如此恐怖的人间炼狱。

在辽阔的尸骸之地上，两个渺小的身影，缓慢地从这片血腥里走出来。

鬼山缝魂看着自己背上沉睡的那张仿佛一碰就要碎掉的晶莹面容，胸腔里翻滚着难以言喻的感受。

"我们……活着出来了……"鬼山缝魂血迹斑斑的脸上，终于出现了笑容，他如同星辰般的眼睛里，浮出一层发亮的泪光来。

背后那个穿着银白长袍的少年，睁开他那双仿佛琥珀般美好得惊心动魄的双眼，柔软而又纤长的睫毛把他装点得像一个年幼的神祇。精致的五官，没有任何瑕疵的肌肤，他孱弱的脸看起来就像是苍白的雾气一样，虚弱而没有生气。

快要走出【深渊回廊】的时候，少年的瞳孔里，出现了一个如同幽灵般的身影。

鬼山缝魂看着远处浓雾里如同鬼魅般无声无息的影子，停住了脚步。他坚毅的脸上笼罩起一层蓬勃的杀机。

他轻轻地把少年放在山崖边让他靠着岩石休息。少年苍白的脸上泛起恐惧，看起来一阵风都可以让他致命般的脆弱。

"五度王爵鬼山缝魂，是你么？"浓雾里的幽灵问。

"你是谁？"缝魂的身体上，无数金黄色的十字刻纹呼吸般隐隐闪动起来。

浓雾里，幽灵慢慢地走过来，从黏稠的雾气里显影出了轮廓，仿佛水里浮出的一个死灵。漆黑的袍子，笼罩着整张脸的兜帽，从他冰冷的身上完全感受不到任何生命流动的气息。

"我是幽冥。"黑色的影子说。

"幽冥？……二度王爵……二度王爵幽冥？"鬼山缝魂的声音里，充满着一种令人毛骨悚然的锐利声，他自己都没有意识到，他的声音因为恐惧而变得嘶哑而尖锐。

恐惧像是密密麻麻的蚂蚁般从缝魂胸腔里爬出来。当他想从身体里拔出魂器的时候，才发现自己的身体完全没办法动弹。

"不要浪费力气了，"没有任何感情和起伏的声音，在浓雾里像是来自地狱的鬼牙，"在我瞬杀你之前，你有什么要交代的么？"

"这就是……二度王爵的实力么……"虽然自己在刚刚从深渊回廊里救出少年的时候，已经消耗了大部分的魂力，才导致现在处于完全无法使用任何魂力、足以被瞬杀的局面……不过，就算自己是完全没有消耗魂力的状态，对面的幽冥……也仍然是一个深不可测的怪物。缝魂感应着自己身体内被对方压制着的完全无法流动的魂力，看着对面这个一点儿都感受不到他的魂力气息的鬼魅，瞳孔里是铺天盖地的绝望。他僵硬地转过头，看着远处睁大纯净瞳孔凝望着自己的孱弱少年，眼里流下了痛苦的泪水。

"幽冥……你听我说……你可以杀我，但是不能杀他，他是……他是……"缝魂的话突然硬生生地断在空气里，仿佛一根被折断的树枝发出的脆响。

一根精美而小巧的冰凌，从缝魂的喉咙里穿刺出来。

随即，肩膀、胸膛、小腹，一根接一根的长满倒刺的锐利冰刃，连续地从他的身体里爆炸而出。血浆汩汩地流了一地。

"不可能……你竟然能控制我身体内部的水……你的魂力竟然强到……可以突破我身体的屏障……这不可能……"

幽冥从黑袍里伸出苍白而修长的手指，轻轻地挥了挥，缝魂的身体突然飞起来，朝山崖撞去，轰然一声，坠落在地上。

幽冥的身体像是始终浮动在空气里一样，没有任何重量，甚至没有任何厚度，他那黑色鬼魅般的影子一晃，就突然出现在少年的面前。

幽冥弯下腰，伸出一双完美得几乎没有任何瑕疵的手，用修长而冰凉的手指轻轻地把少年的下巴抬起。少年那张精致得仿佛年幼天神的脸，此刻充满了恐惧，瞳孔剧烈地抖动着，呼吸越来越急促。

弯下腰的幽冥，轻轻地摘下了头上的兜帽，峡谷里被雾气包裹成柔和色调的乳白色光线，笼罩在他那张俊美无比的年轻脸庞之上，邪气的笑容像是深海里一闪而逝的鳞光，他的眼窝像是狭长的山谷，高高的眉骨隆起在他的额头上，和他挺拔的鼻梁呼应着。碧绿色的瞳人如同浩瀚的汪洋。周身的黑色长袍被魂力鼓动着，轻盈地如同黑色烟雾般在空气里浮动，包裹着他修长而又充满力量的身体。

"你最好告诉我……你是谁……"幽冥靠近坐在地上的孱弱少年，望着他苍白的脸，用低沉而又磁性的声音问道，他有力的手指在少年白皙的脸上轻轻地摩挲着，仿佛在抚摸一朵刚刚开放的花朵。

少年缓慢而又怯生生地抬起他的手，他纤细而苍白的手指，轻轻地搭在幽冥的手臂上，仿佛不敢碰他一样颤抖着，充满了畏惧。

"我是……"少年虚弱的声音，在雾气里难以分辨，仿佛失去力气一般，空洞地张合着他的口。

在幽冥还没有反应过来的刹那，少年冰凉的五指瞬间变化成交错缠绕的锋利冰刃，以一种无可抵抗的闪电般的速度，沿着幽冥的一条手臂，像是疯狂的钢铁藤蔓般"哗啦啦"攀爬上去。

一个眨眼的瞬间，幽冥的右手连同右半边肩膀，都化成了空气里飞扬的粉末碎片。

四处飞溅的血液泡沫，在浓雾里腾起一阵腥甜的味道来。

第五章

黄金魂雾

天地是仿佛混沌停止后的寂静。
整片巨大的峡谷里，
弥漫着挥之不去的剧烈血腥气。
四处飞溅的血浆，
将周围的树木、荆棘、岩石，
全部淋成一片恐怖的绛红色。
仿佛天空里持续下了一个月的猩红血雨，
一切都泛着红色的潮湿。

『西之亚斯蓝帝国·港口城市雷恩』

从早上醒来开始，麒零就跟着银尘开始一路快速前进，银尘看起来轻飘飘的，仿佛散步一样悠闲，但是实际上，他的速度就像一阵风似的，麒零铆足了力气，才勉强跟上他的速度。渐渐地离开福泽镇外的森林之后，银尘就带着麒零，一路往西边进发。开始麒零只是有点儿疑惑，但是猜想可能银尘知道一条近路吧，也就没多问。直到突然看见了出现在自己面前的一座白得耀眼的海港城市，麒零终于忍不住了，"银尘，我们不是要去帝都格兰尔特么？格兰尔特应该是在北边的内陆吧？我们跑来这个海港城市干吗？"他一边仰起头惊叹着雷恩恢弘的白色建筑群，一边快步赶上走在前面的银尘。

"我带你来这里，是来拿属于你的魂器。"银尘没回头，继续朝前走着。

"魂器？这个又是什么？"麒零又迷惑了。他叹了口气，发现自己永远都没法搞明白这个魂术的世界了。刚刚弄清楚一个东西，转眼又会多一个新的玩意儿。昨儿个刚刚弄懂了自己的魂兽，现在好了，又来了个魂器，明天不知道会不会再来一个魂衣、魂鞋、魂皮带什么的……

"就是属于你的独有的一件兵器。魂器不是普通意义上的兵器，它只产生于魂塚里面……"

"请问这魂塚又是……"麒零觉得自己脑子已经缺氧了。

"魂塚是在雷恩海域下的一处深海洞穴，这个巨大的洞穴从远古以来就存在着，和帝都格兰尔特白银祭司的存在一样，没有人知道它是什么时候出现的。魂塚就像是一个孕育魂器的巨大母体，无数强力的魂器都像是有生命的植物似的，从洞穴的岩壁上生长出来。魂器和普通兵器不一样的地方，在于它和魂术师的身体一样，具有灵魂回路，魂力沿着魂器上的刻纹流动，能产生巨大的力量，同时魂器也具有容纳魂兽的功能，所以，拥有魂器的人，其实等于拥有两只魂兽。但是只有使徒才有资格进入魂塚去摘取自己的魂器，所以，也只有使徒和王爵，是拥有两头魂兽的。并且，一旦使徒进入过魂塚一次，无论是否成功地拿到了强力的魂器，他此生永远都不能再次进入魂塚了。"

"这么厉害啊？那和我现在的苍雪之牙比呢？"

"不同魂器的容量都是不一样的，越强力的魂器，就能收容越厉害的魂兽。但是魂器也是需要寄居在魂术师的身体内部的，如同第一魂兽需要寄生在爵印里才能恢复魂力一样，魂器也需要魂术师的肉体，才能恢复魂力。"

"你说……把武器……放在身体里？"麒零头皮一阵发麻。

"是啊。你要看我的魂器么？"银尘回过头来，面无表情地看着麒零。

"不用不用！谢谢您了！"麒零胃里一阵恶心，"你刚说是在海底啊？那我们怎么去？还得弄条大船吗？我先说好，我没钱的……"

银尘深呼吸一口，转身大踏步走掉了……

"这……发生了什么事儿啊？"麒零站在狭长的甬道入口，看着四处崩裂的裂缝，砸裂的坑洞，四处飞溅着的碎石，一片狼藉。

银尘站在原地没有说话，他狭长的眼睛笼罩在一片阴影里。周围依稀能够感应到残留下的魂力余烬，证明打斗发生的时间离现在不远。而且从空气里飘浮着的魂力余丝的精纯度来说，这些魂力不是来自一般的魂术师，这种精纯程度的魂力，至少是来自使徒，甚至王爵的。

头顶的阳光把甬道里的一切照得毫发毕现，光线里浮动着微小的石屑碎片和粉末尘埃，像是金色的烟雾。

"你不是说我们去海底么？来这里干吗？"麒零问。

"从这里数过去，第十七个神像，就是去魂塚的棋子。"

麒零揉着太阳穴，一脸痛苦的表情，"我说银尘大爷……请问这棋子又是……"

银尘白了麒零一眼，"棋子其实是被施以了魂力的一种传送之阵，通过凝固在物体上的封印，打通连接两个地方的时空。棋子的外表理论上来说可以是任何的东西，一颗石头、一棵树、一扇门、一把武器、一个雕塑，都可以成为棋子。棋子分布在奥汀大陆上的各个地方。而雷恩的这枚棋子，连接着魂塚。"

"噢……"麒零望着墙壁上这一排没有瞳孔的蛇发女巫雕塑，很难想象能够通过它们到达另外一个空间。

"你去吧。触摸第十七个神像。"银尘对麒零说。

"我？我一个人去？"麒零猛摇头，"不不不不，我不敢……"

"当然你一个人。我在还是使徒的时候，就去过那里了。我没办法再进去一次。"银尘望着这条冗长的狭窄区域，目光笼罩在阴影里。

『西之亚斯蓝帝国·港口城市雷恩』

麒零盯着面前一排阴森森的蛇发女巫神像，口中"啧啧啧"个不停，并且丝毫没有准备离开的迹象，银尘不得不上前一把抓过他的衣领，把他从神像面前拖走。麒零死命地挣扎后发现没办法脱身，于是只能转为语言的攻击，"放我下来！你这样提着我简直像欺负小毛孩儿一样，我太没面子了！""我告诉你，我也就才十七岁，我会长个子的，你别仗着现在比我高小半个头就可以把我提来提去！""我告诉你啊我……呔呔呔……"——当然，结局是他一路吐着冰碴子，一路被拖出狭窄的甬道，到达一个不大但精致的驿站前。

驿站门口挂着两面白色的旗帜，两盏雕刻精致的铜灯。从打开的大门，可以看见里面坐着一些看上去地位不低的人在喝茶聊天。

银尘松开麒零的衣领，然后走进驿站的大堂。

"你刚刚不是说要让我去魂塚么，怎么现在跑来住店了？"麒零跟进去，对着正在询问店家还有没有房间的银尘，问道。

"只剩下一间房了。"店家指了指插满铁牌、只剩下一个空位的青铜告示牌说。

"不行！得两间！"麒零看了看银尘雪山般挺拔而冷酷的侧面，刷地一下涨红了脸。他支吾着，对店家要求，"必须得两间。"

银尘拿了店家递过来的房间铜牌，然后转身走上楼梯去了。他没有回头，冲身后的麒零冷冷地说："上楼。不然我把你提上来。"

麒零哭丧着脸，一路小跑利索地跟上去了。

走进房间的时候，麒零看见银尘把长袍脱下来挂在床边的支架上，然后他从胸口的衣服里层，拿出两粒金黄色的果实，小小的，看上去像是金黄色的樱桃。

"这是什么？"麒零走过去，看着银尘手里的金色果实。

"这是一种叫做'希斯雅'的树木的果实。'希斯雅'是亚斯蓝传说中的光明女神，这种以她的名字命名的果实，传说中是女神的眼睛。"

"哇……是不是吃了就能魂力突飞猛进，瞬间就能达到像你们那么厉害的境界？我小时候听故事，总是有这种神奇的果实，或者说药之类的！"麒零双眼放光，一脸认真而严肃地直瞪着银尘手里的金色果实，脸上写着三个字"快给我！"

银尘一张脸冷若冰霜，反手往麒零头上一拍，"你故事听多了。"

说完，他走过去，伸出手捏着麒零的下巴，把他的脸拉近自己。"你闭眼睛干吗？有病啊。"银尘翻了个白眼，看着面前面红耳赤紧闭着眼睛的麒零的那张英气勃发的脸，叹了口气。

"条件反射呀！再说了，我哪知道你又想干吗？"麒零睁开他狭长的眼睛，睫毛激动地上下扇动着，像两片柔软的黑色羽毛。银尘看着离自己鼻子只有几厘米的麒零的脸，愣了愣，心里想，不知道他长大之后，有多少少女会被这张英俊的脸给迷死。银尘的脸色缓和下来，对麒零说："睁大你的眼睛，不要动。"

说完，银尘捏着一颗"希斯雅"的果实，移到麒零的眼睛上方，向他的瞳孔里，分别挤入了几滴金黄色的汁液。

一阵冰凉而又舒服的感觉像是泉水般润进眼眶。麒零揉揉眼，再次睁开的时候，面前白衣如雪的银尘，此刻全身都笼罩在一层仿佛雾气般的金色尘埃里面。

"这……这是……"麒零抬起手，对着包裹在银尘身体上的那些缓慢浮动的金色尘埃挥了挥手，金色的尘埃缓慢地荡漾开去，看起来梦幻极了……

"这是【黄金魂雾】，"银尘面容一紧，忽然像是无声的爆炸一样，他从身体里扩散出一阵海浪般汹涌的金色雾气，瞬间充盈了整个房间，"是我们魂力的实体。"

麒零傻站在原地，看着整个屋子里循环流转、翻涌不息的金色巨浪。

银尘抬起手推开窗户，指着外面，对麒零说："你看窗外。"

麒零揉着眼睛，走到窗户边上朝外面看去，他大睁着眼睛，完全不敢相信这是自己一直生活着的世界。

熙熙攘攘的城市建筑中间，一缕一缕稀薄的金色雾气缓慢地飘动着，仿佛透明的丝绸一样，缠绕在城市的上空。偶尔有几个人的身体上，会看到明显扩散出来的黄金魂雾，城市中央的一栋白色尖顶的宫殿里，黄金魂雾的浓度明显更大，像是湿漉漉的水汽一样，包裹着整个庞大的宫殿。

远处的大海，随着波浪的卷动，不时地会从海底掀起几股黄金粉末般的雾气来，仿佛海底的巨鲸喷出的水柱一样，无数的雾气在大地的各处飘浮着。

麒零瞠目结舌地回过头，银尘在床边坐下，抬起那双银白色的瞳孔，对麒零说："坐下吧，我和你说。"

麒零乖乖地走过来，往地板上一坐，两条长腿伸在面前，他抬起头，目光里是渴望的神色。每一次，只要说到关于魂术世界的事情，他都像是初生婴儿般，对任何事物都充满了好奇。

"你所看见的这些黄金魂雾，其实就是我们的魂力。魂力弥漫在这个世界上的每一个地方，区别只在于浓度。当我们使用魂术的时候，你看见的那些我们身体上的金色刻纹，其实都是这些黄金魂雾在我们身体里流动时产生的效果，因为其极高的浓度和在我们身体里运行时产生的能量，所以能够被肉眼看见。而平时黄金魂雾都是看不见的，只有用'希斯雅'果实的汁液洗过的瞳孔才能看见。"

"黄金魂雾是自然产生的么？"麒零问。

"没有人知道黄金魂雾的来源。我们只能知道哪里的黄金魂雾比较浓密黏稠，哪里又比较稀薄。至于黄金魂雾的真正来源，可能只有白银祭司知道吧。因为这毕竟关系到整个大陆魂力的根本。没有这些黄金魂雾，也就没有所谓的王爵，所谓的使徒，甚至连魂兽、魂术师这些都不会有。"

"对了，银尘，我还没问过你，为什么会有魂兽这种动物呢？它们是自然界产生的么？那么厉害的魂力是与生俱来的吗？"

"这就是我刚才说的，没有黄金魂雾，也就没有魂兽。其实任何的人或兽，如果长期处于高浓度的黄金魂雾之中，那么，一定会产生异变。这种异变会随着黄金魂雾通过呼吸、渗透、肌肤附着等方式进入人的身体而日渐发生。黄金魂雾在体内不断流动，就会慢慢地形成各种魂力回路，也就是我们身上那些金色的刻纹。回路越复杂越密集，能调动产生的魂力就越大，运行的方式就越多。除了这种自然的方式之外，魂力回路的产生还有另外一种方式，就是王爵对使徒的赐印，这是瞬间让使徒的身体内形成与王爵同类型的魂力回路的方式。

"在整个国家里，有一个地方聚集着无数的高等级魂兽，那就是深渊回廊，它也是目前所知的这片土地上，黄金魂雾浓度最高的几个地方之一。只是很少有人能到达深渊回廊的最深处，传说中那里有一个完全由黄金魂雾凝聚成的金色湖泊，那里黄金魂雾的浓度高到了让无数翻涌的魂力以液态的方式聚集在那里。所以，整个阴森的巨大峡谷里，聚集着成千上万无法想象的高等级魂兽。另外一处拥有高浓度黄金魂雾的地方，就是你即将去拿魂器的所在，处于海底的魂塚，也正因为如此，它才能孕育产生无数的强力魂器。"

"啊……原来魂兽是这么来的，"麒零挠挠头，笑着，"原来苍雪之牙是有一天莫名其妙掉到黄金池子里洗了个澡的小狮子，等它爬到岸上的时候，它已经长出了翅膀并且瞬间就践得不行了！银尘，我们改天也找一个这样会聚着黄金魂雾的池子洗个澡，等到起来之后，哇，我们肯定变成一度王爵和【一度使徒】，那个时候多拉风呀！"

银尘看着面前兴奋的麒零，果断地泼下一桶冷水，"没有那么简单。魂力回路的形成是一个非常复杂的过程，并且黄金魂雾的浓度和人之间的作用也非常微妙。有些生命力弱的动物如果抵抗不了高浓度的黄金魂雾，别说变成厉害的魂兽了，连生命都保不住，直接死在浓烈的黄金魂雾里；要是浓度过低，又无法形成高等级的魂兽。所以，这个大陆上存在着的那些顶级的魂兽，都是非常特别的，并且经过了千万年的历史才存活下来。所以说，你这个澡，还是暂时别洗了。"

麒零一脸傻眼的表情。

"不过，当我们受伤或者魂力消耗过大的时候，处于高浓度的黄金魂雾环境中，是会让我们的魂力得到迅速恢复的，甚至连身体的伤害都能迅速治愈，肌肉骨骼组织的再生和愈合能力都会随着黄金魂雾的浓度加大而增强。所以一般魂术师身上都放着一两枚这样的'希斯雅'果实，在受伤的时候迅速找到附近黄金魂雾浓度高的地方休养。"

麒零把玩着刚刚银尘给自己的那颗黄金果实，揉揉眼睛，发现面前的黄金魂雾已经看不见了。"这个果实的汁液效果，只能持续一会儿。"银尘对他说。

这时，窗外传来阵阵欢呼声和歌唱的声音，麒零走到窗前看了看，然后回过头来对银尘说："窗外好多人呢！看样子是要举行什么庆典了吧？"

"今天是雷恩城的'越城节'，是祭祀神话里的海洋之王塞恩斯的节日。因为雷恩是一个港口城市，人们的生活大都和渔业有关。所以，掌管海洋的塞恩斯在他们心目中是非常重要的一个神。"

"真的啊？！那我可以去看看吗？"麒零眼里放着光芒，"我从小都没离开过福泽小镇，我们镇上也就新年的时候大家会穿上自己最新的衣服，几户人家围在一起唱歌什么的，所以我从来都没看过这么多人的大型庆典呢！"

看着面前头发漆黑如墨的少年，黑墨般的瞳孔闪烁着光芒，银尘轻轻地笑了笑，冰雪般的面容像是在一阵和煦的风里微微融化开来一样，"那你去玩吧。晚一点儿我再和你说进入魂塚后要注意的事情。明天我们就一起过去，然后你自己进去拿属于你的魂器。"

"太好了！"麒零雀跃着冲到门口，刚走了两步，停下来，回过身到银尘面前蹲下，抬头望着他，说，"你不和我一起去么？一个人待在这里会无聊的吧？"

"不会啊。这么多年我都习惯了。"银尘笑着伸出手摸了摸他头发浓密的头顶。

"哎，走吧！"麒零站起身，抓起银尘的手往外面拽。

"呵呵，我和你说，我真不去。"银尘微笑着，面容像是灿烂的桃花，但同时，他的衣服里嗖嗖作响，一只小蝎子从他的手臂上一路敏捷而矫健地跳过来，跳上麒零抓着银尘的手背，然后扬起尾巴迅速地一扎。

"哇啊啊啊啊啊啊！你要不要脸啊，把魂兽放出来打自己的使徒！"麒零缩回手，冲着此刻正在银尘肩膀上跳跃的雪刺怒目而视，而雪刺丝毫不畏惧，挥舞着小小的钳子，"吱——"地大吼一声，然后嚣张地摇晃着双钳，冲着麒零扎了个马步，做出一个"你放马过来"的嚣张姿势……

麒零扶着额头，一脸无奈地摆摆手，"罢了……"

麒零拉开房间的门，走出去之后，又回过头来对房间里的银尘说："如果你有事就在窗户上叫我，我听觉特别好，我马上就回来。"

"要是真有什么我都对付不了的事，你回来也没用。"银尘一边拿着一小块咬下来的苹果碎片喂雪刺，一边嘲笑麒零。

"那可不一定！好歹我身体里还有一头狮子呢！"麒零眉毛一挑，不服气地白银尘一眼，"那我就先走了哦！"

银尘点点头，"你身上和我有一样的爵印，所以，如果真的出了什么事情，比如我生命消失，或者突然离你太远，你的爵印都会有感应的。"

"那太好了。"麒零笑着，关上门。

麒零的脚步声从楼梯下去之后，渐渐消失了。

银尘起身把窗户关上，外面欢庆的声音变得隐约起来。月光从窗户的格子中间照进来，在他冷峻的脸上投下柔软的黄色光芒。

习惯于这样的寂寞已经多少年了？好像已经想不起来了。

这些年来的自己，跋涉在茂盛的远古森林，出没在无边无际的沼泽，穿过雪原、越过沙漠，遇见过无数已经尘封在岁月沙漠里的各种遗迹。习惯了身边只有魂兽陪伴的自己，在这些年的岁月里几乎没有说过话。

人世间的欢乐和喧闹，都离自己很远。没有节日的喜庆，也没有平凡的尘烟。

银尘回过头，看见自己挂在床头支架上的银白色长袍。他想起之前麒零看着自己的衣服时说"你们王爵的衣服真好看，我从小到大都没穿过这么好看的衣服，真漂亮"，他记得当时麒零满脸认真而羡慕的表情，和那双覆盖着浓密睫毛的眼睛，像柔软的黑色羽毛覆盖下的两颗宝石。"我以后也能有这么好看的衣服么？使徒能穿得像你们王爵这样帅气么？"当时的自己看着麒零说："当然可以啊。路过城镇时有卖衣服的地方我买给你。不过你要是还像现在这样上蹿下跳，又爬树又挖洞的，什么好衣服穿在你身上都毁了。"麒零挥挥手，"那怎么会！我可舍不得！那么好的衣服！"

也许明天麒零去魂塚之前，来得及的话，就在雷恩帮他买一件像样的魂术长袍好了。毕竟他是这个国家尊贵的使徒呢。也许那小崽子自己都没有意识到他的命运已经完全改变了吧。

银尘轻轻地躺在床上，微笑着闭上了眼睛。

他自己都没有发现，这几天的日子里，他露出的笑容比过去几年还要多。心里对这个叫做麒零的白纸一般的少年，越来越在乎起来。也许这就是王爵和使徒之间的牵绊吧。比血缘还要浓厚的情感，比伴侣还要纯粹的灵魂依靠，无数温热的情感，缓慢流动在胸膛里。

脑海里很多熟悉的场景，从被自己刻意封闭的记忆里浮现出来，像是笼罩在灵魂之上的漫长雨季，庞大的雨水之下，是那些让人不敢触碰的回忆的雷区。那些人的面容，此刻温柔地浮现在自己脸庞的上空，他们悲伤而动人的眼神，抚摸着自己的脸。

银尘的眼底浮出一层透明的泪光来。

『西之亚斯蓝帝国·深渊回廊』

身体上的爵印一直传来持续的阵痛。一阵密集过一阵的穿刺般的痛感从爵印处袭向大脑。从自己身体里传来的信号，告诉自己，幽冥正在一次又一次持续地呼唤自己，这证明他此刻遇到了致命的危险。记忆里这样的情况还从来没有出现过。看来幽冥他……

神音在一片阴气森森的浓雾里快速地穿行着，手腕上的那串水晶珠链此刻发出幽蓝色的光芒，但光线也只能照穿短距离的空间，身边都是飓风掠过树木时卷动起来的林涛声，像是恐怖的号叫。光线被头顶茂盛的树冠遮断，只有阴森森的黑暗充斥着周围。

黑暗的浓雾里偶尔会闪电般地袭来一头魂兽，神音总是在刹那间就用她那条长满尖锐倒刺的银白色金属鞭子，"刷"的一声把咆哮而来的怪物撕扯成一堆鲜血四溅的肉块。本来【上位使徒】对阵一般的魂兽，就是毋庸置疑的压倒性实力，就算不能瞬杀，也能在几个起落之间了结对方的性命，更何况是被冠以杀戮使徒之称的神音。

但随着一路杀戮过来，神音也渐渐皱紧了眉头，越往深渊回廊深处走，越能感觉到魂兽愈加凶残和暴戾。刚刚进入深渊回廊的时候，自己仅仅凭借瞬间锁紧瞳孔释放的魂力，不用出手，就能让几头魂兽粉身碎骨；而现在，已经不得不从身体里拔出自己的魂器，才能保持前进的速度不被牵制。而最后杀戮的那头浑身长满尖锐鳞片的绿光菱角蜥，甚至在自己的手背上划开了一条小口子。可以说，危险的程度正在以几何级数增长。哦不，准确地说来，之前每前进大概一千步，魂兽的魂力就提高一个级别；而现在，每前进一百步，魂兽的魂力就明显地跃升了一级……而自己感应到的幽冥的爵印，还在更加遥远的深处……

神音心里慢慢滋长起来的恐惧，如同周围黑暗中黏稠而阴冷的雾气一般，紧紧地包裹着心脏。她以前从来没有进入过深渊回廊这么深的地方，在最开始成为使徒的那段魂力试炼的日子里，自己也仅仅只是在外围猎杀魂兽，练习魂术。

爵印传来的刺痛越来越剧烈，但是感应到的幽冥的气息，却越来越微弱，神音不由得加快了脚步……

浓烈的血腥气息。

神音在一面巨大的黑色山崖下停下脚步。

远处山崖的夹缝中间，有一个像是巨兽张大的血盆大口般的洞穴，洞穴之外的空地上，无数魂兽碎裂的尸块、内脏和头颅交错堆叠，仿佛从天上砸下了无数粉碎的尸体残骸。洞穴门口，一根仿佛巨大树木的白骨，横在洞口，上面仅剩的几块挂在骨头上的血肉正在"吱吱"地腐烂着，变成血褐色的黏稠泡沫……

神音胃部一阵收缩。

她如同初雪般洁白的纱裙，此刻早已被脓血和碎肉粉末染成了一身散发着地狱气息的杀戮血袍。

周围一片死寂，仿佛是死神从上空掠过后留下了这片地狱。

她朝着那个黑暗的洞穴一步一步走过去，身体上的爵印随着呼吸般的明灭发出"嗡嗡"的蜂鸣。

神音一只脚刚刚踏到洞穴的门口，突然感觉到周围空气里异常流动的魂力轨迹，但是她还来不及反应，地面突然爆裂而出无数尖锐棱刺，瞬间插进了她的肩膀，"幽冥，是我！"她张口朝洞穴里喊，混浊的鲜血从嘴角淌下来，她的声音因为痛苦而扭曲。

"刷"的一声，所有的冰刺回缩到地面。

神音把魂力沿着身体里的回路运行了一圈，让刚刚被撕开的血肉愈合到一起，然后她听见洞穴里一个幽灵般的声音，"进来"。

神音手腕上发出的幽蓝光线照亮了洞穴伸手不见五指的黑暗，洞穴的尽头，幽冥狭长的双眼从他垂在额前的浓密头发中显露出来，碧绿的瞳孔让他显得像是一个凶猛怪兽。他的右臂整个消失不见，甚至连大半个肩膀，连同锁骨部位都粉碎了，几根肋骨从支离破碎的血肉里刺穿出来，暴露在空气里，大块大块半凝固的黑色血团，包裹在胸腔的边缘，隔着一层肌肉隔膜，能看见心脏跳动的形状，如果再深一些的话，胸腔腹腔里所有的内脏就会"哗啦啦"地涌出来掉在地上了……

整个洞穴里都是伤口腐烂发出的腥臭味道。

神音颤抖着声音，惊恐地问："谁把你……弄成这个样子？不可能啊……"

"带我去深渊回廊的尽头，那个黄金湖泊，"幽冥的声音在洞穴里回荡着，听起来像是一头垂死的恶魔，"我要再生我的手臂，不过这周围的黄金魂雾浓度太低了。"

"好……"神音压抑着心里的恐惧，"不过，我不能肯定我能走多远，我刚刚来的路上遇到的那些魂兽，已经快要超越我的魂力等级了……"

"就凭你当然不行，"幽冥冷漠地打断神音，"要不是我把你沿路走来的魂兽杀了三分之二，呵呵，你连这个洞穴都走不到，更别说刚刚一直徘徊在这个洞穴门口的那几只了……呵呵……你看见那根巨大的白骨了么？那只是其中一只魂兽的小腿骨。"

神音望着面容邪傲的幽冥，心里是说不出的恐惧和惊讶。一直以来，她都觉得以自己杀戮使徒的身份，就算不及幽冥厉害，但也不会和王爵差太多，但现在，伤势如此严重的幽冥，依然能够把如此多的魂兽消灭干净……洞穴外的那些破碎尸块，仿佛是证明着幽冥实力的勋章一般，发出森然的白光。

"那我……"神音看着幽冥，不知道他到底作何打算。既然凭自己的力量已经无法再朝深渊回廊前进了，那么……

幽冥抬起头，把身子坐直一些。他看着神音，脸上邪邪地笑了笑，然后突然用他修长的手指，插进了自己的喉咙，鲜血沿着他雪白修长的手指往下淌，而他保持着邪气而俊美的诡异笑容，不断地用手指在喉咙里探找着什么，手指插进喉咙深处，发出血肉摩擦的汩汩之声，听起来说不出地诡异。

"拿着。"幽冥喉咙处那个巨大的血洞呼呼地漏着风，他的声音嘶哑难听。他从喉咙里挖出一颗贝壳般大小的幽绿色宝石，扔到神音手上，然后他眯起眼睛，几缕金黄色的魂力沿着身体的回路会聚在血肉翻开的喉咙伤口处，那些翻开的筋腱和皮肤像收缩的花瓣般愈合在一起。

"你的……魂器？"神音捧着手上那颗发出朦胧绿光的宝石，声音颤抖着说。

"是的，呵呵，"幽冥虚脱般地靠向身后的岩壁，"这就是即使放在所有出现过的魂器里，依然能够排名非常上位的【死灵镜面】，我想你肯定听过吧……你往它内部注入魂力试试看。"

神音压抑下自己心里的激动，金黄色的纹路在她的纱袍里若隐若现，她的手臂上"毕剥"几声电光火石，随着几缕金色魂力注入到那颗幽绿色的宝石后，一个巨大而尖锐的、仿佛鸟类鸣叫般的声音在洞穴里响起来，一面巨大的通体剔透的绿色透明盾牌幽灵般悬浮在神音面前。

盾牌仿佛由一块完整的绿色透明宝石铸造而成，仔细看的话，会发现宝石的内部，是无数复杂而又精美的白色刻纹。

"死灵镜面在魂器里虽然属于防具一类，但是，它和其他那些比如【战神之盾】、【龙渊之盾】等拥有超高防御力的防具不同，它其实是具有攻击性的防御武器。它能够随着使用者的魂力高低，而投影出一个和敌人一模一样的复制品，无论对方是魂术师、魂兽，甚至是王爵。只要对方的魂力在你之下，你就能投影出一模一样的【死灵】，代替你去战斗，而死灵镜面最强大的地方在于，从理论上来说，只要你的魂力不中断，那么它能制造的投影就是无限的，也就是一个死灵被对方杀死之后，还可以投影出下一个死灵，所以，对方等于是在和无数个自己战斗，直到和最后一个死灵同归于尽。"

神音看着面前的幽冥，仿佛看着一个强大到不可思议的鬼魅。

这是自己成为他的使徒之后，第一次知道他的魂器，没想到竟然强大到这样的地步。不愧是仅次于一度王爵的终极杀戮者。此刻躺在一摊污血里的幽冥，看上去依然浑身笼罩着那层仿佛源自地狱的不可靠近的强大气场，就像一把染血的剑，森然而又锋利。

"拿着死灵镜面开路吧，见神杀神，见鬼杀鬼。"幽冥挣扎着站起来，他摇摇晃晃的半边身体上，不断掉落下血肉碎块，"不过，如果不是我的身体状态如此糟糕，不足以驾驭我的魂兽的话，又怎么可能需要靠卑微的使徒来救我。"

幽冥慢慢地走过来，他英俊而邪恶的脸靠近神音，用剩下的那只手捏起神音的下巴，把她那张此刻布满恐惧表情的精致面容，拉向自己。他充满盈盈笑意的眸子，仿佛两汪幽绿的湖泊，他用刀锋般薄薄的嘴唇，咬住神音的嘴唇温柔地摩挲着，仿佛在亲吻娇嫩的花瓣，他那沙哑而又低沉的声音温柔地呢喃着："就算需要你使用【黑暗状态】，你也得保护我顺利走到黄金湖泊，你也知道，你是离不开我的吧……"

『 西之亚斯蓝帝国·港口城市雷恩 』

整个城市的大小街道上都挤满了人。

麒零已经在大街小巷上逛了一下午了。此刻暮色渐渐降临，白天温暖的海风，渐渐起了凉意。街上各种酒肆都挤满了人，很多人都聚在一起，享受着节日庆典的佳肴。

感觉似乎所有居民都从家里出来了，每个人都欢乐喜庆地参加着这个祭祀海洋之神塞恩斯的庆典。无论大人小孩都穿着精致的服饰，街道上的各种店铺和餐馆都把招牌放到了街边招揽着生意，有肌肤黑亮的小伙儿站在餐馆门口冲来往的行人高声吆喝美味的菜名，还有一些身穿舞娘华服的漂亮女人，在一些奢华的驿站门口，跳舞迎客，看起来大家都准备通宵达旦的样子。

无论是回荡在整个城市上空的响亮的庆典乐章，还是处处悬挂着的光亮的铜灯银烛，当然还有四处搭建起来的庆典戏台和教堂广场上演奏着短笛的吟游诗人，以及提着发亮金属铜灯四处奔跑的小孩儿们，到处都彰显着雷恩这个海港城市的富饶发达和人们的安居乐业。

麒零随着拥挤的人流，一路目不暇接。

天空里不时爆炸的焰火倒映在平静的碧绿色海面上，看上去像是流光溢彩的银河从天空倾泻到镜面般的海洋里肆意流动，海港上停泊着无数巨大的货船，每艘货船都已经收起了巨大的风帆，沉甸甸的锚沉在海底，无数的船员和水手们，在高高的船舷上放声高唱着渔歌，喝着枫糖酿造出的泡沫甜酒，海岸一圈，是雷恩市的皇族们竖起来的代表亚斯蓝帝国的巨大旗帜，醒目的水源徽章随着旗帜迎风招展。

这些都是麒零在福泽镇从来没有看过的景象。他看着周围很多服饰高贵的贵族，很多人一看就是魂术高手，很多人甚至肆无忌惮地把自己的魂兽释放出来，跟在他们身边。街上行走着银色的猎豹、九条尾巴的雪狼……甚至天空里也不时飞过一些看上去极其稀奇的鸟类。而雷恩的居民们可能早就习惯了城市里那些血统纯正的贵族魂术师，所以，他们的目光里都是羡慕和景仰，而没有福泽镇上居民们看见魂兽时的恐惧。

麒零的目光里也是羡慕，不过他羡慕的是那些年轻男孩子身上挺拔精美的魂术长袍或者白银战铠，而自己身上一看就是从小城市来的人穿的粗布衣服。麒零叹口气，不过瞬间又抖擞了精神，心里想，没事，我可是银尘的使徒呢，这些人都没我厉害，银尘说了，回帝都之后，我比现在帅气十倍！

想到这里，他突然想起自己身体里的苍雪之牙，于是他突然兴奋了起来，于是，他默默地运行着魂力，然后"嘭——"的一声巨响，周围的人都被惊呆了，尘烟四处飞舞，街道的地面上裂开了几条缝隙。当尘埃在海风里散去之后，所有人都看着面前这头巨大的双肩长出白色羽翼的银白狮子，麒零凑到苍雪之牙耳边，悄悄地说："再大一点儿，现在还不够拉风。"苍雪之牙斜着眼睛看麒零，做了个不屑的表情，但是还是很听话地一声怒吼，整个身躯瞬间膨胀了一倍，一双巨大的雪白羽翼，砰然展开，足有五米振幅，周围的气流被这双巨大的羽翼卷动着，形成一股股细小的旋风，苍雪之牙两只前爪趴在地上，驯服地低下头，麒零压抑着内心的喜悦，翻身爬了上去。

所有人都看着高高地骑在狮子背上的那个英俊少年，狮子雷霆般的怒吼声伴随着卷动的海风气流，吹拂着麒零漆黑的浓密头发，发带在风里猎猎作响，整个人像是笼罩在银白色光芒里的年轻神祇。

远处躺在床上闭目养神的银尘，轻轻地斜了斜嘴角微笑，"这小崽子，又忍不住炫耀了。"

周围的人不断发出惊叹声，有几个小孩子对着骑在高大狮子上的麒零不断地拍手叫好，麒零心里乐得不行，脸上得意的表情像是在发光。

他骑着和他同样耀武扬威的苍雪之牙缓慢地在街上走动，他路过的周围的人群，都对这头光芒万丈的魂兽赞不绝口。而这个时候，麒零看见前面一个穿着白银铠甲、剑士模样的人朝他走过来，这个人大概三四十岁的样子，下巴上一圈青色的胡楂，看起来刚毅无比。

"小兄弟，你有一头了不起的魂兽啊，你是来自帝都的吧？"他朝麒零走过来。

不过，这人刚朝麒零靠近几步，就突然感应到地面魂力的流动，在他脚尖前一寸的地方，突然从坚硬的岩石地面爆发出一根剔透的尖锐冰凌，他吓得赶紧后退一步，接着，"轰轰轰"接连几声巨响，又是五六根一人高的巨大冰凌从地面刺出来，硬生生地把他逼退了十几步。等到他在离麒零很远的地方站定了，冰凌才停止。

那人尴尬地笑笑，望着前方苍雪之牙冷酷而锋利的眼神。麒零不好意思地拍拍狮子毛茸茸的耳朵，"乖啦，别动手，还不知道他是想干吗。"然后拱手对那人做了个"抱歉"的动作。

"我没有恶意，我是雷恩第一世家天束家族的护卫，这些日子，我们整个天束家族，正在为我们的小姐，也是当今帝都的小郡主天束幽花物色婚配的对象，刚才看见您气宇轩昂，所以邀请您去府上，让我们来款待您这位年轻有为的贵客。"

"啊？谈婚论嫁？不行不行……我年纪才多大啊，刚刚十七岁呢！"麒零脸上微微发红，赶紧摆手。

"呵呵，我们小郡主今年十六岁，和您正好般配。而且也不一定就是您啊，好多年轻有为的贵族都来提亲，这位小哥，就当是去做客吧。"

"那也不行，我明天还得……"麒零说到这里停下来，想到肯定不能说明天要去魂塚，这样就等于公布自己使徒的身份了，所以他接着说，"我明天还要带我母亲去看病呢，我得先走了。"说完，麒零俯身摸摸苍雪之牙毛茸茸的脖子，准备离开。

而这个时候，麒零整个后背突然感到一阵冰冷的僵硬，一阵排山倒海的魂力朝他席卷而来，苍雪之牙拍动双翅振天而起，巨大的气流冲击得周围飞沙走石。苍雪之牙腾空之后飞快地掉转过身，麒零刚刚聚焦视线，就看见十几团雪亮的光影朝自己冲撞过来，麒零吓得两眼一闭。而这个时候，苍雪之牙突然一声巨雷般的怒吼，凌空胀大三倍，巨大的身躯仿佛传说中的神兽，而在这惊涛骇浪般的魂力中，那些雪亮光芒的移动物体，纷纷被震得四散飞去，撞在两边街道的建筑外墙上，掉落到地面后，发现是无数雪白羽毛的巨鹰。

而麒零还没有回过神来，一个仿佛白云般流畅的身影便从远处闪电般地袭来，无数锋利的冰刃流星般朝他激射。麒零下意识地身躯一震，尾椎上的爵印突然发烫起来，他双眼瞳孔一紧，那些迎面而来的物体被他周身激荡出的魂力轰然震碎成粉末，那团白云般的身影随着一阵叮当作响的悦耳之音，突然逼近自己的面前。苍雪之牙抬起巨大的爪子，锋利的指甲仿佛突然暴长的利刃，划向那团影子，而那团白影迅速地凌空朝后翻越，在天空里划出一条巨大的白色弧线之后，轰然一声落到街面上。

麒零已经吓得目瞪口呆了。他赶紧拍拍苍雪之牙的头，扭身朝旁边建筑的背后飞去，要是被银尘知道自己闯这么大的祸，肯定被捆起来三天不准吃饭。苍雪之牙的身影在黑色的天空里一闪就消失了，所有人都被这种速度吓傻了。

刚刚那个中年男子赶紧跑上前去，落回地面的那个白色影子，此刻面容冷峻地站在街道上。她挥了挥手，刚刚被麒零震飞的十几只巨大的雪鹰，纷纷飞回她的身边，在她身后停稳。

中年男子弯腰鞠躬，恭敬地说："恭迎幽花郡主。"

天束幽花看着麒零消失的方向，目光像是冰冻三尺的湖泊，她清脆的声音冷冰冰地说："刚刚逃走的那个人是谁？翻遍雷恩城，也要把他给我找出来。敢挡我的路，不要命了么？！"

『西之亚斯蓝帝国·深渊回廊』

天地是仿佛混沌停止后的寂静。

整片巨大的峡谷里，弥漫着挥之不去的剧烈血腥气。四处飞溅的血浆，将周围的树木、荆棘、岩石，全部淋成一片恐怖的绛红色。仿佛天空里持续下了一个月的猩红血雨，一切都泛着红色的潮湿。

无数斩断的各种怪物的头颅像是一颗又一颗巨大的陨石，坠落在山谷里。

神音虚弱地倒在一片尸体的残骸中，她的胸膛剧烈地起伏着，经过刚刚惨烈的战斗，现在只剩下疲惫而脆弱的肉体。她的身旁，如同一座小山丘一般巨大的织梦者已经轰然倒下。她转过身，用残破不堪的身体勉强贴着地面爬行了几步，然后摸着织梦者仅剩下的五条腿中的一条，毛茸茸的钢刺扎着她的手，她一点儿都不觉得疼，她抚摸着它岩石一般粗糙而坚硬的外壳，像在抚摸婴儿柔嫩的肌肤一般温柔而心疼。她抬起头，看着织梦者颤动着的碧绿瞳孔和它张开着的血淋淋的口器，眼泪流了下来。她调动着最后剩下的魂力，把织梦者雾化后，收回了自己的身体。

虽然只要魂兽没有死，都可以在爵印里再生和恢复，但是，至少一段时间内，织梦者都不能再战斗了。

神音望着周围一片狼藉般的尸骸旷野，仿佛刚刚过去的那场惨烈的厮杀，如同一个压在身上的噩梦，如果不是仗着自己手上的死灵镜面，刚刚那些仿佛来自地狱的魂兽，任何一头，都足以不费吹灰之力地杀死自己。还好有幽冥不断传递他的魂力到自己的身体里，所以才能投影出同样厉害的死灵来对抗这些魂兽。

看着那些鬼怪般的魂兽和它们自己的影子死灵血腥地战斗，她持续不断地投影，甚至不得不调动出织梦者来保护在湖泊里一边重生一边输出魂力的幽冥。

仿佛在地狱的边界游走了一圈再回来的感觉。

神音倒在地面上，转过头，看着视线尽头的那个黄金湖泊。过了一会儿，她贴着地面的耳朵就感觉到了来自大地深处的轰鸣，一阵由弱渐强的震动。金色的湖面突然划破宁静，几圈涟漪在平滑如镜的水面上一闪即逝，然后在下一个瞬间，湖面突然高高隆起，一个巨大的水花爆炸开来，漫天金黄色的雨，而金黄色的雨滴里，是从湖底重生而出的幽冥。

他赤身裸体地从湖面上走过来，浑身被金色的光芒笼罩着，光滑的肌肤仿佛镀金般地发出亮光，修长的身躯、宽阔的肩膀和胸膛，双腿和胳膊结实的肌肉下是滚动不息的力量，之前垂死的重创仿佛消失了一般，他英俊而邪恶的面容上是淡然而略带讥诮的笑容，两道斜飞入鬓角的浓密眉毛下，是笼罩在狭长阴影里的碧绿瞳孔，他浑身笼罩着无法抗拒的力量，那是性欲、生命、邪恶、杀戮的象征。

他缓缓地走向神音，赤裸的身体上渐渐萦绕起丝绸一般黑色的雾气，然后缓慢地变化成了他那件代表着杀戮和死神的黑色战袍，整个身躯再次裹进了像用地狱里的黑墨染成的斗篷里。

他走到神音面前，蹲下身子，轻轻地摘下自己的兜帽，五官轮廓从金黄色的雾气里显现出来，像是完美的天神。他伸出手，对神音说："现在，还给我吧，我的死灵镜面。"

神音捏着手里的绿色宝石，没有说话，也没有递给幽冥，没有人知道她在想什么。

而下一个瞬间，她突然看见幽冥的瞳孔急剧收缩成线，然后空气里一声尖锐的弦音刺痛她的耳膜，随后她看见视线里，像是时空变得缓慢一样，无数血珠慢镜般飞扬在空气里，同时飞扬起来的，还有那块碧绿的宝石，以及自己握着那块碧绿宝石的右手。

"什……什么……"神音低下头，看见自己齐腕断处的那个整齐的圆形伤口不断往外喷血，自己的手刚刚已经被幽冥无形的魂力瞬间斩断了。

幽冥轻轻地在空中接过那枚宝石，然后用他修长的手指划开自己的喉咙，把宝石放进自己的血肉，仿佛在佩戴一枚领花般优雅动人。之后，神音的头发被幽冥抓起来，提在手里，然后朝黄金湖泊里一扔。

随着湖水漫进喉咙的同时，仿佛汪洋般没有尽头的魂力朝神音身体里席卷而来。她闭上眼睛，流下眼泪的同时，咬牙开始重生自己的手掌。

"咯吱咯吱——"

从手腕断处重新穿刺出来五指白骨，白骨之上，开始汩汩交错生长出血管筋腱，尖锐而巨大的痛觉一阵一阵地划破脑海。然而，神音却仿佛感受不到痛觉般的面无表情。她眼睛里的眼泪混合在金色的湖水里，泛出透明的微光。

她湿淋淋地从湖里爬上岸边，抬起头，看见站在自己面前的裹在黑色雾气般缥缈长袍里的幽冥。她看着自己撑着地的双手，刚刚再生出的右手，光滑洁白，没有一点儿瑕疵。

头顶传来幽冥的声音，沙哑而又动人，"你应该知道，如果你想要复仇，还远不是时候吧。"

神音低着头，没有说话。

幽冥转身离开了，他的身影渐渐消失在周围浓厚的雾气里。

"快点儿跟上来吧，否则，等其他的怪物来，你只能死在这里了。"

神音站起来，擦掉脸上不知道是湖水还是眼泪的痕迹，跟了上去。

"而且，我们还有重要的事情要做呢。粉碎我一条手臂的人，我现在要去向他讨回点儿代价了——除了一条手臂之外，身体其他部分都要被粉碎成灰烬。"

『西之亚斯蓝帝国·港口城市雷恩』

麒零沿着各个建筑之间狭窄的缝隙拐了好多个弯，确定已经没有人追上来，才松了口气。刚刚已经把苍雪之牙收起来了。否则，带着这么招摇的一头雪白狮子，再怎么东躲西藏也藏不了。麒零又在街上转了好多个弯，才渐渐放下心来。

周围拥挤的人群依然享受着节日的庆典。

麒零抬起头看了看，才发现不知不觉中，自己又走到了白天来过的十七神像那里。

麒零好奇地走过去，停留在那一枚遢仕魂塚的棋子神像下面，盯着面前没有瞳孔的女巫石像看了又看。

正看得入神，甬道入口传来无数喧闹的声音，大批居民欢天喜地地拥了进来，从他们口里断续听到，好像中央广场上的祭祀仪式要正式开始了。

所以，大多数人都选择了穿越这条甬道的捷径，企图迅速到达中央的广场。

麒零靠边让人流过去，拥挤的人群手舞足蹈，口中高唱着嘹亮的乐章。麒零不由得也渐渐高兴起来，把刚刚的惊心动魄忘到了脑后。

而他正准备和人们一起前往中央广场时，突然人群里不知道是谁推了一把，他整个人朝后面仰倒过去，他的手刚刚触碰到那枚棋子神像的那个瞬间，突然空气里一阵剧烈的扭曲，他的视线全部消失了，仿佛有人伸出一只手，抓着他的胃，然后猛地朝黑暗里一拖，整个人像是被抛进无底深渊一样，眼前一闪，就失去了所有的视觉。

躺在床上的银尘突然感觉到尾椎处的爵印一阵刺骨的疼痛，然后瞬间就消失了感应。

他的心陡然往下一沉，"难道他自己进魂塚去了？"

他翻身起床，一个闪影的瞬间，他修长的身躯就从窗户破空而出，高高地跃上漆黑的夜空。

——还没有告诉他进入魂塚之后到底要拿什么魂器。

——也还没有警告他，拿完魂器之后，哪里才是出口，而且出口处有两枚棋子，只有其中一枚可以从里面出来，通往深渊回廊，而另一枚棋子，通向死亡。

——最重要的是，魂塚的最下方，囚禁着目前亚斯蓝地域上最邪恶的魂兽，只要稍微靠近……

这些，都是还没来得及告诉麒零的事情。银尘心脏里一阵剧痛，那种熟悉的恐惧感再一次充斥着银尘的胸膛。

"我不要再……失去一次了……"

整个雷恩上空突然响起穿刺耳膜般嘹亮的蜂鸣声。

一阵强似一阵的弦音。

所有的人都痛苦地捂住耳朵，他们抬头望向天空，看见的是飞掠而过的一颗如同流星般的光影朝十七神像飞去，他们不知道那是银尘，他们只看得到他银白色的长袍在遥远的夜空上发出刺眼的光。

而在如同警报般铺天盖地的巨响里，天束幽花突然从天束家族的宫殿里拔地飞起，朝着十七神像的地方疾冲而去。

所有雷恩的居民，都仿佛看见天灾般露出惊恐的表情，他们捂着自己的耳朵，承受着天空里巨大魂力波动所带来的痛苦。横冲直撞的气流和轰鸣的爆裂声仿佛从天而降的巨浪，卷动在整个雷恩的上空。

此刻，除了银尘和天束幽花之外，遥远地平线上的遥远夜空中，还有一个银白色的身影如同流星一般朝着十七神像飞快急冲，仿佛坠天的陨石一般，往雷恩降落。

没有人知道那个身影是谁。

但是，仿佛冥冥之中注定一般，越来越多的人，都像是被命运的手牵引着，会聚到了这片神奇的海域。

第六章

大天使

两匹巨大的魂兽翩然而起，
在空中划过两道优美的白色弧线之后，
一前一后地朝远处飞掠而去，
漫天飞舞的白色羽毛
像发亮的雪片四散开来，
交错编织的白色光缕
照亮了整个巨大的幽暗峡谷。

『西之亚斯蓝帝国·雷恩海域·魂塚』

麒零醒过来的时候，胸口像被巨石砸过一般闷痛，刚刚触摸到那枚神像棋子的瞬间，空气里急剧升起的扭曲气流仿佛快要把他扯成碎片，一阵突然袭来的黑暗之后，他就重重地摔落到了现在这个地方米。

麒零挣扎着站起来，擦了擦嘴角的血，把喉咙里残留的血腥味往下咽了咽。他眯起眼睛，有点儿害怕地看着周围笼罩在黑暗里的陌生世界。

他所处的地方是从悬崖边突出来的一小块平坦岩石，下面是深不见底的峡谷，隔着遥远距离的对面是拔地而起的巨大山脉一样的黑色岩石，笔直地冲天而起，他现在所处的空间是一个仿佛巨大的峡谷一样的狭长洞穴。他抬起头，头顶遥远的地方，是一条狭长的持续变幻流动着的蓝色光晕，看起来就像是幽蓝的天空一样，他突然想起银尘说过魂塚是在雷恩海域的海底……难道头顶上那些流动的蓝色光晕是海水么？"不会垮下来把我淹死了吧……"麒零想到这里毛骨悚然。

眼睛适应了周围昏暗的光线后，他惊讶地看着周围山崖上密密麻麻仿佛群星一样的光点。置身在这个巨大的空间里，他如同一只蚂蚁般渺小。明明灭灭的各种亮光仿佛银河般把他环绕在中间，每一个光点都是一个魂器，远远看去，各种形状的利器仿佛钢针般密集地插在山崖上。而神奇的地方在于，这些魂器都仿佛是会呼吸的生命体一般，缓慢地摇曳着，仿佛深海之下被洋流吹动着的海草或珊瑚，彼此起伏交替着出现、消失……然后又从另外的遥远山崖上如同植物般重新生长出来，它们彼此互相感应着，发出类似金属蜂鸣般尖锐的"嗡嗡"声，整个巨大的峡谷里像是有无数活物此起彼伏地低声叫嚣着……麒零看着这个神奇的黑暗世界，目瞪口呆。他盯着离自己最近的那把魂器，金黄色的锋利战戟，金属雕刻的复杂花纹，他突然想起来，银尘还没来得及告诉自己到底要挑什么魂器，这么多的魂器难道随便拿一把么？拿错了没关系么……麒零想起银尘那张冰雕一般的面无表情的脸，不由得在心里叹了口气，"拿错了肯定又要听他的冷言冷语了。"他挠了挠头，完全没有想到另外一个更加致命的问题：他该如何离开这里。

可能太过全神贯注的关系，麒零并没有觉察到，一个无声鬼魅般的身影，从他身后隐隐雾气笼罩的黑暗里浮现出来。

『 西之亚斯蓝帝国·港口城市雷恩 』

流星从天空上飞快地坠落地面，白色光芒被风吹散般消失之后，银尘冷峻的身影从光芒里走出来，他从落地起就一步也没有停过，飞快地朝第十七个神像走去。在走进甬道的同时，他没有回头，朝身后把手轻轻一甩，"锵——"的一声，一道冰壁冲破地面的石砖破土而出，把甬道的入口瞬间封死。

他站在那枚通往魂塚的棋子前，脸色苍白地沉默着，一动不动。他抬起手，摩挲着石像粗糙的表面，但是没有任何反应。他已经在很多年前，当他还是使徒身份的时候，就进入过魂塚，取出过魂器。所以，他现在再触摸这枚棋子，已经没有任何作用了。

难以言喻的悲痛轻轻地压抑在他的胸口上。他站着没有说话，也没离开，苍白的脸上没有任何表情。

甬道入口的冰壁"轰——"的一声崩碎了。

漫天飞舞的冰屑里，天束幽花朝银尘不急不缓地走过来，她的脚步轻盈而傲慢，带着一股冰雪的清冷气息。

她抬起那张少女特有的娇嫩脸庞望着银尘，她的肌肤像是早晨露水打湿的花瓣一般娇嫩而美好，表情却充满着高高在上的凌厉。她上下打量了一下银尘，冷冰冰地问："刚刚是不是有人进了这条甬道，然后通过这座神像消失了？"

银尘没有回答。他甚至连身体都没有动，仿佛天束幽花根本没有出现过。他只是维持着那种微微悲伤的表情，用深深的目光看着那座石像发呆。

从小娇生惯养的天束幽花习惯了一呼百应，从没有人敢不理她说的话，于是她面容一怒，"我问你话呢！"说完抬起手，一道卷裹着锋利冰雪碎屑的风从她手上喷涌出来，朝银尘的脸上抽去。这道有力的气流还没来得及接触到银尘的身体，就突然仿佛撞上了一道透明的屏障般轰然一震，天束幽花的身体被突然反弹回来的巨大冲击力撞得朝后面退了好多步。

银尘慢慢地转过脸来，看着面前目光里充满了不甘甚至有些怨毒的少女，他刀锋般冷漠的嘴唇动了动，问她："你是使徒？"

天束幽花咬了咬牙，一股委屈从心里升起来，她从牙缝里挤出几个字："不关你的事。"其实她虽然嘴硬，但刚刚银尘几乎没怎么动就释放出来的巨大魂力，使她心里早就明白，站在自己面前的这个人，魂力级别远远高于自己。

"你的王爵，难道没教过你基本的礼仪么？使徒见到别的王爵，虽然不用像对待自己的王爵一般言听计从，但是至少也得行礼致敬。"

天束幽花冷冷地哼了一声，站在原地没有动。

银尘半眯着眼睛，冰雪般锋利的脸上，表情稍微温和了些。他想，可能这个小女孩根本没见过自己，"我是七度王爵，银尘。"

"不就是一个最下位的王爵而已，有什么好了不起的，几年之后，等我成为王爵，你也就只是一个排名在我之下的喽啰！你也就趁现在还能嚣张几年吧。"天束幽花傲气地冷笑着。

"咔嚓咔嚓"两声锐利的摩擦声，银尘的瞳孔用力锁紧，站在他对面的天束幽花忽然双膝跪地，她的膝盖上此刻结满了坚硬的冰块，失去知觉的双膝一弯，她整个人重重地跪倒在地上。

而这个时候，银尘突然想到了什么，然后朝她飞速地移动过去。

他冲到她的面前，单膝蹲下来，按着她的肩膀，他的脸上是一种仿佛发现了巨大宝藏般的喜悦光芒，他难掩满脸的兴奋，郑重地问她："你以前进入过魂塚拿取过魂器么？"

天束幽花咬着牙，仿佛琥珀般漂亮的大眼睛里充满了恨意。她不明白银尘为什么突然会问起自己这个问题。

银尘挥挥手，她膝盖上的冰块应声而碎。天束幽花突然站起来，朝后飞掠而去，同时，她甩出双手，空气里突然出现一整片巨大的雨水交织成的幕布，唑唑作响地朝银尘射去。银尘撩起袖子一挥，所有的雨滴被打得改变方向，全部歪向一边淋到墙壁上，瞬间墙壁被腐蚀出无数坑洞，带酸味的白烟蒸发出来。

银尘厌恶地皱紧眉毛，他完全没有想到一个看起来这么年幼美丽的少女下手会如此狠毒。

但是银尘现在没工夫管这些，他伸出手朝前面转身向甬道出口方向逃走的天束幽花五指一撑，天束幽花前方突然拔地而起一面巨大的冰墙，仿佛一座浑厚的山脉般把她的退路堵死，结实的冰体在狭窄的甬道里迅速膨胀着上升，摩擦着两边的高墙发出尖锐的声响。

她满脸惨白地看着银尘，"你想干什么？我是帝都的郡主！也是【六度王爵】的使徒，如果你敢伤害我，六度王爵会把你碎尸万段！"

银尘看着面前强装镇定、其实脸上已经掩饰不住恐惧的小姑娘，心里不由得叹了口气。作为使徒里唯一一个具有皇室血统的人，她会有这种飞扬跋扈、不把任何人放在眼里的性格也就不奇怪了。可能她从小就是被宠着长大的，身处温室摇篮一般的帝王之家，并不清楚魂术世界到底有多么山高水深，也不知道世界上的人心险恶。

不过，这些自然有她的王爵来教，又或者说，总有一天她会吃尽苦头，所以轮不到银尘操心。

"我不会伤害你，我只问你，"银尘走近她，盯着她的脸，天束幽花在银尘直接而又急迫的目光里显得非常不自在，"你以前有没有进过魂塚？你能再进去么？"

天束幽花咬紧嘴唇，没有回答。

"你能再进去么？"银尘那张冰雪般英俊的面孔上，目光滚烫发亮，仿佛寒冷的夜空里两颗闪烁的星辰。

『 西之亚斯蓝帝国·雷恩海域·魂塚 』

麒零正挪动着脚步，观察着周围山崖上的各种魂器，实在是千奇百怪无从下手。当他正盯着一把仿佛水银般光滑的细身剑时，一股隐藏着的幽然魂力突然出现在他的背后，他猛然转过身来，看见一个人影在他眼前一晃，他还没来得及反应，黑暗里一把巨剑就朝他砍了过来。

麒零大叫着猛然朝身后一退，却忘记了身后是万丈深渊，于是一脚踩空，整个人朝无底的黑暗里下坠。

半空里，苍雪之牙砰然一声从空气里爆炸而出，它巨大的雪白翅膀在空中一转，轻轻把麒零拍到自己的背上，然后翩然飞起，重新降落在那块从半空中突起的悬崖上。

麒零看见拿着巨剑站在自己面前的一个年轻女子，突然想到这个地方是只有使徒才能进来的，于是他大声地朝对方说："不要动手，我也是使徒，我不是敌人啊！"

对方的表情依然是笼罩着杀气的严肃，但是已经把剑轻轻地放低了。

麒零松了口气，趴在苍雪之牙巨大的后背上，惊魂未定地说："我叫麒零，是七度王爵银尘的使徒。真的！我有爵印！不过……不太方便给你看……"麒零突然想起自己爵印的位置，脸刷地一下红了。

对方没有回答。

麒零挠了挠头发，有点儿尴尬地说："我真没有恶意，我一不小心就闯进来了，正发愁呢。"

对方从黑暗里慢慢地朝他走过来，苍雪之牙身上发出的隐隐白光照在她的脸上，看清楚了，是一张异常美丽而精致的脸，但是，她精美的五官却镶嵌在一张太过严肃和冷漠的脸上，显出一种让人高不可攀的距离感来，如果要形容的话，感觉就像是盛开在雪山巅峰上的莲花，是一种无法触及的美。

"你不用给我看爵印，我知道你是使徒，不是使徒根本就进不来。我是鬼山莲泉，五度王爵的使徒。"她高贵而精致的铠甲和披风上，是斑斑的血迹。

"你受伤了？"麒零从苍雪之牙背上下来，望着她问。

"这里黄金魂雾浓度很高，已经恢复得差不多了。"莲泉回答。

"哇，你也知道黄金魂雾？太了不起了！"麒零真诚地说道，完全没有意识到自己问了一个类似于"哇，你也知道太阳是从东边升起来的啊"的问题。莲泉看着面前这个面容清俊的大男孩，他完全没有意识到自己说了句多么傻的话，莲泉不由得轻轻苦笑了一下，渐渐放下心理防备。

可能麒零自己都没有意识到，他身上有着与生俱来的一种高贵而亲切的气质，仿佛是一种芳香而又清淡的味道一般，让人容易亲近。

"你刚说你是一不小心闯进来的，是什么意思？"莲泉问他。

"本来银尘，哦，我的王爵，他叫银尘，他告诉我先不要进魂塚的，因为有好多事情他都还没有交代我。可是我被一个看起来很凶的女孩子追着，逃到棋子那里的时候一不小心就碰到了……然后就在这里了。哎，我连自己需要拿什么魂器都不知道。"麒零有点儿沮丧地摸着苍雪之牙脖子上一圈光滑的长毛，突然想起什么，"哎对了，你的王爵告诉过你进来拿什么魂器么？还是说使徒们自己随便选就可以了？如果是随便选的话，那我选错了也不会被银尘骂了。"

"当然不能随便选，我得到的【白讯】告诉我们说，让我进魂塚来，拿【回生锁链】。"莲泉说。

"什么是……白讯啊？"麒零有点儿不好意思地问。

莲泉看着站在自己面前的这个高大而挺拔的年轻男孩子，他看上去完全就像是一个对魂术世界一无所知的普通人。"亚斯蓝领土上出现的各种各样关于魂术世界的讯息，都是白银祭司发布的，比如什么地方在什么时候会有高级魂兽出现，或者什么地方出现了大面积的魂兽暴乱，等等。各种讯息都会通过【四度王爵】来向全国传递，而四度王爵在全国建立起来的、由无数信使和无数情报据点所组成的机构叫做天格，大大小小的据点分布在亚斯蓝领域的各个地方，供王爵使徒们，或者皇族的魂术师们联络沟通情报、获取信息。而那些对全国传递的讯息里，最基本的叫做【绿讯】，是国内所有的魂术师都可以知晓的；而带有杀戮色彩的讯息，比如对某个叛乱魂术世家的讨伐，或者对亚斯蓝领土上带有恶意的国外魂术师们的猎杀，都称为【红讯】；而所有讯息里级别最高的一种，只限制在王爵和使徒中传达的，叫做白讯。我的王爵鬼山缝魂所得到的白讯告诉我们，来魂塚拿取刚刚诞生的强力魂器回生锁链。"莲泉说到这里，停了停，皱了下眉头，好像在思索什么，"不过，最近四度王爵传递的讯息有一些混乱，经常在接收到讯息之后很短的时间内，又传来了新的和之前完全相反的讯息。或者有时候一个讯息传来之后，突然会告诉我们这个讯息失效了。我们也不太清楚最近是怎么了……"

麒零似懂非懂地点点头，"哦……我懂了，唉，银尘肯定还没来得及告诉我白讯，我就自己闯进来了……这下完蛋了。我根本就不知道自己要拿什么魂器。"

莲泉看着面前沮丧的麒零，表情稍微柔和了一些。她说："你身上有'希斯雅'果实么？"

"有！"麒零眼睛一亮。

"那你可以滴点儿果实汁液，看一看哪把魂器上凝聚的黄金魂雾最多，就选那一把吧，既然现在也不知道你到底应该拿取哪一把的话，那至少挑一把强大的。"

"这个办法好！哈哈！"麒零沮丧的面容又振奋了起来。

"那你骑到你的魂兽上，随我来，"莲泉的背后，突然爆炸开来巨大的白色光影，铺天盖地的羽毛从空气里汹涌而出，魂兽阔翅高高地站在她的背后，像是她后背上突然长出的巨大羽翼，"还好你的魂兽也具备飞行的能力，否则行动还真是不方便。"

麒零翻身骑在苍雪之牙的背上，抱着它粗壮的脖子，然后呼唤着它飞起。

两匹巨大的魂兽翩然而起，在空中划过两道优美的白色弧线之后，一前一后地朝远处飞掠而去，漫天飞舞的白色羽毛像发亮的雪片四散开来，交错编织的白色光缕照亮了整个巨大的幽暗峡谷。

空旷的黑暗空间太过巨大，两只发着朦胧白光的大型魂兽，被衬托得仿佛飘浮在空气里的两盏白色的灯笼，缓慢朝前滑去。

『西之亚斯蓝帝国·港口城市雷恩』

空寂而幽长的甬道，此刻只剩下银尘一个人。

他缓慢地一步一步朝外面走去。

尽管刚刚，他做了这一生以来最耻辱的一件事情，不过，作为让天束幽花进入魂塚去寻找麒零，告诉麒零正确离开魂塚方法的代价，银尘心甘情愿。所以，他的脸上并没有愤怒，而是一种重新获得希望的喜悦，这样的神情映衬在他冰雪般俊美的脸上，就像是被阳光照耀着的雪山般，散发着一种让人热泪盈眶的动人力量。他甚至轻轻地握了握拳头，脸上露出了微笑。

而当他快要走出甬道的时候，他身后的碧蓝苍穹上，仿佛突然渗开了几缕黑色墨水，随后黑色的光雾变成卷动的风，旋转着下沉，然后，一个戴着黑色斗篷的高大身影降落在他的身后。

"你刚刚完全没必要那么做的。对一个王爵来说，太耻辱了。"黑色的身影对他说，声音透着一股浑厚的金属色泽。

银尘转过身去，看着背后高大而健壮的身影，仿佛是一尊远古战神般的躯体充满了力量。来人轻轻地摘下罩在头上的黑色兜帽，露出一张仿佛被风雪吹动了千年的坚忍面容，磅礴的力量感充盈他的躯体。但是他的脸色，却呈现着一种不协调的苍白。

"我是五度王爵，鬼山缝魂。我的使徒鬼山莲泉也在魂塚里。如果运气好的话，你的使徒麒零，应该会遇见她。莲泉是个心地善良的人，她肯定会帮他的。"

银尘点点头，没有太过在意，说："如果能碰见，那就更好。"

鬼山缝魂说："所以你刚才的行为，完全没有必要。"

银尘轻轻地笑了，面容仿佛阳光下起着涟漪的湖泊，"换了是你的使徒，你也会这么做的。"

"我确实会这么做，"鬼山缝魂点点头，"不过那是因为，我的使徒是我的亲生妹妹，我们有血缘关系。"

"我不在乎麒零和我有没有血缘关系，或者我和他认识多久，"银尘的表情认真而严肃，"只要他是我的使徒，我是他的王爵，那么为了他做什么，我都可以。"银尘看了看鬼山缝魂，"你也是王爵，难道你还不了解王爵和使徒之间的感情么？"说完银尘转身走了。他一直以来都是这样的性格，从来不与人过多地交往，也不愿意与人同行。

"你现在是要去深渊回廊么？"鬼山缝魂问。

"是，去等麒零从魂塚里出来。"银尘停下来，不过没有回头。

"你告诉过他要拿取什么魂器么？"鬼山缝魂问。

"还没来得及。"

"所以，他应该不知道他要拿的是回生锁链吧？"

阳光下，银尘站立着没有动，过了很久，他才用一种缓慢到怪异的姿势转过身来，光线照耀着他白色披肩边缘的锐利刃片，发出危险的光，"你为什么会知道，麒零的魂器是回生锁链？"银尘半眯起眼睛，一字一句地问他，若隐若现的金色光线，随着他全身的刻纹回路，渐渐爬上了他的脖子。

"收起你的敌意，我不是来与你为敌的。我带你去见一个人，你就知道所有的真相了。"

"什么真相？"银尘问。

"为什么'获取回生锁链'这样一条白讯会同时发给不同的王爵、使徒的真相，"鬼山缝魂盯着银尘，"以及，我和我的使徒，被杀戮王爵幽冥追杀的真相。"

"幽冥？"银尘凝重地点点头，"如果幽冥要杀你，你怎么可能活到现在？"

"我当然不可能活到现在，相信你也可以从我的脸色看出，我现在身体状况非常不好，失血过多，而且魂力大量耗损，这当然就是拜幽冥所赐，如果幽冥不是遇见了另一个更厉害的人的话，我现在已经是个死人了。"

"别开玩笑了，"银尘的瞳孔变得越来越细，"比幽冥更厉害的人，只有当今的一度王爵，但是我们都知道他从被封号为一度王爵起，就从来没有离开过预言之源，离开过白银祭司一步。"

"所以说，让你跟我去见一个人，你见到他，你就知道了。这个人也在深渊回廊。反正你也要去深渊回廊的不是么？就当是顺路好了，你也不吃亏。来不来，随便你。"说完，鬼山缝魂转身朝天空飞掠而去。

银尘低头沉思了一下，然后用力跃上两边的高墙，卷动着呼啸的白光，追随着那道天空里飞速席卷的黑色光缕而去。

『 西之亚斯蓝帝国·雷恩海域·魂塚 』

前方鬼山莲泉招呼着闇翅，一声尖锐的鸣叫之后，她就斜斜地往岩壁上一处平地降落下去，麒零一拍苍雪之牙的脖子，也追随着她的方向而去。鬼山莲泉的身影飞进了岩壁上一个不起眼的洞穴，麒零跟着钻了进去。

终于到达这个隐藏在山崖上的洞穴深处，而此刻麒零也才知道，这个魂塚远远比他想象得要大很多，刚刚的飞行已经可以算是漫长了，依然没有看见这个巨大峡谷的尽头。鬼山莲泉找到了此刻正镶嵌在洞穴顶部被金黄色光芒笼罩着的一条盘旋着的锁链，轻轻地说："就是它了。"然后她跃到洞穴上方，用手拉紧锁链，从石壁上用力地扯出来，在锁链脱离山崖的瞬间，整个山谷里突然回荡起一阵巨大的共鸣，脚底甚至能感觉到隐隐的震动，过了一会儿，这些都消失了，剩下鬼山莲泉手上像呼吸一样一起一伏发亮的魂器——回生锁链。

而这个时候，麒零仿佛突然想起来什么，于是他问："莲泉，刚刚就在我被你震下悬崖的时候，我记得你是拿着一把巨剑的，那个巨剑不就应该是你的魂器么？你怎么能在已经有了魂器的情况下，再次进入这里，来取魂器呢？"

鬼山莲泉看着面前的麒零，虽然表面看上去傻傻的像什么都不知道，却能够让人感觉到他其实天资聪颖，能够一眼就看出问题。

她点点头，说："你问得很对。那把巨剑，是五度王爵的魂器，鬼山缝魂是我的亲生哥哥。不知道是什么特别的因素，也许是我们天生具有的血缘产生了影响，在两年多以前，一个很偶然的情况下，我们发现，我不但可以驾驭他的魂兽，甚至也可以使用他的魂器。你知道，虽然所有人拿到魂器都可以使用，但是，只有魂器的主人才可以把魂器收进自己的身体内部，在爵印里恢复力量，这和魂兽是一样的。魂器待在体外的时间太长，也就渐渐失去力量了。如果一直无法回到主人的爵印之内，那么，久而久之，魂器就会变成一件普通的武器，不具有魔力，也不具有容纳魂兽的力量。但是我和鬼山缝魂，却可以互相交换魂兽和魂器。我的第一魂兽海银，其实就是缝魂的魂兽，我的巨剑，也是缝魂的魂器，同时也是刚刚我骑乘的闇翅的居所。我可以毫无阻碍地将海银收回自己的体内，也可以将这把巨剑和巨剑里的魂兽闇翅使用得得心应手。对我自己来说，我还没有捕获自己的魂兽，也还没有取得自己的魂器。"

麒零听得目瞪口呆。

莲泉看着他，说："你稍微退后一点儿，我现在要把这条锁链收纳进自己的体内了。这个过程里，你千万不要接触我。"

麒零似懂非懂地点点头，朝后退了几步。

鬼山莲泉把锁链一震，巨大的长锁在空气里像是一条活蛇般盘旋游走，仿佛失去了重量般悬浮在空气里，然后在一个瞬间，突然朝着鬼山莲泉的脖子上爵印的位置闪电般地刺去，然后"哗啦啦"一阵乱响，十几米长的锁链像游窜归穴的大蛇一般汩汩地蹿进她的身体，脖子爵印的位置被刺出一个大洞，血从肉洞边缘流下来，莲泉整个人仿佛被击溃一般跪倒在地上，脸色苍白，瞳孔放大像是死亡，半张开的嘴里含混着一些沙哑而痛苦的低吼，那张冷冷的精致面孔，此刻扭曲得格外丑陋骇人。破土而出的卷动气流把她的头发吹得像是一个鬼魅。整个洞穴都被一种仿佛可以击穿太阳穴的尖锐声响笼罩着。麒零恐惧地一步一步后退，靠在洞穴的岩壁上，看着面前仿佛地狱一般的恐怖景象。

从地面破土而出无数急躁的气旋，狂暴地朝上空汹涌，处在气旋正中的鬼山莲泉面如死灰，神色扭曲恐怖。

而正在麒零惊恐的时候，洞穴入口突然传来一声清脆的怒吼："给我住手！"

一个穿着华丽长裙的身影飞快地掠进洞穴，她惊讶地看着此刻正在朝鬼山莲泉身体里不断穿刺而进的回生锁链，"你是哪个贱种？白讯里明明说得很清楚，该拿到回生锁链的人是我！你有什么资格！"说完，样貌娇美的天束幽花两手朝前一探，"嗖嗖"两根尖锐的幽蓝色冰刺，就朝此刻没有任何还手之力的鬼山莲泉射去。

"你别动她！"麒零冲出去，抬起手凌空朝那两根激射而出的冰刺抓去，一瞬间，不知从何而来的巨大魂力突然从麒零双手上暴风般倾泻而出，隔空将两根冰刺立刻震碎。麒零自己也吓了一跳，他回过头看着进来的女孩子，当他看清楚她的脸之后，不由得鬼叫了一声："我的妈啊，怎么是你？"

天束幽花看见麒零之后，愣了一愣，然后脸上突然换成了严肃而焦虑的表情，"你是麒零吧？银尘担心死你了，他也跟着进来了，就在门口，但是他受伤了，断了一条胳膊，你赶紧去看他！"

麒零一听，脸色立刻发白，迅速地朝洞外跑去，但是很快，他就反应过来，银尘是没办法进入魂塚的。"糟糕，上当了！"当他回过头去的时候，看见天束幽花一脸杀气地朝鬼山莲泉扑去，她浑身笼罩着一大团幽蓝色的水滴，散发着浓烈的酸毒气味和白雾。

麒零心里一紧，"不要杀她！"

『 西之亚斯蓝帝国·深渊回廊 』

前方飞掠的黑色光影在接近深渊回廊领域的时候，就从天空降落到了地面。

银尘随着鬼山缝魂一起朝地面降下去。落地之后，他依然紧紧追逐着前面正在飞快移动的鬼山缝魂，两个人一前一后地朝深渊回廊深处走去。突然，前面的黑色身影停了下来，然后鬼山缝魂转过头，对银尘小声而急促地说了句"你往前走，等一下我来找你"之后就转身消失在高大的森林阴影里，随之消失的是他的魂力。很明显，他把身体里的魂力都隐藏了起来。在他强大的魂力消失的同时，前方浓厚的雾气里，一股仿佛怪物般暴戾而放肆的巨大魂力，朝银尘飞快地席卷而来。

幽冥高大而敏捷的身影，站在银尘前面，像一个安静而邪恶的神。

"啊……真是巧啊，你在这里干什么？"幽冥碧绿的瞳孔盯着银尘的脸问，表情带着一种邪恶的戏谑。

"接我的使徒，他从魂冢出来。"银尘面无表情地说，"你在这里又是干什么？"

"我是杀戮王爵啊，当然是在负责杀戮了，"幽冥的面容在幽暗的光线下，笼罩着一股邪恶的诱惑力，他轻轻地伸出手，托起银尘俊美的脸，他野兽般幽然的瞳孔靠近银尘的脸，"不过你别害怕，我不是来杀你的。我可舍不得杀你。"

"之前你为什么要把诸神黄昏释放出来？你难道不知道它对王爵们来说意味着什么吗？"银尘抬起手把幽冥的手拂开，冷冷地说。

"哈，哈哈哈。太有意思了……"幽冥笑着，一脸阴森，"你怎么知道我刚刚捕捉到这个玩意儿啊？我都还没来得及告诉大家呢。哈哈哈哈。"

"不用你告诉，它身上带着一股和你一样的味道，就是那种靠近了就会让我作呕的味道。"银尘淡然地看着幽冥邪气而英俊的脸，回答他。

"哈，你被它吓到了么？还是说，这么久了，你依然对'魂兽'有阴影啊？还忘不了'他'啊？"

砰然爆炸的魂力把银尘白色的长袍鼓动得翩然翻飞，他的脸上笼罩着一层凛冽的杀气。

"你激动什么，"幽冥懒洋洋地说，"我要是你，早就放弃了，不会等到现在。找了这么多年，你累不累啊。他死了。就算没死，他现在也是个怪物……哈哈，我懂了，难怪你一直都不舍得重新捕获第一魂兽，是害怕自己也变成那样的怪物吧？否则，以你那种强大到变态的魂力，再加上第一魂兽的力量，又怎么会一直屈居第七王爵这种低级到仿佛蝼蚁般的位置呢？"

银尘抬起手指着幽冥，手背上密密麻麻的金色纹路照亮了幽冥那张充满野性魅力的脸，"这些都和你没关系，我不想和你起冲突，做你自己的事情去，我的事情你不要碰。"说完停了停，然后冷笑了一声，"更何况，你也碰不起。"

幽冥收起脸上的不羁，用复杂的目光盯着银尘看了很久，然后俯下他高大的身体，凑近到银尘耳边，温柔而动人地说："如果有一天，能够接到杀你的红讯，那将是我一生最大的快乐。我会一滴一滴品尝你鲜血的味道的，我最爱的【大天使】。"

『西之亚斯蓝帝国·雷恩海域·魂塚』

幽暗的洞穴里，一切都平静了下来，淌在地上的鲜血，在空气里慢慢冷却凝固。

鬼山莲泉静静地站在原地，脸上恢复了冷漠而高贵的表情，麒零松了一口气站在她身边，看着她脖子上的伤口像是奇迹一般地飞速愈合。

在他们面前，是躺在地上，嘴角流血的天束幽花。

刚在她扑向毫无还手之力的鬼山莲泉时，她太过轻敌，完全没有作任何防御，结果，莲泉身体里突然释放出来的闇翅，将她重重地震飞开去，砸在洞穴的岩壁上。

鬼山莲泉手里的巨剑此刻抵在她的脖子上，"你可知道，除了杀戮使徒之外，身为使徒本身，企图杀害另外一个使徒，是多么严重的一项罪恶么？你的王爵没有教过你么？"

天束幽花眼睛里泛出不服输的怨毒，让她动人俏丽的脸显得扭曲，"我想杀谁就杀谁！"

鬼山莲泉看着面前的她，"你无药可救了。你就继续吧，总有一天，杀戮使徒会来找你。你要知道了她是一个什么样的人的话，就不会再像在我面前这样飞扬跋扈了。"说完她收起巨剑，对天束幽花说："你说你也是进来拿回生锁链的，我虽然不清楚这中间到底发生了什么错误，但是，现在回生锁链已经成为我的魂器，这是改变不了的了。我们现在要出去了，在出去之前，你最好自己去寻找一件魂器，要知道，你出去之后就再也无法进来了。至于为什么会发生这样白讯传递错误的事件，你最好回去问问你的王爵。"

说完，鬼山莲泉转身对自己身后的麒零说："现在我们去帮你找一件厉害的魂器，然后我们就离开这里。"

麒零看着受伤倒在地上的天束幽花，有点儿隐隐的不忍，毕竟是这样一个年轻的女孩子，肯定从小到大都是被父母宠爱着，不像自己从小是条贱命，摸爬滚打，学着各种和人接触交往的基本礼仪甚至是油腔滑调阿谀谄媚。

他走到她身边，蹲下来对她说："莲泉她不是个坏人，你们之间误会了。你赶快找个黄金魂雾浓度高一点儿的地方疗伤吧。"

天束幽花轻蔑地笑了笑，站起来，然后全身突然布满金色的刻纹，在下一个瞬间，她全身都笼罩着一种仿佛全然新生般的力量，一点儿都看不出受伤的痕迹。

麒零惊讶得目瞪口呆。

鬼山莲泉转过身来，对麒零说："不用惊讶，那是他们第六王爵和使徒的【天赋】。"

麒零不解地问："什么是天赋？"

"我们每个王爵和使徒身上具有的灵魂回路是不一样的，而每种灵魂回路除了都能产生巨大魂力的作用之外，独特的刻纹会带给我们独特的能力，这种能力就叫做天赋。据我自己知道的，六度王爵的灵魂回路所具有的天赋就是一种被称做接近永生的重生与恢复的能力。无论是在黄金魂雾浓度多么低的地方，他们的愈合与新生速度，都接近一种让人害怕的极限。另外我知道的四度王爵，就是负责传递讯息的天格的领导者，她和她的使徒具有的天赋，是极其精准的魂力感知，这种感知能力和我们也具有的感知能力有天壤之别，他们甚至能从你最细微的魂力流动里，知道你力量的弱点和你的优势，也能从千里之外，感应到不同的人的魂力变化，这等于是一种很让人害怕的预知能力。"

"这！么！厉！害！"麒零舌头都快结巴了，这些都是银尘还没来得及告诉自己的东西，"那你和你王爵的天赋是什么啊？"

鬼山莲泉笑了笑，对激动的麒零说："难道你没有发现，你那头那么爱进攻人、不让任何人接近你的魂兽苍雪之牙，对我表现得那么平静么？我的天赋就是对魂兽的控制，如果要说得更厉害一点儿的话，那就是大面积的魂兽控制，也就是说，我能够催眠蛊惑一整个领域内的魂兽。"

"……"麒零看起来像是呼吸都要停止了，"那我呢？你知道我和银尘的天赋么？为什么我觉得自己一点儿天赋都没有啊？"

"抱歉，"莲泉摇了摇头，"除了前三度的王爵，他们的天赋是大家都不知道的谜之外，唯一一个不被人知道天赋的，就是你的王爵银尘了。"

莲泉招呼着麒零，往洞穴外走去。麒零回头，看着孤零零坐在地上恢复着创伤的天束幽花有点儿不忍，他用少年好听的嗓音对她说："你也赶快挑选一个魂器之后离开这里吧，我总觉得这里不安全，你一个年轻女孩子。对了，我这里有'希斯雅'果实，如果你要的话，我可以给你……"

麒零的面容在幽暗的光线里，透着一种让人亲近的温暖。英俊的少年把浓黑的眉毛轻轻地皱着，让他的面容像一只温驯的小猎豹，目光从他柔软的黑色浓密睫毛下投射出来，透着一种带着热度的关心。天束幽花突然觉得心里一个未知的地方跳动了几下。

就在麒零转身的时候，天束幽花突然站起来说："等一下……"

麒零回过头来，用清澈的大眼睛看着她。

天束幽花的脸在黑暗里轻轻地红起来，"其实我进来不光是为了拿回生锁链，而是银尘拜托我进来告诉你们……"

突然，仿佛脑海深处的黑暗里，一枚蓝色罂粟花般的光晕闪了一下，一个念头浮现脑海，"他让我来告诉你们，出去的棋子，已经被人改动过了，左右的顺序作了调换，之前代表死亡的那个棋子，现在才是通往深渊回廊的出口。"

莲泉听到这里，也回过头来，面色凝重地望着天束幽花。麒零看了看沉思的莲泉，又看了看表情看起来很诚恳的天束幽花，然后说："你说的是真的？真的是银尘拜托你的？"

"当然了，否则我怎么会进来找你，又怎么会知道你是银尘的使徒呢？"天束幽花突然变了脸，冷冷地笑了笑，"而且，你如果不相信我，岂不是辜负了跪下来苦苦哀求我的银尘么？"

天束幽花说完，表情非常得意，她甚至在脑海里又重新回忆了一下那个看起来高贵得仿佛是冰雪之神的银尘跪在自己面前的低贱样子，完全没有看见自己面前的麒零满脸通红，双手握紧了拳头。

"你刚才说银尘什么？"麒零的脸上突然笼罩起从来没有出现过的可怕神色，他走过去一把抓起天束幽花的衣领，"你再说一次？"

天束幽花被他突然的变化吓住了，下意识抬起手，一把冰刀就刺进了麒零的胳膊，但是，在鲜血顺着冰刃流下来的同时，麒零却仿佛没有知觉般地一动不动，只是继续盯着她问她刚才说了什么。

天束幽花被激怒了，充满怨恨地吼道："不就是你的王爵么？有必要为他这么激动么？而且是他自己求我，又不是我逼他的，你把怒气发在我身上干什么？要怪就只怪他自己贱，那么轻易就下跪！而且让他这么做的人不就是你么？谁叫你自己不长脑子随便就冲进魂塚，你以为这是随便进来玩儿的地方么？！"

麒零咬了咬牙，他胸膛里是翻涌不息的屈辱，为了银尘受到的屈辱而产生的内疚快要把他的心撕裂了。他丢开天束幽花，转过脸去，眼眶在黑暗里红了起来。眼前浮现出银尘寂静地跪在地上的身影，一种恨自己不争气的情绪化成眼泪积累在他的眼眶里。他不好意思让莲泉看到，于是用力憋着。

莲泉善解人意地转过脸去不看他，免得让他更加难受。

天束幽花看见麒零俊美的面容笼罩着的伤心，心里也微微有些不忍，于是她硬着头皮说："到底相信我么？相信我的话，就跟我走。"

走出洞穴的门口，他们重新站在巨大的峡谷面前，周围密密麻麻的魂器闪动着微光。莲泉看了看天束幽花，问她："你的魂兽有飞行的能力么？"

天束幽花突然涨红了脸。

莲泉看她沉默不回答，于是明白了，"你还没有魂兽是吧？"

天束幽花轻蔑地冷笑了一声，不愿意回答，脸上的表情充满了娇贵。"我刚才就是一路从悬崖上跳跃过来的，这点儿路程还难不到我。"

"我们现在去的地方，如果等你跳过去的话，不知道要跳多久。没有魂兽绝对不行，你和我一起吧。"莲泉背后的空间里，阔翅巨大的白色羽翼如同一团巨大的云朵。而这个时候，麒零的苍雪之牙也呼啸着，从空气里显影出来。

"谁要和你一起？！我要和麒零一起。"天束幽花冷冷地说。说完，就朝苍雪之牙的背上爬。她的脚刚刚踩上苍雪之牙的背，就被一声巨大的狮吼震了下来，苍雪之牙高傲的眼神轻蔑地看着她，充满了厌恶。天束幽花低声恨恨地骂道："一个畜生，神气什么！"

麒零没有听到她低声喃喃地在说什么，他轻轻拍着苍雪之牙毛茸茸的头，揉了揉它巨大的耳朵，对它温柔地说："你堂堂一个大丈夫，欺负小姑娘就太没面子了，她也是使徒，是我们的朋友。她是进来救我们出去的。"

苍雪之牙虽然满脸不情愿的表情，但是也顺从地低下了头。

天束幽花爬起来，得意地看了苍雪之牙一眼，于是用镶嵌着锋利金属片的靴子在它毛茸茸的后腿上用力一踩，翻身骑到苍雪之牙的后背上去了。

"它其实很温驯的，就是对生人比较有敌意。等一下你抓紧我，别掉下来，放心，没事的。"麒零转过头来，在天束幽花耳朵边上说道。

天束幽花看着面前的少年，锋利得仿佛宝剑般的浓黑眉毛斜斜地飞进他茂密的鬓角里，幽深的眼眶里，仿佛小鹿般顺润纯净的瞳孔，此刻正温柔地望着自己。她不由自主地把手环抱向少年的腰，隔着布料，麒零滚烫的体温传递到她的手上，少年健硕的腹肌在布料下轮廓分明，同时还有此刻从麒零脖子肌肤上传来的，充满了年轻生命气息的男子汉的味道。

天束幽花的脸像是在阳光下被晒烫的花瓣一样，娇艳欲滴。

『 西之亚斯蓝帝国·深渊回廊 』

雾气比任何时候要浓郁，几乎像是黏稠的乳白色液体荡漾在整个幽绿色的峡谷中。光线照不穿整个峡谷，只有少数像是光剑的束状光线从高高的树冠缝隙里笔直地刺进长满苔藓的泥土里。

鬼山缝魂和银尘，此刻正站在那个坐在树下、看起来孱弱无比的苍白少年面前。

"我把银尘带来了。"鬼山缝魂对苍白少年说着。

苍白少年慢慢地睁开了他的眼睛，纯净的充满光芒的瞳孔，像是两面被大雨淋湿的湖泊。他的声音虚弱极了，听起来仿佛是被飓风吹动下的软草。

"你知道为什么，我必须找到他么？"苍白少年轻轻对鬼山缝魂说，他白皙的脸在周围绿色的光线里，看起来就像是一碰就会碎的精致瓷器。

"我不知道。"鬼山缝魂单膝跪在地上，低头恭敬地说。

"你可知道，你们其他的王爵，和一度王爵，有什么区别么？"

"一度王爵一直以来都不会在众人面前现身，大家也都不知道他是谁，传说中他甚至就几乎是神的转世。所以，我们都接触不到。"鬼山缝魂继续回答。

"一度王爵和你们不一样的地方，除了拥有足以称霸天下的独特灵魂回路之外，他还有一个和你们不一样的地方，那就是他同时拥有三个使徒，每一个使徒都继承了他那种具有压倒性的、凌驾于一切万物生灵之上的灵魂回路和他的至今未被人知道的天赋，并且，没有人知道哪一个使徒是他的继承者，不到一度王爵死亡的最后那一刻，或者说他主动退位的那一刻，谁都不知道下一个一度王爵是谁。他的三个使徒都以天使的名字命名，他们分别是【海之使徒】雾涅尔，【地之使徒】米迦勒，还有就是【天之使徒】路西法。"

说完，苍白的少年抬起头，用他仿佛水晶般透彻的眸子，凝望着银尘，说："很高兴再一次见到你，上代天之使徒，路西法——银尘。"

第七章

尤图尔遗迹

脚下是一条巨大的铺满大理石的道路，
千万年的光阴
仿佛在它的表面刻下了无数的痕迹。
放眼望去，
庞大的黑暗里，
矗立着无数高大雄伟的建筑群，
虽然都破败不堪，
但是依然能够想象出这座遗迹
曾经的繁荣。

『 西之亚斯蓝帝国·雷恩海域·魂塚 』

巨大的峡谷两边是高不见顶连绵不断的黑色崖壁，上面无数摇曳的魂器正在低声嗡鸣着。白色混浊的黏稠雾气把峡谷的底部深埋起来，看上去仿佛是一片宽阔翻滚的白色之海。

抬起头，能在最遥远的顶上看见一条狭长的幽蓝色的流动天幕，准确来说应该是海水，因为魂塚是在雷恩海域的深处。

巨大而雪白的闇翅仿佛一座羽毛组成的悬浮之岛，无声地在这个庞大的峡谷里滑翔着，从高处看下去，仿佛是山谷里飘起的一片小小的雪花。这个黑色的峡谷实在是太大了，麒零三人此刻朝着峡谷的北面飞去，闇翅和苍雪之牙巨大的翅膀无声地扇动着，整个空旷的山谷里，白色羽毛拉动出交错的光线朝前面飞速地卷动而去，吹向魂塚的尽头。

麒零和天束幽花的眼里都滴过了"希斯雅"果实的汁液，此刻，两个人正在目不转睛地盯着两边森然高耸的黑色悬崖上无数植物般摇曳着的各种魂器。有些魂器上只有薄薄的仿佛蛛丝般的黄金魂雾萦绕着，而有些则像是一汪源源不断地往外喷涌金色泉水的泉眼般，凝聚了无数的黄金魂雾。

麒零眼睛都看花了。

"停一下。"天束幽花突然喊了一声，于是麒零搂了搂苍雪之牙的脖子，停了下来，两头巨大的魂兽在空中悬停着，缓慢地扇动着巨大的白色羽翅。

"鬼山莲泉，你帮我看一下那团黄金魂雾里的是什么魂器。"天束幽花抬起手，指着高处岩壁上凸起的一角，头也不回地问道。

麒零抬起头，因为他的眼睛里也有果实的汁液，所以理所当然，他也只能看见一大团厚重翻滚的仿佛熔化的黄金铁水，看不清楚里面到底是什么魂器，"好厉害……"

莲泉看着天束幽花一副使唤下人般理所当然的高傲表情，连名带姓地叫着自己的名字，有点儿厌恶地皱了皱眉，但是她不想和这个小姑娘计较，她只想赶紧离开这里，因为她还有更加重要的事情要做。没有滴"希斯雅"果实汁液的她顺着天束幽花的手的方向看过去，一把白银铸造的弓从山崖上露出一半来。

"是一把弓，三尺半长，弓的两头雕刻出翅膀的形状，冰蓝色的弓弦，没有箭筒，也没有箭，所以如果我没猜错的话，应该是以魂力临时制作冰箭或者直接激射魂力作为战斗方式的。"莲泉站在巨大的闇翅背上，风吹动她的长袍，把她衬托出一种冷漠而理智的美。

"那就是它了。"天束幽花娇艳的脸上，是一种掩盖不住的兴奋。

"我送你上去。"麒零抱紧苍雪之牙的脖子，刚要往上飞，就听见天束幽花的一声叱喝："不用你帮忙！"

天束幽花双脚往苍雪之牙的背上重重地一踏，凭借着这股反弹的力量，她朝黑色的岩壁上飞快地掠去，在到达岩壁的时候，她借着那些岩壁上插满的各种魂器，脚尖几个轻轻的起落，"啪、啪、啪"几下，就跃到了十几丈的高处。她身上的白色飘逸纱裙在空旷的黑暗里被风吹得仿佛翩跹的绸缎，发出模糊的白光。

最后一跃之后，她已经攀在了那把周围翻滚着金色水浪的弓旁边了。她伸出手，手臂上一层密集的灵魂回路若隐若现，她把一股魂力往岩石上一拍，"轰"的一声爆炸，一整块岩石爆炸成了碎片，那把弓连着她整个人都朝下面坠落，她眼疾手快地抓住弓身，但依然止不住下坠的趋势。

麒零看着突然坠落下来的天束幽花，心里一急，骑着苍雪之牙朝上面飞去，魂兽庞大的身躯在空中一转，双翅一收，天束幽花已经稳稳地落在了它柔软的宽大后背上。

"还好你没事，刚刚看你掉下来，真吓人。"麒零挠了挠后脑勺的头发笑笑，露出雪白的牙齿，一双仿佛星辰般发亮的眼睛径直地看着天束幽花，目光直接而又充满了热度。

天束幽花在麒零率性的目光里，脸迅速红起来，她咬了咬牙，轻蔑地说："谁让你来救我的，你以为我应付不了么？"

麒零的笑容尴尬地停留在脸上，而苍雪之牙一声怒吼，身躯一震，天束幽花差点儿站不稳。"这个畜生想干什么？"她娇美的面容笼罩着一层苍白的怒意，"你自己的魂兽也不好好管一下！"

"它是我朋友，你不能这么说它。"麒零的脸色认真而严肃。

"哼，魂兽就是魂兽，和一个畜生有什么好做朋友的。"天束幽花的表情充满了不屑。

"也许等到你有了魂兽，你才会知道，" 鬼山莲泉乘着闇翅飞到他们身边，说，"以后和你出生入死的，都会是你口中的这个畜生，而无论任何情况下，都愿意为了你去死的，也是这个畜生。"

"我不在乎，"天束幽花冷笑着，稚气的声音里充满了傲慢，"只要我一句话，别说是畜生，就算是人，是魂术师，都可以随时让他们为我去死。"

鬼山莲泉看了看面前这个仿佛整个天地都围着她旋转的天束幽花，拧紧了眉头。她转过头去，留给她沉默的背影。

天束幽花冷笑了一声，把手上刚刚取得的弓朝自己的右肩膀后方用力一插，一阵血肉模糊的汩汩之声，那把巨大的白银之弓，毫不费力地往她的身体里融了进去。整个过程里，天束幽花的脸上都是毫无痛苦的、带着淡淡轻蔑之意的笑容，仿佛是在讥笑刚刚将魂器第一次收进自己身体时痛苦不堪的莲泉。

麒零不解地看向莲泉，莲泉轻轻地告诉麒零："那是她的天赋，别人是比拟不了的。他们的身体愈合速度太快，以至于他们感受到的痛觉也比我们要少很多。魂器第一次分离开我们的血肉再进入爵印，这个对于我们来说痛不欲生的过程，对他们来说，根本算不了什么。其实幽花并不算什么，她的王爵，那个有着【永生王爵】之称的男人，六度王爵西流尔，才是王爵里的一个怪物。"

"我们的天赋，是你们这些人羡慕不来的。"不知道什么时候，天束幽花已经完成了第一次将魂器融进爵印的过程了，她俏丽盈盈地立在苍雪之牙的后背上，把银弓重新从身体里释放了出来，拿在手上，她纤白光滑的手背上，此刻笼罩着密集的金色刻纹。

"你想干什么？"鬼山莲泉警惕地看着她。

天束幽花没有回答，脚下突然暴出一阵气流，把她的头发和纱裙吹得四散开来，她伸手朝着脚下深不见底的深渊用五指虚空一抓，于是从浓稠的雾海里，三股雾气组成的气流像是三条白蛇般旋转着从下面飞快地冲上来，瞬间在她的手里化成了三根手腕粗的巨大冰箭，她拉满弓弦，朝着旁边的黑色崖壁"突、突、突"三声激射过去。

三根银白色的冰箭射进黑色岩石瞬间引发了轰然巨响，爆炸产生的黑色碎石块和尘埃，弥漫在空旷的峡谷之中。射出来的三个碗口大小的洞穴深不见底，并且一条裂缝沿着水平线在巨大的山崖上"哗啦啦"地裂了几十丈远，"咔嚓咔嚓"的岩石碎裂的声音朝远处的黑暗里传递过去。

天束幽花满意地看着自己手里的银弓，脸上是无法掩饰的得意神色，"你紧张什么，我只是试试顺不顺手。"

麒零站在她的身后，看得目瞪口呆的。

莲泉神色凝重，她有点儿担心，以天束幽花这么小的年纪和她乖戾的脾气来说，这个魂器对她来说太过于杀戮了。不过她没说什么，她喊了喊麒零，对麒零说："我们继续往前面走吧。你留心下周围出现的魂器。"

麒零点点头，转身对幽花说："那你骑稳了，我们出发了。"

巨大的羽翼荡开沉在他们下面的浓厚雾气，像是划破乳白色的海面一般朝前面拉出巨大的弧形亮光，瞬间飞远。

只是他们三个都没有注意到，在他们脚下遥远的峡谷深处，浓厚的雾气掩埋下，一道暗红色的光芒在雾气里闪动了一下，然后又被浓雾遮实了，仿佛一根暗红色的静脉血管。

『 西之亚斯蓝帝国·深渊回廊 』

银尘和鬼山缝魂都沉默地站在苍白少年的面前，一动不动。

一缕金色的阳光穿透头顶浓郁的树冠和空气里黏稠流动的雾气，照在苍白少年的脸上，让他显得更加孱弱，整个人透出一种一击即溃的脆弱美感。

鬼山缝魂看起来像要说什么，但是一直忍着没有开口。

苍白少年用他仿佛琥珀般的瞳孔，看着缝魂，"你是不是想问我什么？"

缝魂犹豫了一下，然后低头，小声说："如果银尘是上一代天之使徒路西法的话，那么，他的灵魂回路和上一代的【第一王爵】应该是一模一样的，所以他的魂力应该远远超越我们才对，但是我所感应到的他身体里的魂力和他的运魂方式，都不具备这种压倒性的优势……"

"他和你们不一样，"苍白少年的声音轻得仿佛一吹就散，"你所能感觉到的，是他的第一层灵魂回路，也就是属于他的七度王爵的回路，但同时在他的身体深处，封印着上一代一度王爵的灵魂回路，只要他需要，他随时都可以重新恢复【第一使徒】的力量。"

"他……他身体里有两套灵魂回路？"鬼山缝魂的瞳孔颤抖着。

"是……并且他还同时具备两种天赋。"苍白少年把目光转过来，望着站在他面前的、仿佛一座雪山般沉默而寒冷的银尘，他的目光里仿佛刮着雪山顶上的寒风，瞳孔里密集翻滚着白色风雪。

"两种……天赋……"鬼山缝魂的声音充满了战栗。

"你为什么会知道这些？"银尘领口处露出来的脖子肌肤上，金黄色的刻纹隐隐浮现出来。鬼山缝魂不动声色地移动了几步，站在苍白少年的面前，和银尘对峙着。

"因为三年前，当你以浑身筋骨粉碎、满目疮痍的身体躺在心脏地上的时候，是我们封印了你第一王爵的灵魂回路，同时赐予了你一种全新的以前从来没有过的灵魂回路，让你成为七度王爵……你不会不记得吧？"

银尘的瞳孔突然急剧地收缩，仿佛看见了鬼魅般惊骇的神色在他冰雪般的脸庞上翻滚着，"你是……你……"他下意识地后退一步，被自己脑海里的想法吓到了，这种可怕的想法却似乎就是事实……

"你想得没错，我就是白银祭司中的一位。"

苍白少年的声音，幽幽地回荡在空旷的深渊回廊。

远处传来不知名的魂兽的嘶吼，仿佛来自地狱的召唤。

『 西之亚斯蓝帝国·雷恩海域·魂塚 』

麒零此刻攀在陡峭的黑色山崖上，苍雪之牙扇动着翅膀，悬停在他旁边的空中，随时准备着保护他。

而在麒零头顶上方遥远的位置，天束幽花和鬼山莲泉，站在闇翅的背上。天束幽花的眼睛里满是忌妒的眼神，因为从她这里看过去，麒零正在靠近的那把仿佛冰雪雕刻而成的骑士长枪周围翻滚着的金色巨浪，像是风暴一样把周围的魂器席卷得如同飓风中的蒿草般摇晃不止，仿佛那柄长枪是飓风的风眼，持续不停地扩散着黄金雷暴。刚刚一路飞行过来的路上，都没有见到过魂力如此狂暴的魂器。

"麒零，你小心了，不要太靠近下面。"莲泉在头顶对麒零说，在说话的同时，她已经把回生锁链放了出来，白银的锁链仿佛是灵动的长蛇般悬浮在她的身体周围，随时准备闪电般射出。因为莲泉隐隐觉得那把魂器的位置，实在是太靠近深渊的地底了，自己在进入魂塚之前，缝魂就反复告诫自己，一定不能靠近魂塚的底部。

从闇翅的位置看下去，麒零已经被翻涌不息的浓雾吞没了，他的身影偶尔地从雾气里露出部分，然后又迅速被海浪般的白色吞没。

麒零从周围卷动的潮湿气流里抬起头，耳朵里都是呼啸的风声，头顶传来的莲泉的声音一吹就散，被周围浓厚的雾气阻隔着，完全听不清楚。

他正在艰难地朝那把骑士长枪攀爬过去，苍雪之牙也被不断爆炸的黄金魂雾气旋震得举步维艰，勉强维持着和麒零的距离。麒零牢牢地抓着每一把从岩石上穿刺出来的魂器，一步一步朝那把此刻如同正在咆哮般的长枪靠近。同时，他眼睛里的"希斯雅"果实汁液渐渐失去效力了，周围的黄金魂雾正在逐渐隐形，只剩下那些魂器原始的面貌。所以，周围旋转扭曲的气流渐渐变得无法分辨，不时撞上一股，差点儿让他摔到山崖下去。

当麒零终于用手握住了骑士长枪的枪柄的时候，苍雪之牙发出了一声喜悦的嘶吼，麒零转过身抬起头，对上空的莲泉和幽花挥了挥手，做出一个"拿到了"的手势。

莲泉引动着闇翅朝下面飞，准备接应麒零。

麒零在手上运满魂力，然后一拳重重地砸向枪眼的位置，在碎石四处爆炸的同时，那柄冰雕玉琢的长枪，突然消失了！

麒零此刻整个人都正握着长枪往外拔，这突如其来的变化让他整个人朝后面坠落下去，瞬间就被浓雾吞没了，他的呐喊也被周围的风声淹没了。

站在闇翅上的幽花被眼前的变故吓傻了，还没有反应过来，巨大的闇翅就振动着翅膀往深渊下面俯冲而去。莲泉全身魂力爆炸开来，无数条白银铸造的锁链仿佛闪电般卷裹着风声刺进浓雾的深处，巨大的峡谷里充满了"哗啦啦"的锁链摩擦的声响，她感应着锁链末端传来的所有魂力异动，却完全没有任何麒零的魂力气息。

等天束幽花回过神来，她想了想，然后双手一挥，在她的纱裙飞扬开来的同时，空气里突然显影出十几只巨大的雪雕，仿佛无数坠落的流星般，尖锐地鸣叫着冲向雾气缭绕的峡谷深处，接着，它们又同时盘旋而起，无数巨大的羽翼带动起来的飓风，将一大片的浓雾吹散干净。

"这些雪雕，是你的魂兽？"莲泉疑惑地看着幽花。

"当然不是，这些只是被魂术封印了的巨雕而已，平时可以收在行囊里，以符咒的形式存在，"幽花讥诮地看了莲泉一眼，"你见过一个人有十几头魂兽的么？"

莲泉不再和她多说，她继续往深处飞去，同时，苍雪之牙也从上空呼啸着往下疾飞，瞬间超越了他们。然后，他们看见了，雾气吹散后清晰起来的峡谷深处，麒零抓着一把剑柄，身体悬空着，摇摇欲坠。

"抓紧了！"莲泉对麒零大吼一声，然后引动着闇翅急速地下坠。

麒零牢牢地抓着那把从悬崖上仅仅露出来一小部分的剑柄，心里默念"好险"，但同时又想到刚刚那个强力的魂器消失了，不由得分外可惜。他抬起头，对莲泉她们喊了一声："我没事。"然后等着苍雪之牙飞过来接应他。

而变故就是在这个时候发生的。

当莲泉突然感应到一阵不可思议的魂力流动的时候，她突然看见，麒零身下浓雾的空间里，一条仿佛血管一样的东西，以快得不可思议的速度，突然就缠到了麒零的腰上，仿佛是巨大的猩红色蚯蚓般在他腰上蠕动着，麒零还没反应过来，这条红色血管样的东西就突然收紧拉直，用一股巨大的力量把麒零往深渊里拖，麒零双脚从崖壁上腾空，只剩下手里牢牢抓紧的剑柄苦苦支撑着。

天束幽花身后的空气突然爆炸，银白色的巨弓从她右臂肩膀的血肉里突然弹射出来在空气里幻化成形，她迅速吸纳了几股水汽，三支巨大的冰箭以雷霆之势朝麒零身下的深渊处射去，但是，三支巨大的冰箭消失在云雾深处，没有任何声音，仿佛射进了深不见底的海洋一般，瞬间就被吞没了。还没等天束幽花反应过来，三支冰箭突然从浓雾深处以更加迅捷的速度反噬过来，流星般"啪啪啪"三声模糊的钝响，天束幽花的两肩和腹部被射穿了三个拳头大的血洞。她的目光突然空洞地散开，然后直挺挺地倒在闇翅雪白的后背上，冒出来的汩汩鲜血把白色的羽毛染得湿淋淋的一大片。

鬼山莲泉来不及管幽花，她心里的恐惧像是死灵的斗篷般把她整个人都包裹起来。她看着被猩红色血管抓住的麒零，又看了看倒在自己身边的天束幽花，浑身颤抖起来。

"你快走啊，你别管我了！"麒零望着自己脚下那个浓雾弥漫的空间里不知道是什么怪物的东西，对莲泉喊道。

鬼山莲泉一咬牙，双手朝前一甩，两根锁链"哗啦啦"朝麒零射去，也捆在麒零的腰上，两股力量拉扯着麒零，空间里肆意爆炸的魂力掀起无数飞沙走石。

"麒零，让苍雪之牙用爪子割断捆住你的红色血管，然后你抓紧锁链，我带你往上飞！"

"那这把破剑就是我的魂器啦？"麒零突然脑袋一歪，说道。

"傻小子，你先保住性命吧！快点儿！"

"好，"麒零抬起头，说完之后，用力一拳砸在岩石上，一瞬间飞沙走石，失去支撑的麒零朝下面重重地一坠，莲泉锁链上的重量瞬间成倍增加，这股巨大的下沉力连带着闇翅一起，被红色的怪物触须撕扯着，朝峡谷底部坠去。

此刻已经愤怒咆哮的苍雪之牙，全身雪白的皮毛在飓风中倒竖起来，整个身躯在巨大的魂力作用下变大了好几倍，巨大的双翼白狮从天空俯冲而下，两只前掌的锋利爪子，突然电光爆射，化成数把无限延长的锋利刀刃，闪电般划向浓雾深处伸出的巨大红色血管。在钢刃般的爪子刺进血管的同时，从血管被刺破的地方，突然蔓延出无数像是毛细血管一样的红色细线，密密麻麻地沿着苍雪之牙的爪子往上飞速地缠绕，像是无数爬山虎的触须般牢牢吸附在爪子之上，接着突然一声镜子碎裂般的脆响，苍雪之牙的爪子瞬间被粉碎成了无数飞扬的金属碎片，它发出一声巨大的悲吼，鲜血从两只毛茸茸的巨大白色前掌上往下喷洒，漫天红色的血雨。

"苍雪！"麒零一声怒吼，双手的魂力源源不断地注入刚刚拿下来的这把巨剑，等到看清楚这把巨剑竟然只有半截、是一把残损的断剑的时候，已经来不及了。麒零一咬牙，往下用力一挥，砍在缠绕着自己的那根红色血管上面，血管应声而断。

"哗啦啦"一阵锁链的响声，莲泉用力收紧锁链，麒零朝上面飞去。

麒零刚刚翻身爬上闇翅宽阔的后背，还没站稳，突然他脚下白色的羽毛上，"啪啪啪啪啪啪"一连串声响，十几根粗壮的血管从下面穿透闇翅的躯体，冲上天空，然后这些仿佛巨蛇般的猩红肉藤，突然又往下急转，交织成一张血网从天上笼罩下来。

巨大的创伤让莲泉只能把闇翅收回体内，一声巨响，闇翅化成白色的烟雾倏地收回莲泉的体内，失去坐骑的三个人飞速往下坠落，瞬间掉进了翻滚不息的黏稠雾海。

急速坠落的麒零三人，突然感觉到摔在了柔软但结实的物体上，睁开眼睛，苍雪之牙已经从上空俯冲下来，将三个人稳稳地接在了后背上。

麒零睁开眼睛，眼前仿佛地狱般的场景，让他浑身恐惧得无法动弹，他僵硬地转过头，看见莲泉和幽花的表情更加可怕，苍白没有血色的脸，像是被死神扼住了咽喉。

他们已经穿透了那层悬浮的雾气，骇然地发现，在这层浓稠的白色雾气之下，并不是想象中深不见底的黑暗深渊，或者是怪石嶙峋的峡谷底部，在这浓雾之下，竟然是一片鲜血的海洋。下方遥远的峡谷底部，无数根巨大的蚯蚓状鲜红触手彼此交错缠绕在一起，密密麻麻地翻滚着，每一根触手上都有无数的圆形吸盘，那些吸盘看上去仿佛一张张人脸。一整个望不到头的峡谷腹地，被成千上万的这种恐怖的红色血管塞满了，它们黏稠而血腥地蠕动着，就像是一个巨大的血池里无数搅动着的巨型蛔虫……

"它们是什么东西？怎么会有这么多？"麒零的脸色发白，问道。

"不是'它们'……而是'它'……"莲泉的声音听起来充满了恐惧。

"它？你是说，这些成千上万的蠕动着的玩意儿，是一个东西？！"天束幽花突然抓紧麒零的衣摆，脸色苍白地说。

"苍雪！"麒零大喊一声，苍雪之牙一声嘶吼，挥舞着带血的翅膀，驮着他们飞快地往上逃离，而这个时候，突然在深渊深处的血池里，无数巨大的触角成千上万地从纠缠在一起的巨大身躯内摇曳而出，仿佛海底的海葵释放出万千红线。然后下一个瞬间，密密麻麻的红色血管突然笔直地朝苍雪之牙射过来，顷刻将它缠绕得如同一个坠入红色猎网中的困兽，而随之而来的勒紧，带来了千斤重压，麒零甚至听到了苍雪之牙体内骨骼碎裂的声音和它痛不欲生的怒吼，但它还是拼命地往上飞，那些血管渐渐地勒进了它的皮肉，无数道伤口血淋淋地翻开来暴露在空气里。

"去死吧！"一层透明的泪水冲上麒零的眼眶，周围突然出现的爆炸声，连同漫天席卷的魂力，让莲泉和幽花的视线都模糊一片。蒙眬中，仿佛从天而降的一道万丈巨剑，如同神怒一般，光芒无匹地刺进遥远的地底，扎进了血色肉团的深处，一声震耳欲聋的怒吼，将整个山谷震荡起来，红色触手一瞬间松开苍雪之牙的身躯，但它已经再也没有力气往上飞了，巨大的怒吼震得所有人胸腔里气血翻涌，视线跟着变得模糊，连呼吸都快要失去了，三个人连同苍雪之牙一起往下坠落。坠到一半，它砰然一声化成白色的光雾，被吸纳进麒零的身体。

莲泉挣扎着，从手上甩出锁链，将三个人的身体缠绕在一起，然后她右手用尽所有的力气，往上面一甩，锁链笔直地刺破头顶浓厚的雾气，"叮"的一声刺进遥远山崖上的石壁，莲泉用力收紧锁链，三个人飞快地朝上面飞去，转眼破雾而出，逃离了云雾之下血池般的地狱。

他们三个停在山崖一片小小的突出的空地上，莲泉斜靠在山崖的石壁上，脚边天束幽花已经昏厥过去，但是她满身血淋淋的伤口却在飞速地复原，甚至可以看见那些血肉重新愈合的速度，真是让人恐惧的天赋。

而倒在另外一边的麒零，虽然依然在昏迷，但是呼吸平稳，应该没有受到什么重伤。

只是，鬼山莲泉疑惑的是，刚刚那道仿佛天神使用的巨刃般的利剑来自何处呢？整个深渊回廊里应该只有他们三个使徒而已，就算有另外的人进来，那也只能是使徒，从来没有听过有那么厉害的使徒存在。难道是一度使徒么？

莲泉转过头，看见跌落在麒零脚边的那把断剑，巨大的剑身和剑柄上，雕刻的花纹精致而古旧，而且感觉并不像亚斯蓝的东西，剑的形状和材质，都和亚斯蓝地域上的武器大相径庭。而且莲泉突然有种错觉，刚刚那道巨大的利剑，仿佛就是这把剑身的样子。但是很明显这把剑如此之短，并且只有一半，怎么可能是它的锋芒呢。

不过无论如何，也要先从这里出去。

她挣扎着起来，叫醒还在昏迷的麒零和幽花。

"我们要先从这里出去，现在就走。"

苍雪之牙受伤太过严重，所以，莲泉让麒零继续让它待在身体内恢复魂力，三个人都坐在闇翅巨大的后背上，往魂塚的尽头飞行而去。

大概飞行了两个多时辰，终于到了峡谷的尽头，并且一路上莲泉都尽可能地让闇翅在高空飞行，极力远离脚下翻滚的雾海。刚刚的一幕依然清晰地停留在眼前，仿佛地狱般的场景在脑海里翻滚不息。

不过麒零是好了伤疤忘了疼，刚刚才擦过鬼门关，现在就完全忘记了刚刚的凶险，一路上都在唠叨自己竟然拿了一把断剑，这下可好，出去之后，应该会被银尘羞辱个透。想到银尘那张冰冷的冰山脸，他又无奈了，摊手叹着气。

峡谷的尽头，两边的高耸山崖合为一体，这就是尽头了。远远望见从悬崖上伸展出来的一个广阔平台，闇翅缓慢地降落在地面，三个人从闇翅上走下来，莲泉将闇翅收回体内。

平台尽头是一面高大的石壁，和之前的悬崖不同，这一整面山崖都是平整光滑的，看上去像是精心打磨过的光滑的玄武岩，上面雕刻着和帝都格兰尔特建筑风格十分类似的花纹，一扇门的样式被雕刻在巨大的山崖上。

"这里是出口？这里是死路啊！"麒零走到高大的石壁前，敲敲结实的石墙，疑惑地问莲泉。

"这自然不是普通意义上的出口，你是通过棋子进来的魂塚，那么就肯定是通过棋子出去了。你看见了那扇雕刻出来的对开的大门么？门上的两个铜环，就是两枚棋子。不过之前我的王爵告诉我，左边是出去的正确棋子，通往深渊回廊的入口，右边则是代表死亡的棋子，一定不能触摸。"说着，莲泉回过头，神色严肃地望着幽花，"我最后再和你确认一次，你说棋子的位置被调换过了，是不是真的？"

"没有……"天束幽花低着头，本来，她确实打算欺骗鬼山莲泉，让她去送死。可是经过刚刚的生死关头，她发现，在自己昏迷的时候，麒零和莲泉两人也没有丢下过自己，虽然在她从小到大的生活环境里，从来没有人敢丢下她不顾，但是，那毕竟是因为自己的皇室血统，那些人也都是屈服在他们皇家威严下的奴才。而对于和自己没有关系的麒零和莲泉来说，能够这样保护自己，多少让她有些感动。虽然不至于让她产生多大的改变，但至少，让她再也没办法眼看着莲泉去送死，"棋子没有改动过，还是以前那样，左边是正确的出口，右边是死亡。"

"那你刚刚为什么要骗我们？"莲泉的眼里射出寒光。

"……我……"天束幽花被问得哑口无言，一种被羞辱的感觉瞬间从她的心里蔓延升起，刚刚积累起来的一点点对莲泉的感激，被冲得一干二净，"我高兴！我爱怎么说就怎么说，反正现在只有我一个人知道正确的出口，你们爱信不信！"

"是么？"莲泉眼里寒光爆射，她的身形一动，突然抓过天束幽花，把她往右边的死亡棋子推过去。天束幽花来不及反抗，只能发出刺耳的尖叫来。

"不要这样！"麒零大声喊道，虽然他也不是很喜欢幽花的性格，可是这样用她来作实验，未免太过残忍了。

"不要！！放开我！"天束幽花尖叫着挣扎，可是莲泉怎么可能让她动弹，在快要靠近右边棋子的瞬间，莲泉停了下来，她看着天束幽花苍白的脸色，说："你这么害怕，应该没有说谎，棋子没有动过，右边还是代表死亡。"说完，她放开了天束幽花。

麒零悬着的一颗心终于放了下来，"我还以为……"

"你以为我真的会让她去送死么？"莲泉冷冷地瞪了麒零一眼。

"当然不是，姐姐你长那么漂亮，心地当然会很善良。"麒零咧嘴一笑，一排白牙齿显得英气十足。

莲泉回过头，一脸不可思议的表情看着麒零，"你敢调戏我？！"

麒零的脸刷地白了，"姐姐……别认真啊……"

而莲泉刚刚想开口，突然一阵巨大的魂力爆发，将她往后一推，她只来得及看清楚天束幽花充满怨毒的眼神和麒零惊慌失措的表情，她的后背就触碰到了那枚死亡棋子。一瞬间，天旋地转的黑暗扭曲之后，她整个人就在空气里消失了。

麒零眼看着莲泉进入了代表死亡的那枚棋子，胸口一阵恐惧，然后迅速转换成怒意，他一把把幽花推倒在地上，"刷"的一声把半刃巨剑拿在手上指着幽花的喉咙，双眼通红，"你怎么这么歹毒！你杀了她！"

"你怎么不说她歹毒？是她先想杀我！"天束幽花看着面前用剑指着自己的麒零，心里像被刀割一样，这个之前还温柔地对自己说话的英俊男孩子，现在为了另外一个女人而对自己刀剑相向。

"她又没有真的要杀你！"说完，麒零把剑瞬间收回体内，然后头也不回地冲向那枚死亡的棋子，抬起手毫不犹豫地拉住了铜环，一瞬间消失在空气里。

天束幽花目瞪口呆地看着面前空旷的石壁，她完全失去了思考的能力，她无法想象麒零竟然就这么为了莲泉去死。

她的眼泪无声地流了满脸，而她自己完全不知道。

过了半晌，她虚弱地站起来。脸上渐渐笼罩起来的是不变的怨恨。

"既然你那么想死，你们就一起去死好了。我没工夫陪你们。"说完，她红着带泪的眼眶，转身走向左边通往深渊回廊的棋子，抬手摸了上去。

当她的视线再次恢复的时候，她渐渐看清楚了面前的环境。

幽黑的光线，周围是高大的看起来像破败的古城一样的建筑，她刚刚还在思索深渊回廊里怎么会有这样一个地方时，她就回头看见了站在自己身后面如死灰的麒零和莲泉。

"什么意思……"天束幽花的心脏骤然收紧了。

『西之亚斯蓝帝国·深渊回廊』

"如果你说的都是真实的事情，包括四年前的那场浩劫……那么，你就应该和我一起回帝都心脏，如果这些都是真的，我会站在你这边。"

"我回不去的。"苍白少年的声音听起来更加虚弱了，"和你们能够自由地在任何有黄金魂雾的地方就能恢复魂力不同，我们三个白银祭司，只能待在心脏那块巨大的水晶里，才能拥有魂力，一旦脱离那块水晶，我们的魂力每使用一次就会消耗一次，甚至不仅仅是魂力，连同我们的生命，也会一起消失。在遇见你之前，为了和鬼山缝魂从深渊回廊里一起出来，并且又对付了幽冥，我已经消耗了大量的魂力，而刚刚为了救鬼山缝魂，我的魂力几乎所剩无几……路西法银尘，能够在死前找到你，我已经很高兴了。"

"我如何能相信你说的这些都是真的？"银尘望着苍白得仿佛要和空气融成一体的少年，语气温柔下来。

"你不用现在就相信我，你只要回帝都去，慢慢地留心周围的变化，总会发现的。那个时候，你就明白所有的一切了……"

"如果真的像你所说，现任第一王爵身上被赐予的，是一种亚斯蓝历史上从来没有出现过的恐怖灵魂回路，那么就算是我，也没有能力去改变一切。你要知道，对我们来说，现任的一度王爵修川地藏，几乎是神一样的存在。别说修川地藏了，就是现在他身边的天、地、海三使徒，也是远远凌驾于我们所有王爵之上的……"

"银尘，一切都不是不可改变的，而且你和我都知道，上一代的一度王爵——也就是你的王爵——吉尔伽美什，他依然还活着。这一点，你比我清楚，所以，未来的一切都还是未知数……"

"好，我答应你，回帝都去弄清这些事情。我也答应你，会尽我所有的力量保护你。"

"最后我只问你一个问题，我的时间不多了，"苍白少年轻轻擦掉嘴角流下来的血，"你已经有了自己的使徒，这一点我知道。但是，你在赐予他灵魂回路的时候，给予他的，是你第一层的七度王爵的回路，还是封印在你身体深处的，上代一度王爵的灵魂回路？"

银尘看着面前苍白的少年，表情渐渐寒冷下来，他没有回答，静静地站在飘浮着尘埃的束形光线里。

周围清冷的大雾，将四周的参天古木浸泡得潮湿一片。

『 西之亚斯蓝帝国·尤图尔遗迹 』

庞大的古城仿佛一座巨大的坟墓。

这座遗迹不知道从什么时候流传下来，而且，也从来没有在亚斯蓝的历史上听说过有这样一座巨大的古城存在过。

脚下是一条巨大的铺满大理石的道路，千万年的光阴仿佛在它的表面刻下了无数的痕迹。放眼望去，庞大的黑暗里，矗立着无数高大雄伟的建筑群，虽然都破败不堪，但是依然能够想象出这座遗迹曾经的繁荣。

庞大的古城里没有任何声音，巨大的安静压迫着耳膜，让人太阳穴发涨。

隐隐地，总觉得远处甚至是身边的黑暗里，有什么东西轻轻地走过去，或者黑暗里有东西站在自己的身边，不动声色地呼吸着。

麒零觉得毛骨悚然。

"这到底是哪儿？"天束幽花看了看麒零和莲泉，又看了看这座巨大的陵墓般的古城，声音像被寒风吹打着的落叶。

"这就是你把我推进来的'死亡'。"莲泉冷冷地说。

"可是我明明摸的是另外一颗棋子……"说到这里，幽花停下来不敢说下去。

莲泉没有继续理她，转身环顾了一下周围，"也许银尘和缝魂他们说的'死亡'并不是指只要触摸了棋子就会死，而是指这棋子会通向一个邪恶之地，就等于通向了死亡。毕竟棋子只能把人送往不同的空间，而不能直接夺人性命。"

"那可不一定，如果棋子的出口被放到一口火炉里面，那摸了不也等于直接死么？"麒零歪了歪头，好像认真思考的样子。

莲泉憋了半天，终于从牙缝里挤出三个字："谢谢你。"

麒零完全没有听出莲泉的反语，两手大方地一挥，"嘿，客气啥。"

莲泉深呼吸了一大口气，忍住了拿鞭子抽他的冲动。

"往前走吧，待在这里也不是办法。"莲泉对麒零说，然后回过头看了看脸色苍白的天束幽花，"如果不想死，就跟着我们走。"

道路往前延伸，天束幽花放出十几只巨大的雪雕在前面开路，雪雕身上发出的白光把脚下的道路照亮。

在柔和的白色光芒下，庞大的遗迹看起来多了几分高贵的感觉，而少了些许恐怖的气氛。无数巨大的石柱倒在两边的地面上，一些仿佛地基一样的坑洞里，隐隐能看见白骨。随处可见白色奢侈石材雕刻成的残缺拱门以及恢弘的台阶，都预示着这个城市曾经不可一世的繁华和贵气。

"噗。"

"噗噗噗噗。"

一连串仿佛吹灭蜡烛的声响，飞在前面开路的十几只雪雕接二连三消失不见了，仿佛是白色的灯笼被风吹破了一样。

黑暗仿佛从天而降，笼罩在他们三个的头上。伸手不见五指的黑暗里，只有三个人紧张的呼吸声。视线里一片瘆人的黑暗，不知道有什么东西会在这些黑暗里复苏过来。

"幽花你别乱跑啊。"麒零转头对幽花说。

"我没动啊，我一直在你右边。"幽花小声地回答。

"那刚刚……"麒零说到这里，突然被恐惧抓紧了舌头，无法再说完下面的话。如果幽花一直在自己右边，那刚刚从自己左边跑过去的是什么东西？

"唉。"

黑暗里一声幽幽的叹息。

三个人屏住呼吸不敢说话。

"真的，很可惜呢。"黑暗里，一个小女孩的声音幽幽地穿透空气而来，听不出感情，仿佛只是在生硬地念纸上的字一样。

麒零的视线里，突然出现一个白色的光球，当光线趣来越明显的时候，麒零看出来了，那是一个悬浮在空中的巨大蚕茧，声音就来自那个蚕茧里面。

"可惜什么？"莲泉轻轻地移动两步，挡在麒零和幽花的面前，"你是谁？"

天束幽花看着莲泉挡在自己和麒零面前的身影，心里掠过一丝歉意。

一阵仿佛布匹撕裂的声响，光滑的蚕茧突然破开了一个洞，然后，一只苍白得毫无血色的手从蚕茧里伸出来，然后"哗啦啦"像是撕破绸缎般地，将整个身体挣扎了出来，瀑布般倾泻而出的长发，遮住了整张脸。小女孩用一种极其扭曲怪异的姿势缓慢而挣扎地从蚕茧里爬了出来，一阵骨骼嘎嘎作响的声音在空旷的黑暗里回荡着，让人毛骨悚然。她慢慢屈起双腿，坐在了蚕茧上，过了半响，她终于抬起了雾蒙蒙的眼睛，幽幽地对着三个人说："可惜，你们都快死了。"

麒零的瞳孔在瞬间锁紧了，"莉……莉吉尔？！"

"哎呀，你认得我呢！"小女孩抬起她那双混浊的紫色眼睛，也没有望向麒零，而是望着空气里一个不知道什么的地方，用鬼魅般的尖细声音说，"那么，你也一定认得它了？"

她背后巨大的建筑残骸之后，突然亮起一团庞大的白光，一只巨大的蝴蝶挣扎着蜷缩在石壁之间，巨大的肉翅上是血淋淋的触须，绿幽幽的黏液"滴答滴答"地滴落在石板上，发出像是滴血的声音，混浊的恶臭随着翅膀呼吸般地起伏而扩散出来。它的体积比之前在福泽镇的时候，大了不知道多少倍。

"骨蝶莉吉尔……你怎么会在这里？你不是……"麒零惊讶得说不出话来。

"我在这里，当然是因为这里有【秘密】呀……"莉吉尔诡异地笑了笑，说，"但你们走进了秘密的范围了呢，所以啊，就得死。"说完，她又看着空气里一个不知道的地方，轻轻地抬起手，掩嘴笑了笑。

"我们不想和你动手，之前你打不过苍雪之牙的，现在苍雪之牙是我的魂兽。我也不想伤害你，你告诉我们怎么出去，我们不碰你的秘密。"

"我之前打不过它，可是现在我能打得过了呢。"莉吉尔在蚕茧上换了个姿势，抬起手抚摸着头顶上垂下来的骨蝶的一根黏糊糊的触须。

"之前？你是指什么之前？"麒零有点儿没听明白。

"'之前'嘛，当然是指我死之前咯。"莉吉尔微微皱了皱眉头，有点儿不耐烦地说。说完，她轻轻地挥了挥手，身后的骨蝶从一堆废墟里沉重而蹒跚地飞起来，周围引动的魂力气流仿佛浩瀚的汪洋一般。

"这……这根本不是一般魂术师的魂力……这简直……几乎等于王爵的魂力了……"莲泉心里的惊讶太过巨大，她完全不敢相信自己感受到的来自对面这个小女孩的力量。

她双手抖动起来，刷刷两道锋利的锁链朝飞过来的巨大骨蝶激射而去，然而，却仿佛打在空气上一样，锁链径直地穿过骨蝶的身体，就仿佛穿越过光线和薄雾一样，丝毫没有造成任何伤害……

同时，蚕茧上的莉吉尔，朝麒零身后的幽花隔空伸手一抓，仿佛她的手臂在看不见的空间里突然无限伸长了，一只看不见的鬼手伸进了幽花的身体，麒零转过身，看见幽花的胸膛上突然出现了一个血洞，然后听见血洞里仿佛被用力抓紧了的声音，幽花面容痛苦地扭曲起来，麒零拿出半刃巨剑，朝幽花面前的空气里一砍，仿佛砍在一条透明的手臂上一样，一阵光芒激射而出。

莉吉尔缩回手，瞳孔瞬间变成金黄色。

而在下一个瞬间，莉吉尔却像是看见了鬼魅一般，脸色大变，她轻轻地招了招手，于是巨大的骨蝶飞回她的身后，她坐在白色的蚕茧上，眼神里是看见鬼般的恐惧和颤抖。

巨大的遗迹陷入一片可怕的死寂。

幽花扶着石墙，痛苦地喘息着。

麒零和莲泉回过头，看见站在他们身后，一个披着黑色斗篷的身影。

"你打不过我的，赶紧走吧。"黑色斗篷的身影幽幽地说，声音听起来有些尖锐。

"你……"莉吉尔咬着牙，满脸不甘心的样子，"你来这里干什么？"

"我来带他们走。"

莉吉尔用她此刻空洞骇人的大眼睛看了来人很久，最后她一声不甘心的怒吼之后，整个人消散在了黑暗里。

那个人轻轻地摘下长袍的兜帽，露出了一张俊美得不可言说的脸庞，麒零看呆了。

虽然他自己和银尘都称得上是非常英俊的面容，但是面前的这个人，却有着仿佛比女人还要精致的容貌和五官，宝石般的湿润瞳孔，纤细的睫毛和如雪般的肌肤，但是，他开口的声音，却充满了低沉的雄性浑厚。

"我来带你们出去。"

"你是……"莲泉警惕地问。

"【三度王爵】，漆拉。"黑色长袍的人站在黑暗里，平静地回答。

三个人听完，呆住了。

四个人重新走回入口的地点。

幽花、麒零和莲泉都不太敢说话。对于他们来说，接触上位王爵的机会实在太少了，而站在面前的，竟然是三度王爵，这实在是令人不敢相信。对于他们来说，前三度的王爵都仿佛是远古的不解之谜，他们很少露面，他们不和人来往，他们甚至隐藏了自己的天赋。

"这个地方不是你们应该来的，趁早出去吧。"漆拉望着麒零，平静地说。

"是啊，这里还算好，只是遇见莉吉尔而已，"麒零看见漆拉还挺好相处的，于是他自来熟的天分又开始发挥了，"刚刚我们在外面遇见的那个仿佛血红蚯蚓一般的怪物，才吓人呢。"

"那是被封印在魂塚底部的亚斯蓝四头最凶恶的魂兽之一，它的名字叫【祝福】。"

"祝……福？我谢谢它妈妈给它起了个这个名字！它干脆叫【可爱】好了，哦不，叫【娇弱】好了，多适合它啊！"麒零气鼓鼓的。

"这个名字是我们为了方便，对它的统称。"漆拉看了麒零一眼，冷冷地回答。

"哦……"麒零有点儿尴尬地挠了挠头，"那剩下的呢？"

"和祝福魂力级别并列的，还有【自由】、【宽恕】以及二度王爵幽冥的魂兽诸神黄昏。"漆拉说。

"哦，那这里呢？这里是什么地方啊？看起来像一个坟墓一样。"麒零回过头，看看背后森然的黑暗里高大建筑的轮廓。

"这里被称做【尤图尔遗迹】。"

"你说你是王爵，但是王爵肯定不能进来的啊，你怎么能进魂塚呢？"麒零不解地问道。

"我有办法把你们带出去，我就自然更有办法走进来。"

"那刚刚莉吉尔说我们靠近了秘密的范围，这个秘密是什么啊？"

"我不是来回答你们的问题的，如果想出去，就站在原地别动，我就要带你们离开了。"

莲泉和幽花点点头，转过头瞪了麒零一眼。

漆拉回过头来看着麒零，仿佛天神般美好的双眼，在黑暗里流转着动人心魄的目光。

『西之亚斯蓝帝国·尤图尔遗迹』

庞大的黑暗里，窸窸窣窣的声音。

仿佛来自地狱的鬼魅悄然潜行着。

空气里幽然浮动出来的白色光晕，巨大的蚕茧上，莉吉尔依然用怪异的姿势坐在上面，头发瀑散开来。

"又来了呢。"她蒙眬的双眼幽幽地流转着，"这次又是谁？"

黑暗的空间突然被一圈幽绿色的光芒照亮了一块很大的区域。区域的正中心，站着一个穿着墨绿色斗篷的小男孩，他头上戴着一顶镶满黑色钻石的白银头冠。他看上去八九岁的样子，目光仿佛锋利的刀刃，所过之处铮铮作响。

"难道你看见了我身后站着的三个人，都还不知道我是谁？"

莉吉尔抬起头，小男孩背后的黑暗里，幽然浮出三个同样打扮的男人来。他们都穿着及地的长斗篷，分别是不同的颜色。三个男人的身形也一模一样，高大而健壮，尽管裹着密不透风的斗篷，但是依然能够感应到他们躯体里汪洋般的魂力。

小男孩轻轻地蹲下来，他闭着眼睛，小心地抚摸着地面，仿佛在寻找着什么东西。

"你想干什么？"莉吉尔睁开她雾蒙蒙的眼睛，阴沉着脸问他。

小男孩完全没有答理她的话。

莉吉尔冷笑一声，朝前面虚探一下，伸出自己纤细而苍白的手掌虚空一握。但是，并没有如她预料里，可以掐住小男孩的脖子，反倒，还没来得及看清楚的一个瞬间，自己的手臂就从肩膀上被卸了下来，她有点儿疑惑地歪着头看着自己的手臂，再回过头的时候，看见站在小男孩身后的其中一个男人，轻轻朝前面走了两步，然后他从斗篷里伸出手，做了一个怪异的姿势，下一个瞬间，莉吉尔就看见自己面前的场景上下左右颠倒着旋转了起来，她仔细想了想，终于明白，她的头已经从肩膀上掉下来了……她想发出些声音，而喉咙里只有呼呼的风响。她那双雾蒙蒙的空洞的大眼睛，再也合不上了。

　　小男孩仿佛完全没有理睬面前发生的事情，他停止了抚摸，然后把五指按在地面某一块突起的位置，下一个瞬间，无数碧绿的森然光芒从他的手指旋转而出，在地面上迅速扩大出一个巨型的魔法阵来，数不清的复杂刻纹光路，瞬间布满了整个尤图尔遗迹的地面。

　　"那么，就开始吧。"他轻轻地说了这句话，然后五指往地面一插，岩石瞬间碎裂。

　　漆拉回过头，远处传来的巨大地震般的轰鸣让他锁紧了眉头。

　　"怎么回事？"麒零也感觉到了远处不可思议的魂力爆炸。

　　"不关你们的事，快走。"漆拉头也不回地朝远处走去。

　　尤图尔遗迹的每一寸土地上，此刻随着那个巨大的魔法阵翻涌不息的绿色幽光，仿佛有无数的散发着碧绿幽光的毒蛇从地底出来，空气里，类似莉吉尔这样的成千上万的亡灵，在一个瞬间，全部灰飞烟灭，无数的灵体支离破碎，无数的魂兽撕裂爆炸……

　　鬼哭狼嚎回荡在整个遗迹的上空，仿佛要把整个空间震塌。

　　片刻之后，整个遗迹成了一片死寂而干净的废墟。

　　小男孩站起来，轻轻地拍了拍手，瞬间虐杀完了成千上万个莉吉尔那样的幽灵之后，他仿佛做了个小小的游戏一般，耸了耸肩膀。然后他转过头，用他碧绿的瞳孔，望着身后的三个使徒，说："那么，接下来的事情，就交给你们了。找到它。"

第八章

遥远的血光

头顶上空遥远的高处，
是连绵不断的婆娑树冠，
光线从树冠的缝隙里投射下来，
被雾气阻挡润濡之后，
涣散成眼前这片模糊的阴冷白光。
他全身冰冷，
身体里翻涌不停的恐惧
仿佛月光下的黑色大海。

『 西之亚斯蓝帝国·深渊回廊 』

浓雾像是冰冷的白色巨蟒，一股一股地贴着地面缓慢地蠕动着。天地间是乳白色的光芒，但看起来却没有白昼的旷野应有的明亮。

银尘抬起头，头顶上空遥远的高处，是连绵不断的婆娑树冠，光线从树冠的缝隙里投射下来，被雾气阻挡润濡之后，涣散成眼前这片模糊的阴冷白光。他全身冰冷，身体里翻涌不停的恐惧仿佛月光下的黑色大海，一种锐利的刺痛像是冷冰冰的匕首一样扎在自己的心脏上。他僵硬地转了转头，看见已经跌坐在旁边地上的鬼山缝魂，他一脸死寂般的苍白，灰白的嘴唇哆嗦着，仿佛看见了人间最最恐怖的景象。

在他们面前，是已经死去的白银祭司，他那副小孩子的身形，此刻已经只剩下一层透明的壳，仿佛是蝉蜕般，空留下一个完全没有生命的寄居躯体。小孩子前一刻还仿佛琥珀般温润而精致的双眼，现在只剩下两个黑黢黢的空洞眼眶，本应是眼球的眼窝深处，此刻是两个深深的空洞，此刻从里面正幽幽地冒着白色的森然冷气。

"他们……到底是什么东西？"鬼山缝魂恐惧地问，"那帝都心脏里还剩下的两个白银祭司……也……也是这种东西么……"

银尘无法回答。

刚刚面前发生的一切，仿佛是来自地狱的恐怖场景。虽然他依然维持着冷静而挺拔的站姿，但是其实他心里忍不住想要弯下腰来呕吐。胃里翻腾着扭曲的恶心感。他无法相信，白银祭司竟然是这样的东西……他们到底来自哪里？他们到底是什么？

没有人能回答他。

银尘突然觉得，整个亚斯蓝都笼罩在无数秘密的乌云之下，一个接一个的秘密蒸发成黑色的云朵，疯狂地吞噬着所有的光线。

头顶轰然雷鸣般，持续卷动着仿佛预兆般的毁灭气息。

『 西之亚斯蓝帝国·深渊回廊 』

漆拉走在最前面，他的背影挺拔，但同时又显出一种鬼魅般的气质来。麒零对比了一下银尘，觉得面前的漆拉更像是一个来自黑暗里的神秘咒术师，而银尘更像是拥有高贵血统的圣殿骑士。

麒零转过头想要告诉莲泉自己的想法，不过看见莲泉面色凝重，似乎在思考什么问题，所以，他也不敢贸然说话。巨大的茂密森林里，只有一行人脚踩落叶"咔嚓咔嚓"的前进声。

一阵细微的麻痹感，突然蹿进了莲泉的指尖，鬼山莲泉突然伸手拦在麒零面前，刚想要说话，就听见旁边的天束幽花同时也说了一声："停下！"

"前面有人，先别过去。"莲泉转身看着天束幽花，说，"你先把魂力收起来，对方不知道是什么人，你别主动招惹。"

走在最前面的漆拉回过头来，他超乎人世间的俊美面容，在柔和的白色光线下，仿佛来自天界。他用和他的美艳外貌极其不相称的低沉嗓音说："不用防备，前面等待着你们的人是你们的王爵，银尘和鬼山缝魂。"

『 西之亚斯蓝帝国·帝都格兰尔特 』

麒零坐在精致的黑檀木雕花大床的边上，看着房间里坐在桌子旁边正在喝水的银尘，脑子里还是几分钟前浓雾弥漫的、充满无数令人恐惧的高等级魂兽的深渊回廊，而眨眼般的工夫，他们已经身处这个帝国里最高贵和繁华的城市——帝都格兰尔特了。

"他……到底怎么做到的？"麒零到现在还没明白过来，刚刚自己才和银尘相逢，还没来得及说话，空气里就一阵剧烈的扭动，仿佛跌进了一个奇妙的空间里，然后下一个瞬间，就站在一栋仿佛宫殿般高大恢弘的建筑门口了。

当银尘告诉麒零，他们已经到达格兰尔特的时候，麒零吓得脸都白了。

"这是漆拉的天赋，"银尘望着麒零，几天没见，麒零的脸瘦了一圈，不过并不显得病态，反而减弱了以前那股少年的气息，多了一些男子的英气和硬朗，"你知道天赋是什么么？天赋就是……"

"我知道我知道！"麒零一跃从床上跳起来，走到银尘面前，拉出一张凳子坐在银尘对面，一双漆黑的大眼睛牢牢地盯着银尘，脸上是得意的表情，"天赋就是我们每一个人所拥有的独特的能力，这种能力是因为我们的灵魂回路带来的，不同的灵魂回路决定了我们的天赋的不同。"麒零看着银尘饶有兴趣的表情，他挠挠头，有点儿不好意思地补充道，"我听莲泉说的。"

"嗯……三度王爵漆拉的天赋，使得他一直都是亚斯蓝的棋子制造者。刚刚我们几个人站立的地面，在你们还没反应过来的情况下，已经被漆拉制造成了一枚通往亚斯蓝的棋子，所以，我们才可以瞬间到达这里。"

"天啊……他的天赋竟然是制造棋子！"麒零把下巴往桌子上重重地一搁。

"不对，不能这样说。制造棋子只是他天赋的一种表现形式。他的天赋，准确地来形容，应该是对时间空间的一种超越极限的控制。"银尘望着面前沮丧的麒零，似乎有点儿不忍心打击他，但还是接着说，"从某种意义上来说，他的速度是没有极限的。他可以任意穿越空间，理论上来说，他也能穿越短暂的时间，当然这个需要耗损巨大的魂力。他拥有的这种天赋，也决定了他是亚斯蓝领域中，唯一一个可以在任何地方自由制作出【阵】来的王爵。"

"什么是阵啊？"麒零皱着眉头，跟银尘在一起，似乎每天都能听到各种各样自己不了解的东西，一想到这里，麒零就会觉得沮丧。本来他以为自己成为使徒，很快就能变得和银尘一样厉害了，结果却是，自己对这个世界的了解，还不到百分之一。这个魂术的世界，在自己以前的生命里，完全是不存在的，而现在，自己却成为其中的一个部分，而且是非常重要的部分。

"阵其实就是我们身体里灵魂回路的一种外在表现形式。在战斗的时候，或者说需要大量的魂力消耗时，我们会在自己的周围释放出阵来，理论上来说，就是在身体的外部，复制出另外一套灵魂回路。当我们身处阵的范围之内时，我们的魂力流动会和阵的回路相呼应，从而让我们的魂力和天赋都会得到几何倍数的增长。但是，阵的使用非常困难，它需要拥有非常多的匹配你魂力属性的介质才能制作成功。"

"等等，等等，银尘，我有点儿听不懂了……太复杂了。"麒零眼巴巴地望着银尘。

银尘深吸一口气，尽量维持着耐心，他看着对面的墙壁，不再看趴在桌子上的麒零，心平气和但是双手暗暗握了握拳，继续说："比如说，我们的魂力属性是水属性的，所以，我们就一定要拥有大量的水的区域，才能比较顺利地制作出阵来，比如在海面上，在湖面上。魂力高超的王爵，可以在下雨后的潮湿地面制作出阵来，但是这种阵往往很脆弱，持续不了多少时间。而且不同的王爵制作出来的阵也是不同的，产生的效果往往都和他的天赋相关联。比如六度王爵，号称永生王爵的西流尔，他制作出来的阵，可以让待在里面的人和他们一样，具有超卓的重生和愈合力量，曾经有这样的传说，在海上的西流尔，是无法被杀死的，他待在自己的【重生之阵】里时，那种恢复速度，只能用恐怖来形容，这也是他被称为永生王爵的原因。"

麒零闭着眼睛，愁眉苦脸地把下巴搁在桌子上，也不知道在想什么。银尘也没理他，继续说："就奥汀大陆上的四个帝国而言，我们西方亚斯蓝国度上的魂术师，在阵的使用上其实是处于弱势的，因为我们的魂力属性是水，决定了我们不能时时刻刻都制作出阵来辅助自己的力量。四个帝国里，对阵的使用最弱的是东方火源的弗里艾尔帝国，他们只有在四周充满了火焰、岩浆等火性环境的时候才能制作出阵来，最擅长使用阵的是北方的风源因德帝国和南方的地源埃尔斯帝国，他们能在任意有气流的空中和任何的大地上，制作出阵。"

"那火源弗里艾尔的魂术师们不是很可怜么，遇见其他国家的魂术师，只能眼睁睁地挨打啊！不公平！"

银尘摇了摇头，"火源弗里艾尔帝国的魂术师，他们的魂路和力量，都不是你所想象的，以后你遇见他们，还是绕道走吧，他们哪个王爵和使徒，你都惹不起，他们的运魂方式，是整个奥汀大陆上最具有攻击力的。"

"好吧，不过，就算不是火源的人……我也不太能惹啊……我就只是个小小的七度使徒而已……大街上随便走出来一个使徒，都比我厉害。哎。"麒零瘪着嘴，把自己额前的头发吹得一扬一扬的。

"我谢谢你了，整个亚斯蓝帝国，能在大街上这么'随便走出来'的使徒，也就只有六个。"银尘斜着眼睛看他，咬了咬牙，忍住没在他嘴里塞冰碴。

"不过说起来，银尘，我们的天赋到底是什么啊？我怎么没觉得自己有什么天赋呢？"麒零凑到银尘身边去，把下巴搁到银尘放在桌子上的小臂上，仰起脸，近距离地看着银尘那张冰雕玉刻的俊美面容。

"你要干吗？"银尘把脸垮下来，看着在自己手臂上把下巴磨来蹭去的麒零，"你是小狼狗么？还要在主人面前撒娇？"

"你看看你，你看看你，这话说得多伤和气啊，"麒零闭上眼睛，继续把头搁在银尘手臂上，一脸享受的表情，"桌子太硬了，我下巴放在上面太难受。"

银尘一抬手，把麒零整个人推起来，"那你就给我坐直了！"

"那我床上躺着去。我真的太累了。"麒零灰溜溜地走到床边上，一个大字扑倒在床上，把脸埋在被子里。"你继续说啊，我还听着呢，我们的天赋到底是什么啊？"

银尘的瞳孔都发白了，他深呼吸了一下，然后看了看麒零放在墙角的那把半刃巨剑，平静地说："你难道没有发现自己在拿到这把魂器的时候，并没有像鬼山莲泉或者天束幽花那样，先要把魂器融进自己的体内，在爵印里积蓄力量后，才可以使用么？"

"哎？哎！对啊！"麒零一个翻身从床上弹起来，他走到墙角拿起那把巨大的断剑，反复端详着，他手臂上释放出一些魂力，于是巨大的剑身上，那些花纹也随着发亮起来。

但瞬间的惊讶过去之后，巨大的失望也随之而来，麒零把剑往地上一扔，"咣当"一声，"什么嘛！七度王爵的天赋就是只是不需要把魂器融合进自己的体内而可以直接使用？这是什么狗屁天赋啊！"

"啪啪"两声脆响，麒零的膝关节仿佛刺进了两把匕首般一阵剧痛，双膝一软，"砰"的一声跪在地板上。银尘把手收回来，指尖上魂力流动的光线纹路渐渐隐去。"你下次再这么说话没大没小，我就把你的双腿斩了。"

麒零气鼓鼓地跪在地上，眼睛里浮起一层委屈的泪水来。不过他咬着牙，没让眼泪流出来，只是管不住发红的眼眶。他扭过头不去看银尘，用力抿紧嘴巴看着墙角。

"你不服气是么？"银尘看着一脸委屈的麒零问。

"我没有不尊敬你。"麒零抬起头来，两颗眼泪"哗啦"一声滚了出来，那张英俊的少年面容，在眼泪的衬托下显得让人格外心疼，"我只是从小就是个店小二，一直被人看不起，被人欺负。我爸在我很小的时候就死了，是上山打猎的时候，被狼咬死的。我妈抱着我哭了三天，第四天的时候，她在我睡着的时候，一大清早，就跳进河里，也死了。那年我才九岁。我在家里一直哭，没吃的，饿，我就一路哭着走出门，后来走到驿站门口，看见里面的人都在吃饭，我就走进去也想吃。老板把我赶出来，因为我没有钱。我在驿站门口坐着，也不知道去哪儿，人来人往的，后来我饿晕过去了，老板把我带进去，给我饭吃，后来问了我的情况，才收留了我，让我在驿站里做店小二。之后就一直在驿站里帮忙，一直到我长大。我一直都希望自己可以厉害些，如果当初我能有现在这么厉害，我爸爸就不会被狼咬死了，我妈也不用死。"

银尘心里微微一酸，他抬起手一挥，麒零膝盖上两团大冰块"哗啦"碎开来，"你起来吧。以后不能对任何一个王爵不礼貌。"

麒零没有动，依然跪在地上。他抬起手擦了擦自己脸上的泪水，继续红着眼睛说："从你收留我那天起，我就打定了主意跟着你。你虽然对我很凶，看上去冷冰冰的，但是我知道你对我好，我不傻，我感觉得到。你什么都教我，讲给我听，我也能感觉到你对我期望很高。别的使徒从小都是在这个魂术世界里长大的，可是我什么都不懂，你肯定也在心里嫌弃过我。换了是我，我也想要一个厉害的使徒，而不是一个连什么是魂兽、什么是天赋都不懂的人。但是你却从来都没有因为这个而看不起我或者不要我。我麒零别的没有，就是别人对我好，我就加倍对别人好。所以我想成为厉害的人，不让你感觉丢脸。而且以后有别的王爵欺负你，或者魂兽要伤害你，我能帮你对付他们。你有危险，我也能保护你。我不想一直做一个没用的人。我没别的意思。就这么多。"

看着面前跪着的麒零，虽然他在自己眼中还是个小孩，但是他的脸上，已经被岁月的风尘渐渐雕刻出了成年男子的样貌。日渐宽阔的肩膀和胸膛，修长的双腿。这些都标志着他在渐渐成为一个男人。银尘的心里一阵酸楚，他发现自己一直都把他当一个小孩，却从来没有想要去了解过他。

银尘转过头，目光里浮起无数灰色的云絮，脑海里翻滚的记忆像是锋利的链条，拉扯在自己的脑海里发痛，"你没有说错，我仅仅只是七度王爵，随便哪个王爵，都在我的排位之上，任何的使徒也都在你的排位之上。你跟着我，其实挺受委屈的。"

麒零站起来，走到银尘面前，跪下来，他把脸放在银尘的腿上，眼眶里还残留着刚刚的泪水，他小声但是表情严肃地说："银尘，我从来没有这么想过。我能遇见你，而且还能是你的使徒，这对我来说就像是天上掉下来的最大的福气。我经常晚上睡觉醒来，都会起床看看你还在不在，我总觉得自己在做一场梦，梦醒了你就不见了。我从小到大，除了我父母，没人对我好过。在我心里，你就是我的亲人，感觉就像我哥哥一样，甚至像我爸爸。所以，我认定你了。而且，如果不是你，我什么都不会。别说是王爵和使徒了，就算随便哪个魂术师，甚至高大一点儿的壮汉，也能随便打死我。所以，我现在的一切都是你给我的。就算你只是七度王爵，我也愿意做七度使徒。就算一度王爵跪下来求我做他的使徒，我也不干！"

银尘看着趴在自己腿上的麒零，一脸稚嫩的少年模样，终归还是个不成熟的孩子。他难得地笑了笑，说："你想得美，一度王爵的使徒可没那么好做。你站起来吧。别跪着了。"

"不用，这样舒服。"麒零把腿伸直，坐在地上，脸依然放在银尘的腿上，"银尘，我们的天赋真的就只是这个啊？"

"当然不是，你平时不是挺聪明的么，怎么现在又傻了。你看清楚了。"说完，银尘抬起手臂，手臂上无数密密麻麻的金黄色纹路浮现出来，下一个瞬间，只听见"叮叮叮叮"一阵密集的声响，空气里仿佛爆炸出无数旋转的柔软丝带，然后纷纷射进对面的墙壁上。

麒零转过头，当他看清楚了眼前的情况之后，他张开嘴完全说不出话来。

一整面墙壁上，此刻密密麻麻地插满了各式各样的魂器，从骑士长枪到白银巨剑，从黄金盾牌到窄身分戟刺矛……房间的墙壁瞬间仿佛变成了魂塚里的岩壁一样。

"这……这都是你的……魂器？"麒零震惊得说话都说不清楚了。

"是的，所以，我们的天赋并不是你理解的仅仅只是不需要把魂器融入体内，相反，我们是可以把无数的魂器融入体内，而且我们可以不将魂器收回爵印里，也依然保持魂器的力量。甚至可以将别人的魂器变成我们的魂器。如果准确地形容我们的天赋的话，应该是【无限魂器同调】。"

"无限魂器同调？"

"对，就是用我们的魂力方式去影响其他的魂器，让其他的魂器能够被我们自由地使用。就类似于将一块铁靠近磁铁的时候，这块铁也会被感染上磁性。我们就像是磁铁，可以把任何的魂器都变成我们的魂力方式可以控制的武器。"

"我就知道！银尘你肯定是最厉害的！"麒零"噌"的一声从地上站起来，两眼兴奋得发亮。

"其实这并不是我们最厉害的地方……"

"真的么？还有什么？还有什么？"麒零激动地问。

银尘望着麒零，没有告诉他，目光里仿佛像是在考问麒零一样。

麒零略微沉思了一下，脸上突然绽放出混合着惊讶和欣喜的表情，"难道……难道是……"

银尘用目光鼓励麒零继续说。

"我们拥有的真实天赋，其实是……【无限魂兽】？"麒零压抑着内心的狂喜，试探着说。

银尘看着麒零，脸上露出了赞许的笑容。他明亮的眼睛仿佛星辰一般。"你猜对了，魂器是【第二魂兽】的寄居之所，我们既然能操纵无限的魂器，理论上，我们其实等于拥有了无限的魂兽。"

"天啊！这……这简直！银尘，你应该是一度王爵才对啊！太厉害了！"麒零冲过来，一把抱住银尘，激动得不行。

银尘的眼睛里闪过一丝麒零没有看到的灰色光芒，这道光芒迅速地消失在银尘瞳孔的深处。

"你别抱这么紧，你身上味道臭得很，几天没洗澡了？快滚去洗澡去。"

"是！遵命！王爵！"麒零一边哈哈大笑着往外面走，一边说，"不过银尘，我一点儿也不觉得自己身上臭，我其实挺干净的。只是因为你身上真的很香，所以你觉得我没洗澡。不过话说回来，你一天是不是洗三次澡啊？你老穿白衣服也不见脏。我还是第一次看见大男人像你这么干净的，比我们福泽镇上的姑娘们都干净……"

还没说完，地面突然"噌"的一声一刀锋利的冰刀从麒零胯下不偏不倚地刺到他的档下，"那要么我把你也变成姑娘，你就彻底干净了。"

"不用！真不用！我以后一天洗八回！"麒零说完一溜烟跑了。

一夜无梦。

可能是因为这两天太过劳累了，身体到达了疲惫的极限，所以麒零躺下去的时候，脑袋刚刚沾上枕头，就睡着了。醒来的时候，银尘已经穿好衣服，仿佛一把出鞘的剑一样笔直而锋利地站在窗户面前了。朝升的太阳从窗外照进来，璀璨的阳光在银尘的头发上四射飞扬，光线把他那张冰雪的面容，照得仿佛日出下的雪山一样让人觉得高贵神圣。锋利而浓密的眉毛像两把匕首，光线下仿佛撒了金粉。

麒零心里叹了口气，人比人气死人。使徒比王爵就更气死人。不知道自己有一天成为王爵，会不会有银尘一半的这种高贵的气质。不过如果自己成了王爵，那银尘怎么办？"那我还是一直当使徒吧，帮他跑跑腿儿，四处打打猎，这种日子不错。"麒零心里想着，不由得呵呵地笑起来。

银尘听到笑声，回过头来，看着头发睡得乱翘的麒零，像在看神经病。麒零也有点儿不好意思，于是尴尬地起来迅速穿好衣服裤子。

"银尘，我昨晚睡下去后想起个事儿。"麒零一边穿裤子，一边说。

"你能先把裤子穿好再和我说话么？"银尘扭过脸来，受不了。

"当然可以！"麒零"刷"的一声把腰带一勒，"我昨晚想起来，既然我们的天赋是无限魂器同调，那我可以在魂塚里拿它个百把千把的刀啊剑啊的再出来啊，只拿一把不是太可惜了么，之后我可就进不去了啊！你在我进去之前就应该告诉我啊！"麒零满脸委屈的表情。

"第一，你是突然莫名其妙就闯进魂塚里去的，我本来要告诉你的东西还有很多，包括怎么出来我都还没告诉你，你就一头扎进去了，这怪谁？你简直就是在地狱门口唱了一台戏给死神们听，然后溜达一圈算你运气好又回来了。"银尘冷着一张脸，数落着麒零。

"第二，就算你想多拿，那也是不可能的。在魂塚里，一旦你取得一枚魂器，是不可能再取出一枚魂器的。任凭你用尽力气，你也不可能再拔出一枚魂器来。"

"那不对啊。"麒零把头一歪，"那你昨天噼里啪啦丢出来的那么多魂器哪儿来的啊？"

"魂塚在不断地产生魂器，不断地有使徒进入魂塚拿取魂器，然后成为王爵之后，又有新的使徒进入魂塚。人会不断地死，死后会消失，但是魂器不会，它们就不断地遗落在这个世界的各个角落里。很多王爵在清楚自己快要走到生命尽头的时候，都会默默地找一个荒无人烟的地方等待自己的死亡，所以，经过亚斯蓝不知道多少年漫长的历史，这个大陆上，其实散落了很多很多的前代王爵们使用过的魂器。只是，这些魂器被他们融入过体内，与他们独特的运魂方式是同调的，别人就算拿到了，也不能使用，对他们来说，只是一个漂亮但无用的废物。但是，对于拥有无限魂器同调天赋的我们来说，这些魂器，就是珍贵的财富。"

"这些魂器都是你找到的啊？太厉害了……"麒零两眼发光。

"嗯，没有赐印你之前，我没有使徒，所以一个人也逍遥自在，几年的时间里，我在这块大陆上四处游走，收集了很多厉害的魂器。"银尘点头说道。

"哇！那能再拿出来让我看一次么？我昨天只顾着惊讶了，根本没仔细看。"麒零手舞足蹈的，兴奋得很。

"那当然，"银尘两眼一眯，"不行。"

"……"麒零喉咙里那声"你大爷的"反复滚了几圈，也没敢从嘴里说出来。

正好这个时候，门推开了，漆拉站在门口。他修身而高贵的长袍充满了一种独特的神秘感，他安静地微笑着，站在门口，像一只神秘的黑色猎豹。

"银尘，麒零，你们来我的房间一下，鬼山缝魂和鬼山莲泉，以及天束幽花都在。我有些事情和你们说。"

"好。"银尘点点头。

漆拉那张漂亮的面容上轻轻地绽放了一个笑容，仿佛春雨在湖面上打出的第一个小小的涟漪，充满着一种荡漾人心的蛊惑力。

漆拉转身走了之后，麒零把手搭在银尘肩膀上，叹了口气，说："银尘，你觉不觉得，漆拉长得好看得过头了，一个男人，长了副这样的脸，真是妖孽啊。虽然你也很好看，但是和他摆在一起……你输了……"

"我就觉得你吧，"银尘叹了口气，把麒零的手从自己肩膀上拍下去，"一直有问题。"

"嘁，我有什么问题？"麒零把嘴一咧，不屑地说，"那是他长得有问题。"

银尘头也没回地朝漆拉房间走去了。

麒零追到漆拉房间，推开门，发现除了漆拉站在窗口边上之外，银尘、鬼山缝魂、莲泉，还有天束幽花都已经在房间里面了。他们围坐在一张大桌子旁边，神色看起来挺严肃的。于是麒零也就不再打闹，轻轻地转身关上门，然后乖乖地走去银尘身边坐下来，看起来彻底像一条小狼狗了。

漆拉把脸转向屋内，光线立刻从他脸上隐去，他那俊美的面容沉浸在屋内淡淡的光线里，"你们肯定有好多问题要问我吧。现在可以问。"

"漆拉，我先问你，既然整个亚斯蓝的棋子都是由你制造出来的，那么为什么魂塚里面的两枚棋子都同时指向了尤图尔遗迹？那枚本该通往深渊回廊，好让使徒拿了魂器之后顺利离开的正确棋子是被你置换的么？"

房间里的气氛迅速冷却下来。一种看不见的紧张感弥漫在空气里。

"你说什么？"麒零突然转过头来望着银尘，"你怎么知道我们到了那个叫做尤图尔遗迹的地方？我记得我没和你说过啊？"

"你昨晚睡着之后，我在走廊里碰见漆拉，我问了你们在魂塚里发生的事情。"银尘有点儿不高兴麒零的打岔，但也耐着性子回答了他这个并不重要的问题。

"啊！你们竟然背着我趁我睡着了的时候见面了？"麒零眉毛一挑，"哎，还好漆拉不是女的，否则你们可就说不清了。不过漆拉长成这样，也不太能说得清……唉！"他叹了口气，无奈地拿了个杯子倒水喝，他完全没看到银尘、漆拉、缝魂、莲泉和天束幽花五张小脸煞白煞白的。

漆拉尴尬地在喉咙里咳嗽了一声，在鸦雀无声的房间里听起来更加尴尬，他冲看脸上写着"麒零我要杀了你"的表情的银尘说："我把你的使徒麒零从尤图尔遗迹带出来，你不用觉得欠我人情，也不用去想我为什么要这么做。你只需要知道的就是，我会这么做，完全是因为上代一度王爵吉尔伽美什的关系。我欠他的太多了……估计此生也还不了了，所以，作为他曾经的天之使徒路西法，我把这份人情还给你。这样，我就和吉尔伽美什再无瓜葛了。"

"那我和莲泉也欠你的。"鬼山缝魂突然认真地说，"你没有把莲泉留在那里，这份情我和莲泉都记着，莲泉这条命也是你给的，哪天你想要了，说一声，我们二话不说还给你。"莲泉看着她哥哥那张坚定的面容,眼睛里充满了敬佩的微笑。

坐在一边的天束幽花,咬着牙,没有说话。她可不想把自己的命给漆拉。尽管漆拉是上位王爵,可是,自己的血统可比他们都高贵多了。于是她坐在一边,不说话。

但漆拉完全没有把她放在心上。他回头看了看鬼山兄妹,只是淡淡地点了点头,看不出他的意思。

而麒零完全听傻了,"你说银尘是……上一代一度王爵的使徒?……那他不就是……但他又是七度王爵,那么他到底是……"他困扰地转过头看银尘,银尘给了他个白眼,当做回答。

"亚斯蓝的领域上,有几枚最原始也最重要的棋子,是白银祭司在亚斯蓝诞生的时候就设下了的,之后的无数代负责棋子制造的王爵,都一直在维护和保护这些棋子。魂塚里的这两枚,就是最早的几枚原始棋子的其中两枚。在之前,确实是一枚通往深渊回廊,一枚通往尤图尔遗迹。但是,对外都宣称的是一枚通往深渊回廊是出路,另外一枚通往死亡。虽然这是不正确的描述,但是,其实这个描述也算准确。因为进入尤图尔遗迹的人,确实没有什么机会活着从里面离开。但是,几天前,我却感应到有三个使徒同时通过棋子进入了尤图尔遗迹,那个时候,我就觉得奇怪了。接着我打听了一下,知道了最近会进入魂塚的使徒里,有七度使徒,也就是银尘你的使徒,所以我才决定进去把他从'死亡'里带出来。"

"那你知道为什么我们都会进入尤图尔遗迹么?那是因为棋子出了问题,两枚棋子都通向遗迹,这不是要害死我们么?棋子都是你在负责,当然应该你进来救人,说得好像你是帮了我们多大的一个忙一样!我们不怪罪你,都算我们宽宏大量!"天束幽花突然涨红了脸,怒气冲冲地说。

"如果不是因为我欠吉尔伽美什人情,就算出了问题,我也不会进去救你们。使徒死了还有新的使徒,就算是王爵死了,也有新的王爵,这本来就不重要。"漆拉用他美丽柔软的笑容,温柔地看着天束幽花,但是眼神却像是冰一样,"嗖嗖"地冒着寒气。天束幽花被他看得全身发冷,不敢造次,于是闭嘴坐在一边,不再说话。

"那你现在弄清楚了为什么棋子突然会出问题么?"银尘盯着漆拉动人的眼睛问。

"这我可就真不知道了。"漆拉淡淡的笑容挂在脸上,看起来神秘莫测,"整个亚斯蓝的王爵里,只有我会制造棋子,如果要更换棋子的指向性的话,除非是其他国家的王爵,否则是不可能的。不过还有一种可能……但这种可能性几乎为零。"

"是什么?"莲泉问。

"那就是白银祭司亲自更换的棋子。"漆拉收起脸上的笑容,认真地说。

"这不可能。如果白银祭司要让几位使徒去送死的话,他们可以直接让四度王爵对幽冥下达红讯,不需要这么麻烦。"鬼山缝魂摇摇头,不能接受这个猜测。说完的时候,他的脑海里又浮现去深渊回廊里,白银祭司生命消散时的恐怖场景。他抬起头来,正好对上银尘的目光，他从银尘的目光里看到了同样的恐惧。那真的是任何人一生，只要看过一次，就永远不可能会从脑海里磨灭的骇人梦魇。

"说到【讯】，我想起来了，其实除了棋子出问题，讯也出了问题。同样一条拿取回生锁链的白讯，竟然同时传达给了麒零、我和幽花三个使徒，难道是为了要我们在魂塚里自相残杀么？"

"讯是天格在负责，这个问题，看来你们应该去问四度王爵特蕾娅了。"

"特蕾娅？女的？女爵？"麒零刷地站起来，被水呛得直咳嗽。

鬼山莲泉皱了皱眉，语气有点儿责怪又有点儿好笑地对他说："女王爵很奇怪么，你面前就坐着两个未来的女王爵，你认识我们的时候怎么不刷地站起来呢？"

"哦，也对。"麒零挠挠头，若有所思地坐了下来，"我就是第一次听到女爵的存在，所以难免激动。"

坐在他身边的银尘，放在桌子上的双手握了握拳。忍住。

"那尤图尔遗迹呢？到底是一个什么地方？以前从来没有听说过。"鬼山缝魂问漆拉。

"这个，你就不要问了。亚斯蓝的领域上，有很多秘密的。有些秘密，是使徒不能知道的。有些秘密，甚至是连下位王爵也不能知道的。当然，也有秘密是我所不知道的，可能所有的王爵里，知道最多的，就是四度王爵特蕾娅了。也许你们真的应该去一趟天格……"漆拉望着银尘和鬼山兄妹，脸上浮动着一层神秘的微笑，很浅很浅，看上去仿佛被风一吹就散。

鬼山兄妹和天束幽花都已经回房间去了。剩下银尘和麒零，还在漆拉的房间里。

银尘站起来，走到漆拉的面前，看着他那双仿佛泛动着万千涟漪的眼睛，问他："你说你和吉尔伽美什王爵再无瓜葛了，你真的这么想么？"

"不然呢？"漆拉似笑非笑地看着银尘，目光像是夜晚大雨下的灯火，忽明忽灭。

"那你们过去的那些日子呢？你都忘得了么？那个时候，我、格兰仕、东赫，我们天、地、海三使徒，都把你和王爵两个人，视为我们心目中的神，那些日子，你肯定记得。"

"记得又怎么样？这么多年过去了，他从来没有出现过。也许他已经死了，谁知道呢。"漆拉说。

"你当然清楚他肯定没死。我站在你的面前，我依然是七度王爵这个事实，就足够百分之百地证明，他没有死。"

"银尘，其实，你也是一个极端深藏不露的人，你不比任何人傻，而且你比任何人都懂得装傻。你知道么，我一直怀疑，其实吉尔伽美什早就死了，而你早就是继承了上一代一度王爵全部灵魂回路的人。因为格兰仕和东赫，都已经战死在了当年的那场浩劫里，唯一还有机会继承吉尔伽美什那套'不应存在的天赋'的灵魂回路的人，就只剩下你了。"漆拉望着银尘的眼睛，目光像是锋利的匕首般企图插进银尘的灵魂，"你说我说得对么？路西法。"

房间里的气氛压抑而又冰冷。

从漆拉的房间回来之后，银尘和麒零就没有说过话。银尘一个人坐在凳子上，目光冷冷地盯着桌面上的一套茶杯，一动不动。

麒零清了清喉咙，小声地问银尘："银尘，你刚说你依然是七度王爵的这个事实，就足够证明上一代的一度王爵吉尔伽美什没有死，是什么意思啊？我不是很听得明白。"

银尘从沉思里回过神来，冰冷的目光恢复了温度，表情也柔和了很多。他看着麒零，温柔地说："你知道，王爵和使徒之间的魂力，是天差地别的。"

麒零点点头。

"造成这种差别的原因，并不是因为经验的累积和魂器的区别。最根本的原因，是因为，当王爵主动提出退位，或者说王爵死亡的时候，使徒身上本身具有的灵魂回路，会在那一个瞬间，密度增加一倍，也就是说，使徒当初身体里具有的魂路，重新复制了一套，和原来的魂路对称地镶嵌在一起。而且，这样带来的魂力突变，并不只是简单的翻倍而已，而是一种接近数倍力量的质的飞跃。而一度王爵却有着和所有王爵完全迥异的传承方式，一度王爵拥有三个使徒，分别被称做天、地、海三使徒。在一度王爵死亡或退位之前，没有人知道谁拥有继承的权利，而当王爵死亡的那一刻，三个使徒其中的两个，也会瞬间死亡，两个死亡的使徒身上的灵魂回路，会瞬间在存活下来的第三个使徒体内重生，也就是说，最后的那个使徒在体内同时拥有了三套灵魂回路，而他的魂力，也会在瞬间冲向一个高不可攀的巅峰。所以说，这也是为什么，一度王爵有史以来，就永远凌驾在所有王爵之上的原因。"银尘看着麒零，他的脸仿佛是一面日落下的安静湖泊，充满了昏暗的悲伤，"我是上一代的天之使徒路西法，而和我同辈的海之使徒格兰仕、地之使徒东赫，他们两个都死了。"

整个房间里安静了下来，麒零不知道该说什么，只是陪着银尘坐着。

"所以我现在依然是七度王爵，没有成为一度王爵，就足够证明，吉尔伽美什还活在这个世界上。虽然我找不到他……我找了他整整四年了……"

银尘站起来，一言不发地朝门外走去。

"你真的没有继承三倍的魂路吗？会不会是你新的七度王爵的魂路压抑了之前的魂路，所以你继承了，你也没有感受到呢？"麒零看着银尘的背影，小声地问。

银尘的脚步停下来，他的背影在昏暗的光线下，僵硬了起来，过了很久，他低沉而又缓慢地说："我说过了，"他的目光里一片漆黑，"吉尔伽美什还活着。"

『西之亚斯蓝·天格内部』

空旷的殿堂里面，没有任何的窗户。看起来像是地下的石室。

周围点着成百上千支白色的蜡烛，金黄色跳动的火苗发出摇曳的光芒，照耀着黑暗的空间，让一切都变得朦胧而又诡异。

贴着大理石地面的空气里，流动着冰凉的雾气，不知道这些雾气来自何方。

大殿的正上方，是几十级白色的台阶，沿着台阶一路往上，是一个宽大的座台，铺满奢华柔软皮草的座台上，此刻正躺着两个人。

四周垂下来的帷幔，仿佛巨大的幕帘，拉开一场精彩的杀戮大戏。

"你是说，白银祭司同时下达了对银尘、漆拉、鬼山缝魂、鬼山莲泉、麒零、天束幽花六个人的杀戮红讯？"幽冥看着斜躺在自己对面的四度王爵特蕾娅，邪气地笑着，"你不是在开玩笑吧？"

"这种事情，谁会开玩笑呢？"特蕾娅望着幽冥，"而且，如果你不相信，你也可以直接去心脏问白银祭司啊，只要你不怕他们不开心的话。如果不是他们下达的指令，我传达给你错了，回头他们就会直接让你来杀我了呀。呵呵呵。"

"就算是真的，这件事，也不是那么简单的。"幽冥眯起眼，狭长的眼眶在幽幽的烛光下充满了野性的魅力，"首先是银尘，作为上一代天之使徒路西法，他的魂力级别，你应该最清楚了。如果他赐印给麒零的，也是上一代一度王爵的魂路的话，那么，等于我在同时挑战两个天之使徒，这就有点儿头痛了。"

特蕾娅看着幽冥不说话，只是轻轻地笑着。她了解幽冥。她太了解幽冥，所以她知道，他其实并没有把这个放在心上。这么多年来，她和幽冥两个人携手合作，在深渊回廊里猎杀了无数令人恐惧的大型魂兽，幽冥的魂力可以说是日新月异，到底他现在已经到达了多高的实力级别，连她这个最擅长魂力感知的四度王爵，都不是太清楚。

"更何况，银尘不仅仅只是上一代大天使路西法，而且也是这一代的七度王爵，还有，我们谁都不知道，他现在是不是已经是另一个意义上的一度王爵了。你也知道，吉尔伽美什是什么概念，除了修川地藏能直接和他对抗之外，别的人，他连眼皮都不用抬吧？"

特蕾娅依然微笑地看着幽冥，她并没有丝毫的担心。她清楚幽冥的实力。

"哦，忘记了呢，最重要的一点，"幽冥的笑容，一点儿一点儿地收敛起来，最后化成他眉间笼罩眼眶的浓郁黑暗，"红讯同时也针对漆拉，对于他，你不头痛，我还头痛呢。当年他和吉尔伽美什打得天翻地覆的时候，我们两个，应该连第一只魂兽都还没捉过吧。"

幽冥看着特蕾娅渐渐苍白起来的脸，轻蔑地一笑，"你自己想办法吧，除了漆拉，其他人我负责解决。"

　　"好吧，那我就负责漆拉吧。真伤脑筋呢，要不是七年前，我捡到了那个有意思的宝贝，我还真是拿漆拉没办法呢……"特蕾娅用猫般的姿势，蜷缩在柔软的皮草上，她娇嫩的肌肤在皮毛上缓缓摩擦着，撩拨着一种诱人的气息。

　　"那个玩意儿，还不是我帮你弄到手的……"幽冥的眸子里，闪着讥诮的光芒，"不过话说回来，这么多年了，那东西已经面目全非了吧？估计我都不认得了……"

　　"那宝贝，现在，可漂亮了……"特蕾娅的瞳孔迷蒙一片，空旷的石室里，不知道哪里吹过来一阵幽然的气流，所有的烛火一片乱晃，她漆黑的影子倒映在石墙上，看起来像一个艳丽的女鬼。

第九章

侵蚀者

巨大的寒冷将空气冻结，
也凝固了所有的声音。
除了尖锐得仿佛厉鬼般
时有时无的风声啸叫，
巨大的森林里一片死寂。
无边无际的积雪仿佛来自天界的云，
把大地包裹起来。
一阵快速的脚步声越来越响。

『十二年前』

『西之亚斯蓝帝国·深渊回廊』

漆黑的夜空里，漫天白色宝石般的星辰。

整个夜空被秋天略带寒意的风吹得又高又薄，整个宇宙浩渺无垠。

星辰与满月，投射下的洁白光芒，把深渊回廊笼罩在一片迷幻的气息里。

夜幕下万籁俱寂，只是偶尔有"刷刷"短促而又迅疾的划破空气的声音，轻轻地擦过耳际。瞳孔的视线中，黑暗树丛里，是此起彼伏闪电般交错的金色光影。

面前一片巨大而茂密的荆棘丛里，潜伏着无数伺机而动的【电狐】。

鹿觉像一匹年轻而矫健的黑色猎豹一样蹲在黑夜里，他的五根手指轻轻地放在地面上，小心翼翼地，仿佛男子抚摸年轻女子的肌肤一般温柔而多情。

他低垂着眼帘，浓密而柔软的睫毛覆盖着他蓝色海洋般的瞳孔，他的嘴角因为紧张而轻轻地向上抿起。周围是无数短促的金色闪电，在黏稠的黑暗里一闪即逝。他突然抬起眼睛，修长而有力的五根手指上随之缠绕起几根银白色的电流，"毕剥"几声之后，飞快地沿着他的手指蹿进泥土里，犹如细小的白色闪电劈进大地。

"嗡——"

一声巨大的尖锐弦音撕破风声，地面上突然旋转扩大出一个银色发亮的阵，无数气旋从地面上翻涌着上蹿，把鹿觉漆黑的战袍吹得猎猎作响。而下一个瞬间，空气里无数的啸叫突然消失了，一切都像是被淹没进了深海里一样，没有声响，甚至连树木被风吹动摇曳的动作，都缓慢了起来，像是海底的水草般缓慢浮动……尖锐的树木枝丫间，无数金黄色的电狐，全部显现出了它们真实的形态，刚刚那些快若闪电的金黄光影，此刻放慢了速度，在灌木树枝中间，仿佛滑翔般地缓慢穿行着……它们圆润的琥珀色眼睛、顺滑的白色柔软皮毛、小而锋利的爪子、一尺来长的毛茸茸的蓬松的尾巴，以及浑身包裹着的噼啪作响的金色闪电……

"开始吞噬吧……"鹿觉背后的黑暗里，传来一个充满磁性的男性声音。

鹿觉定了定神，然后站起来，弯起后背，浑身的金黄色刻纹突然放射出剧烈的光芒，把他肌肉健硕的身躯雕刻得像是一个镂空的瓷器。空气里一声爆炸，一团混合着光影的银白色雾气像是一个人形鬼魅般从鹿觉宽阔而结实的后背挣扎而出，然后一瞬间分裂成无数股细小的银白色的气流，朝每一个电狐席卷过去，像是海蛰一样紧紧地裹着它们……

鹿觉年轻的脸上，露出了一丝笑意，正当他想要进行最后的吞噬时，却突然感觉到一阵触电般的麻痹感自脚下的地面传递而来。鹿觉低下头，看见脚下的阵不知道什么时候已经有很多处断裂开来，残缺不全。紧接着，那些速度放慢、仿佛蜉蝣般的电狐却挣扎着，一只，两只……一连串的"噼啪"电流声响，迅速地，数百只黑暗里潜伏的电狐挣扎开白色气流的包裹，它们恢复了闪电般的速度，朝着已经僵硬而不能动弹的鹿觉疯狂地穿刺过来。从骨髓里爆炸而出的尖锐刺痛，一瞬间撕碎了鹿觉的所有知觉，他眼前最后的景象，就是朝自己蜂拥而来的金色闪电。

鹿觉恢复知觉的时候，已经接近凌晨了。地上是凝结的露水，在深秋里透着刺骨的寒冷，身体各个部位的知觉，也在这锋利的寒冷里迅速地恢复过来。鹿觉睁开眼睛，发现自己躺在地上，身上披着一件黑色的羽绒和丝线交错织成的长袍。漆拉坐在他的身边，目光投向遥远的夜空。天空是已经快要破晓的墨蓝色，光线一点点地撕破寂静的黑暗，蚕食着这片巨大的黑夜，天幕渐渐透出光来。残留的星光零碎地落在漆拉俊美的脸上，漆拉的脸在这样的光线里，显出一种仿佛神迹般的美。不过在鹿觉心里，漆拉一直都是神一样的存在，对鹿觉来说，从来就不觉得漆拉像是活在人间的凡人。十二岁那年在荒漠里被漆拉寻找到的时候，当时还是一个少年的鹿觉，衣衫褴褛，倒在沙漠里，挣扎在垂死的边缘，那个时候，出现在他面前的一尘不染俊美飘逸的漆拉，仿佛海市蜃楼般瑰丽。

从那以后，鹿觉成为了漆拉的使徒。跟随着漆拉出生入死，到过极北之地的荒原，甚至从风源因德帝国的边境处，几只远古时期就存在了的巨大魂兽口下，逃出生天；也到过南方地源埃尔斯帝国的地下泉眼，寻找这具有神奇治愈能力的钻石浮萍。一直到今天，他从一个不懂事的少年，成为了今天在格兰尔特的魂术师们心中，最具天赋、前途无量的使徒，仿佛过去的岁月，只是一个短短的瞬间。他已经记不起自己孩童时的样子了，但漆拉依然是眼前这般，俊美迷人，仿佛从来不曾老去。而有时看着湖面上自己的倒影，已经是一个挺拔健硕的男子，再也找不到一点点孩童的样貌了。

鹿觉挣扎着坐起来，地面上是一个巨大的缓慢旋转着的金黄色矩阵，在这个阵的范围内，空气里凝固悬浮着数百只纯白皮毛的电狐，它们仿佛处于一个时间停止流动的区域里，包括空气里飘浮的尘埃和树叶，都像是宇宙里悬停的星河一样，一动不动。巨大的阵从地面反射出来的金黄光芒，把漆拉衬托得像一个神。

鹿觉翻身从地上坐起来，把自己身上黑色的镶嵌着凤凰羽毛的长袍取下来，轻轻地披到漆拉身上，然后恭敬地低着头，跪在漆拉面前。

"刚刚电狐差点儿就可以把你的魂魄撕碎，你知道么？"漆拉的声音平静而温柔，却仿佛浸泡着冰冷的露水，带着让人恐惧的寒意。他的嘴唇像是粉红色的柔软花瓣。

"对不起。我太大意了。"鹿觉跪在地上。他的肩膀上、脸上，刚刚被那些金黄色闪电撕开的细小伤口，正在缓慢地愈合。

"每一个魂术师在捕捉魂兽的时候，秉承的原则都是必须等到魂兽已经濒临死亡、身受重创、它们的魂力处于最低水平的时候，才会释放出自己的魂魄，将魂兽吞噬。因为吞噬是一个非常危险的过程，在亚斯蓝的历史上，被魂兽反噬的魂术师不计其数。作为一个使徒，你怎么会自负到这种地步，在完全没有估量好魂兽的魂力水平的前提下，就轻率地释放自己的魂魄呢？"

"是我的错。不过，漆拉王爵，我能问一个问题么？"鹿觉深邃的眼神，从夜色里望向漆拉，在看到漆拉点了点头之后，鹿觉说，"为什么您想要我来捕获电狐这种魂兽呢？亚斯蓝领域上，特别是我们现在所处的深渊回廊里，有无数更高等级的魂兽，为什么不去捕捉它们呢？"

漆拉回过头来，看着面前年轻而英俊的鹿觉，不知不觉间，好几年的时间已经过去了，鹿觉也已经从当初自己在沙漠里找到的那个充满着野性气息的少年，变成了现在高大英俊的、被无数少女喜欢的使徒。甚至在女性魂术师里，私下都悄悄地称呼他为亚斯蓝最英俊的使徒。他宽阔而结实的身体里，包裹着闪电般的力量和气息，星辰般的五官在日复一日的时光的雕刻下，呈现出一种帝王般具有侵略性的雄性之美。漆拉伸过手，摸了摸他浓密的鬓角，说："鹿觉，魂术师的能力包括两个部分，一个是魂术师自己的魂力，另一个则是魂兽的能力。但是这两个部分并不是独立的，而是彼此渗透、交错影响的。你继承的来自我的灵魂回路决定了你的天赋就是对时间和空间的控制，而电狐这种魂兽，虽然魂力并不像那些巨型的怪物般惊人，但它们却具有凌驾于绝大多数魂兽之上的速度，除了上古四大魂兽之外，电狐是我目前发现的，速度最快的魂兽。这和你的天赋以及你的阵的特性，是最为吻合的。而且，电狐是亚斯蓝领域上，少数几种以'群'为单位的魂兽，你如果捕捉到它们作为魂兽的话，那么你的魂兽就不会是一只，而是一群。并且，它们的繁衍再生能力非常惊人，只要还剩下最后一只没有被摧毁，那么，它们都能迅速繁殖复刻，恢复到一群的战斗实力。"漆拉的手指滑过鹿觉浓密的眉毛，说，"这就是我希望你捕捉它们，成为你的第一魂兽的原因。"

鹿觉点点头，"对不起，王爵，让您失望了。"

"没关系。电狐可以下次再来捕捉。而且这一群电狐数量还不是最多的。深渊回廊深处，有更大量的电狐以群居的方式聚集在一起生存。"

漆拉站起来，将黑色长袍披在身上，抬起头，望了望墨蓝色的天幕。地平线上几颗明亮的星辰，像是被黏稠的墨汁淹没了一般，消失在了蓝天上。

"它醒了……我们出发吧……"漆拉的脸隐没在黑暗里，剩下立体的轮廓边缘。

"什么东西……醒了？"鹿觉站起来，望着漆拉问。

"【铜雀】，那是我要你捕捉的第二魂兽。走吧。"漆拉伸出手，苍白的指尖轻轻地放在身边一棵树的树干上，无数银白色的丝线像是蛛网一样，密密麻麻地包裹缠绕着树干，交错编织成一张发亮的网，片刻之后，一枚棋子诞生了。

鹿觉走过去，在伸出手触摸棋子之前，他突然想起了什么，回过头对漆拉说："王爵，这些天我都没有看见束海与藏河两兄弟，他们在干什么呢？"

"他们两个前几天出发去雷恩海域了，天格传递来的消息，说是六度王爵西流尔在雷恩海域失踪了，所以，束海与藏河两兄弟，出发去雷恩海域寻找西流尔。"

鹿觉点点头，"西流尔号称永生王爵，而且如果是在雷恩海域上的话，应该不会有什么意外吧？"

漆拉半眯着眼睛，没有回答。过了一会儿，他回过头来，看着鹿觉说："还是先好好管好你自己的事情吧。作为这一代使徒里位置最高的天之使徒，你现在对魂力的控制还远远不够，别说和我比了，就连【地使】藏河和【海使】束海，都比你的魂力控制得要好。至少，你要对得起天地海三使徒里地位最高的【天使】这个称号吧。"

鹿觉跪下来，"使徒谨记在心。我一定会尽最大的努力，希望有一天，也可以成为像漆拉您一样，凌驾众生之上的一度王爵。"

漆拉低下头，看着面前英俊却谦卑的鹿觉，用低沉的声音说："不是希望，而是，你一定可以成为超越我的一度王爵，成为亚斯蓝新的魂术巅峰。"

『 西之亚斯蓝帝国·深渊回廊·北之森 』

放眼望去，巨大的森林笼罩在沉甸甸的积雪里。

这里是深渊回廊最北边的地带，已经快要接近亚斯蓝的北之边境了。再往北去，就是风源因德帝国的疆域。没有人敢轻易地涉足别国的领土，更何况，在那个极北之地，蕴藏着无数顷刻间就能将人吞噬的神秘魂兽。

地平线上是连绵起伏、茂密饱满的针叶林，每一根树叶，都被冰雪包裹成了一根刺，天地间耸立着无数巨大的雪柱般的参天古木。冰雪包裹了它们所有的轮廓，看不见一丁点儿的绿色。寒冷的冬季两个月前就已经来临，无边的风雪卷动着，在参天的巨大树干间来回呼啸，鹅毛般的大雪，把视线吹得一片苍茫。

巨大的寒冷将空气冻结，也凝固了所有的声音。除了尖锐得仿佛厉鬼般时有时无的风声啸叫，巨大的森林里一片死寂。

无边无际的积雪仿佛来自天界的云，把大地包裹起来。

一阵快速的脚步声越来越响。

从脚步上听起来，是两个人。步伐轻盈而快速，仿佛飞掠般的前进速度。

"这里已经快要到深渊回廊的边界了，再往北就要走出亚斯蓝的边境了，你确定是这里么？铜雀这么高等级的魂兽，应该是出现在深渊回廊的中心比较合理吧？"万籁俱寂里，一个少年的声音。

"你跟我走就行了。你连我的判断都不相信么？别忘了我的天赋是什么啊，嘻嘻。"一个少女的甜美声音，仿佛丝绸般在空气里滑动着。

晨光初现的白色雪原森林里，两个少年少女，以不可思议的速度，飞快地朝这片积雪森林的尽头掠去，他们两个小小的身影，化成风雪里两道迅捷的雷电。

"漆拉王爵，这里已经快要接近深渊回廊的北边边境了，铜雀真的会在这么边缘的地方么？"鹿觉站在巨大的冰雪森林入口处，看着风雪汹涌的尽头，眯着眼睛问。他的眉毛上落满了零星的碎雪，看起来像是被冰雪装点成的轩昂神像。

"这里是【北之森】，是深渊回廊的最北边，也是整个亚斯蓝的领域里，最北方的土地。但其实，再往北出去，风源的领土上，却反倒没有这样多的暴风雪和寒冷气候。这里一年四季都是这样长年不化的大雪以及持续的暴烈大雪天气，其中很大一部分原因，就是因为这里是铜雀的居住地。铜雀是亚斯蓝非常稀有的魂兽，它能够在大面积范围内制造风雪。对于以水为元素战斗的亚斯蓝领域的魂术师来说，是不可多得的魂兽。因为风雪也属于水元素环境，这能让我们迅速地制作出阵来。"

"可是，我们的天赋不是可以随时能在各种地方做出阵来么？这种魂兽对我们来说，似乎没有意义吧？"

　　"铜雀作为魂兽的意义，并不是要你对战我们亚斯蓝领域上的王爵，它的意义并不是让你更容易地制作出阵来，而是为了改变环境的属性，阻止【风爵】和【地爵】们在空气里和泥土上任意地制作出阵。在冰天雪地的水属性世界里，【水爵】绝对是占据压倒性优势的，而风爵和地爵，就没那么容易在水元素的领域上，击败我们了。"

　　"我明白了……"鹿觉望着漆拉被冰雪装点的脸，瞳孔里是纷飞的雪片的倒影。

　　"而且，这只是铜雀的其中一种能力，你知道铜雀的鸣叫又被称为什么吗？它嘹亮的鸣叫又被称为【战神的号角】。作为拥有铜雀的魂术师，这种鸣叫会激荡起魂术师灵魂回路里的魂力冲击爵印，从而让魂兽和魂术师自己的魂力瞬间得到巨大的飞跃，虽然是暂时性的，但在分秒必争的战斗里，就显得弥足珍贵了。"

　　漆拉裹紧长袍，和鹿觉两个人，快步朝风雪弥漫的森林里走去。

　　少女看了看四处散落的魂兽的尸块，脸上露出了混合着天真和邪恶的笑容。她的眼睛又亮又大，仿佛盛着一汪琥珀色的佳酿。她大概十一二岁的年纪，正处于童真和成人的分界线上，她的身体依然纤细修长，还没具有成熟女性玲珑浮凸的饱满，她小巧的胸脯刚刚开始隆起，像精致的小小花苞。但是，她的脸上，却呈现着一种成熟女子的风韵，她瞳孔里的顾盼生姿，绝对能激起男人最原始的欲望，而且，再配合着她尚未发育成熟的纤细身体、白皙皮肤，更让人产生一种罪恶的欲望。

　　少女拿着一块晶莹剔透的冰，轻轻地擦着手，把刚刚沾在手上的血浆擦掉。冰融化成水，把手上的血迹冲洗干净，一滴一滴的血水"嗒嗒"地滴到雪地里，像一颗颗宝石。

　　看上去比少女还要年轻一两岁的少年，此刻靠在旁边的一棵树上，脚下踩着一颗头颅，一颗巨大的魂兽掉下来的头颅。它额头上突出的六个巨大的眼珠已经全部被挖了出来，掉落在周围的雪地上。少年看了看自己手上沾满的绛紫色血浆，又看了看周围十几头已经被冰雪冻得发硬的魂兽尸体。他依然天真可爱的脸上，浮现出了一种不羁而邪气的笑容。

　　"哎，好麻烦。"少女突然幽幽地抬起头，冲着空气里某个位置的方向，脸上轻轻一笑。"又来了呢。"她漆黑的瞳孔，此刻完全失去了颜色，眼眶里只剩下一片疯狂旋转着如同暴雪般的混沌白色。

　　"什么又来了？"少年抬起头，用他那双充满了邪气的纯真瞳孔看着她。

　　"当然是，"少女突然把身体往旁边一闪，刚刚她脚下的地方突然爆炸般地蹿起无数条犹如巨大树枝般粗糙的手臂，她仿佛鬼魅般地转过身，伸手朝地上一抓，"想要送死的东西又来了！"

　　一声巨大的爆炸轰鸣之后，一只又像是蜘蛛又像是蝎子的巨大怪物，从地里被少女活生生地扯了出来，怪物挣扎着发出刺耳的大声怪叫，少女的表情却非常悠闲而甜美，就像是正提着金丝雀鸟笼的平常少女在逛花园一样。

　　她腰一扭，手臂一振，那个怪物瞬间就被她朝着前面那棵巨大的树干砸过去，一阵骨骼碎裂的声响，怪物刺耳的怪叫仿佛来自地狱的野兽，"胸口左边第三条腿和第四条腿的中间，【魂印】位置。"少女拍掉手上的雪，朝少年轻轻地说了一声。

而刚刚站在旁边的少年，突然朝那个怪物冲过去，他抬起手，将五根手指朝怪物第三条腿和第四条腿中间一按，他的嘴角轻轻一斜，仿佛一阵玻璃碎裂的声响，沿着少年的手指突然蔓延出无数的闪电，数千条金色的刻纹以不可思议的速度像一张网一样瞬间布满了怪物的整个身体。接着，这张发亮的金色刻纹之网，渐渐地朝少年的手心收缩，越来越小越来越小，在刻纹不断消失的同时，是怪物撕心裂肺的惨叫。而当最后的光线消失在少年的五指之间时，一阵"哗啦啦"的碎裂声，怪物变成一堆冰块，碎裂在了地上。少年抬起头，脸上是一种沉浸在迷幻快感里的表情，让人觉得莫名恐怖。

少女慢慢走到少年边上，她抬起眼睛，目光不知道投射到了空气中的哪里，她的眼神茫然中又带着一股诡谲。片刻之后，她的瞳孔清晰了起来，她抬起手，掩了掩嘴，仿佛有点儿不好意思般地笑了笑，说："嗯，周围都干净了呢。"

"那就等铜雀吧。"少年斜靠在树干上，参天大树上的积雪，刚刚被怪物撞击的时候散落了下来，此刻，终于从接近云层的高度，"哗啦啦"降落到了地面。少年和少女被裹进这片纷纷扬扬的鹅毛大雪里。看起来就像是天界的两个杀戮天使。

"咦？"少女突然抬起头，两个瞳孔瞬间变成了一片混沌的白色，仿佛涌动着无穷尽的浓雾和风雪，"好像来了一个很不得了的人呢……哦不对，是一个很不得了的人，和一个不可思议般地强大怪物呢……"

少年站起来，慢慢地靠近少女的身边。

"不过没关系，他们还在好远的地方呢，等他们走过来，估计也要两三个钟头了吧。"少女的瞳孔重新清亮起来，仿佛宝石般闪动着诡谲的光芒。

少年看了看少女，嘴角邪邪地笑了笑，说："两三个钟头？这么远的距离之外，你都能感应到他们的魂力，你才是个可怕的怪物吧。"

少女抬起手，掩住嘴角，脸红了起来，害羞地说："你怎么这样说人家？"她抬起光芒流转的瞳孔，"你不也是么，和我一样的怪物。"

雪越来越大。十几米之外的视线，完全被鹅毛般纷飞的大雪遮蔽了。

大雪时下时停。没有任何规律。

鹿觉走在漆拉的身边，稍稍靠后一点儿，不时地侧过头去看漆拉。这么多年过去了，自己已经从一个少年成长为一个男子。而漆拉依然还是当年在沙漠里遇见时的模样，仿佛冰雪般的容颜没有丝毫老去。漆拉的面容美得像是不应该在这个人间存在的样子。

鹿觉正看得出神，突然漆拉停了下来，鹿觉一步往前没停住，撞在漆拉的身上，他的脸瞬间红了起来。

"它来了。"漆拉望着远处。

"铜雀？"鹿觉掩盖着自己的局促，镇定地问。

"嗯，是的。我们现在过去。你跟上我的速度。"漆拉头也不回地说。

"那……你不要把速度提升那么高，否则我跟不上的……"鹿觉脸又红了。

漆拉冰雪般的脸融化了开来，忍不住露出了一个难得的笑容，像是冬天冰雪山谷里一束鲜红的花，美得不可方物。鹿觉看得呆住了，都忘记了说话。

"我会等你的，放心。"漆拉看着鹿觉，轻轻地笑了。

鹿觉点点头，浑身上下瞬间布满了金黄色的刻纹回路。鹿觉转头看了看漆拉，他的肌肤依然白皙一片，他甚至还没有动用大部分的魂力，他的身影就在空气里扭曲了几下，一瞬间消失在眼前。

鹿觉叹了口气，他一直都知道自己和漆拉的差距，于是赶紧追了上去，"砰"的一声，消失在风雪里。

一声一声仿佛金属般的鸣叫把少年和少女的耳膜刺得发痛，同时，每一声鸣叫都震得两个人胸口气血翻涌，像要昏厥。

他们顶着巨大的痛苦，但速度依然没有受任何影响，两人闪电般的身影，依然快速地闪动在巨大的参天树木之间，而他们两个人的头顶上，是一个仿佛小山般巨大的白色影子。铜雀在树梢上扇动着巨大的坚硬翅膀，无数积雪从树冠上大团大团地砸下来，整个天地被搅成一片白色的混沌。

无数的树木被铜雀仿佛巨剑般的一根根翎羽划断，轰然倒下。巨大的轰鸣声里，是少女镇定的、不紧不慢的柔软声音。

"攻击来自东边，自下方攻入。下一次攻击在十秒钟之后，方向未定。"

"正面的攻击是假象，往左面闪躲。"

"不要抵挡这次攻击，抵挡会受更大的伤。"

"正前方十字交叉攻击，攻击力量中等，可以用魂力抵挡。"

"它的魂印在翅膀下面！"

而少年在她每一次的提醒之下，从容而镇定地游走在泰山压顶般的攻击之中。

"十秒之后，它的魂力会有一个短暂的中断和积蓄。"

"现在！"少女突然一声大叫。而下一个瞬间，她和少年突然冲天而起，蹿上参天的树冠，无数的积雪纷扬中，她和少年凌空而立，树冠上的无数积雪突然变成交错的巨大冰刺，密密麻麻地朝铜雀缠绕而去，虽然无法刺进它铜墙铁壁般坚硬的身体，却将它活活困在了树木之间，仿佛树冠上瞬间建造出了一个冰雪的鸟巢，它被囚禁在里面。

"该我了！"少年突然邪气地一笑，然后朝着铜雀翅膀下的位置飞掠而去。而正当他要伸出五指按向铜雀的身体的时候，面前的空气里突然飞快而剧烈地震荡出一圈透明的涟漪，少年眼前一花，一个气宇轩昂的男子迎风而立，他挥了挥手，少年就被迎面而来的巨大气流震得倒飞出去。

"你们两个，应该在数万米之外的，怎么可能到得这么快？"少女迎上去，接过从空中摔下来的少年。

"我们两个？"鹿觉站在高高的树杈上，他身后被困在层层叠叠冰雪巨刺里的铜雀，此刻正在看着他悲哀地鸣叫着，巨大的温润瞳孔里是无限的悲凉。

"是啊，后面不是还有一个么。"少女转过身，对着背后苍茫的风雪里，不屑地说，"你以为我不知道么。是人是鬼，赶紧出来吧，又不是见不得人，我是女孩子，我都没害羞呢。"少女脸上浮现出一种轻浮的神色，这种成熟的神色不应该出现在她十二岁的身体上，但不可否认，这让她看起来媚态万千。

漆拉从少女背后迷蒙的暴风雪里走出来，眼神漆黑而锋利，他看着少女说："你说你在数万米之外就感应到了我们两个？"

少女轻轻地笑着，"是啊。只是没想到你们两个来得那么快。"少女压抑着内心的恐惧，因为能够在这么短的时间内穿越这么漫长的距离，当今的亚斯蓝没有几个人能做得到……

但其实，此刻心里真正感觉到恐惧的，是漆拉。

小女孩捕捉到自己和鹿觉的时候，是在数万米之外，这个距离对于魂力的感知来说，几乎是一个不可能完成的任务。更何况这中间弥漫着呼啸的暴风雪，无数的魂兽魂力也在干扰……并且那个时候，自己根本没有使用多少魂力，就算是面前这个少女的感应再敏锐，最多也只能捕捉到浑身刻纹已经发光的鹿觉的魂力流动。而刚刚，在铜雀巨大的战斗魂力肆意冲撞、并且鹿觉也已经使用了庞大的魂力的情况下，在这么多的干扰之中，这个少女还能感应到她背后自己几乎隐藏到极限的微弱魂力。

这个小女孩到底是谁……

"你们是来捕捉铜雀的么？"少女望着面前高大的漆拉，问道。

"是的。不过看来，你们在我们之前到了。"漆拉望着头顶树冠上，被困住无法动弹的铜雀。

少女突然轻轻地笑了笑，她看了看漆拉，又看了看身后的鹿觉，天真的脸上突然绽放了一个花蕾般又娇嫩又美艳的表情，"如果没有猜错，你们是王爵和使徒吧？"

漆拉没有说话。只是把眼睛眯得更紧。

"那你们也应该知道，如果你们两个要对魂术师动手，除非是得到了白银祭司的红讯，否则，没有正当理由，是不能随便动手的哦。"

少女身后的少年轻蔑地笑了笑，脸上是不屑的表情。

"既然你们先来，理应由你们捕捉。"漆拉看着面前的少年少女，面无表情地说。

漆拉说完，对鹿觉使了个眼色，于是鹿觉轻轻地在空气里身形一动，恭敬地站到了漆拉的身边。

少年看了看漆拉和鹿觉，嘴角依然是那个邪邪的笑容。他转过身，朝着铜雀飞掠而去，他伸出双手，朝铜雀翅膀下面魂印的地方一拍，密密麻麻的金黄色刻纹从铜雀的身上浮现出来，然后伴随着"哗啦啦"玻璃碎裂的声响，刻纹不断地粉碎消失，变成无数金黄色的细线，朝少年手中流动而去。在最后一丝光亮消失在少年的手心瞬间，巨大的铜雀尸体突然粉碎成无数冰雪的碎块，从树冠上"哗啦啦"坠落一地。少年在树冠上，双眼瞳孔一片寒光，仿佛看不到尽头，他仰起头，身体扭曲着，全身的骨骼发出奇异的脆响，他年少的脸上呈现着难以抑制的迷幻般的快感，他的嘴角咧着一个混合着极端痛苦和极端愉悦的笑容。

"这是什么……"漆拉心里蹿起一阵恐惧。

"你们不是为了把它捕捉成魂兽……"鹿觉浑身的汗毛突然倒立而起，仿佛面前的少年少女，是两个来自地狱的鬼魅。

"嘻嘻，谁告诉你我们是来捉它当魂兽的啊……"少女转过头来，眼睛里白茫茫一片混沌，她笑嘻嘻的面容让人觉得无限阴森。

"你们是谁的使徒？"鹿觉脸上隐隐浮现出杀气。

"我说你这个人啊，怎么老是喜欢自说自话呢……"少女脸一红，摇着头羞涩地说，"谁告诉你我们是使徒啊？我们可不是呢。我们可是有一个统一的称呼，叫【侵蚀者】呢。"

"侵蚀者？"鹿觉回头望了望漆拉，因为他从来没有听过这个称呼。

"哎呀……"少女突然吐了吐舌头，仿佛做错了什么事儿一样，"好像一不小心说出了不应该说的秘密呢……这可怎么办呀？"她转过头，问身边的少年。

"杀了他们呗。"少年不屑地耸耸肩膀，他衣服下面年少的肉体，饱满的肌肉充满了力量。

"哼，好狂妄的口气。虽然我平时几乎不在魂术界出没，不太清楚现在天下的魂术都已经发展成什么样子了，但我今天还是要看看你们究竟是什么东西……使徒也好，侵蚀者也好，都先别走！"漆拉面容一寒，他的身体没有丝毫移动，但脚下却瞬间疯狂地旋转出了一个巨大的发光阵来。空气里的风雪碎片一瞬间全部凝固。

"什么……"少年被眼前的场景惊呆了，但是他还未来得及作出反应，他的动作和神色，也如同暴风雪一样，凝固在了空气里。

而正当鹿觉准备走过去抓住少年少女的时候，少女的脸上突然浮动出一个地狱幽灵般的笑容来，接着，她的脸像是突然被割裂一般，无数长长的巨大闪光的刀刃从她身体里刺破她的皮囊。无数又长又硬的尖锐钢刃插进地面，然后用力地将她小小的身体往天空上撑起来，令她瞬间变成了一个又像是蜘蛛又像是螳螂一样的巨大昆虫，越来越多的巨大刀刃从她身体内部穿刺而出，然后瞬间又膨胀了无数倍，犹如巨大的昆虫触角一根一根砸向地面，而她身体两侧突然聚集起数十把闪着寒光的巨大刀尖，围绕成一个圆圈疯狂地旋转起来，无数参天树木在这些巨刃的切割下轰隆隆地倒下，雪花漫天飞舞，视线一片混沌。

　　空气里爆炸开无数股扭曲流窜的魂力，漫天的风雪遮挡着视线什么都看不见，漆拉知道这是那个少女制造的迷局和假象，周围各处都是扰乱视线的魂力，漆拉也不知道他们逃走的是哪个方向。

　　等到鹿觉用魂力将漫天的风雪统统吹上苍穹之后，清晰的视线里，是周围仿佛一片废墟的空旷，无数的树木被拦腰斩断、四处横置。地面是无数条被割开的沟壑，黑色的冻土混合着冰碴，翻出地表，像是一条一条的刀疤。

　　漆拉和鹿觉站在空旷的雪地上。
　　"亚斯蓝到底出现了什么样的怪物……"

　　咆哮翻滚的魂力，仿佛飓风般卷起地上的积雪。
　　空气里都是雪花，视线一片模糊。只听得见"咔嚓咔嚓"树木不断断裂的声响，以及无数金属刀刃彼此摩擦切割的折磨人的声音，像要把耳膜硬生生撕裂一样。
　　少年那张一直充满着桀骜和不屑的面容，第一次出现了惊恐的神色，他手足无措地站在原地，看着面前的少女。她的双眼混沌一片，没有焦距，她的神志也仿佛她的瞳孔一般，涣散迷乱，之前从她身体里刺穿出来的巨大刀刃，此刻已经恢复了正常的大小，但是依然没有收回体内，依然四处狂暴地切割摆动着，她的身体也被这些仿佛具有生命的刀刃带动着，不停地挣扎，她的喉咙里发出一阵又一阵惨叫，痛不欲生，那些刀刃就像是昆虫的脚，她整个人看上去就像一只正在被火焚烧的尖叫着的蜘蛛。
　　"救我……"少女的声音嘶哑而尖锐。
　　"我……我要怎么做……"少年的眼眶里滚出两行眼泪，他永远冷漠的面容上此刻洋溢着滚滚的悲伤，他看着面前垂死的少女，双手握紧了拳头，他的指甲嵌进血肉里，仿佛感觉不到疼。
　　"我魂力不够……控制不了……你给我魂力……我的爵印在……"少女还没说完，一把尖锐的刀刃"吱——"的一声从她鼻梁上戳出来，然后疯狂地在脸上切割着，少女发出尖锐的惨叫声。
　　"在哪儿？在哪儿！"少年红着眼眶，嘶吼着。
　　"我左大腿……内侧……"少女的声音渐渐微弱下去，她瞳孔里的光，像是蜡烛被吹灭了一样。
　　少年企图朝她靠近，但是，那些疯狂甩动着的刀刃，让他根本无法接近少女，更别说往她的爵印里输送魂力了。他咬了咬牙，双眼一紧，朝着少女毫不犹豫地走过去，"吱——吱吱——"接二连三的刀刃刺进少年的血肉，他眉头也没有皱一下，他在少女面前蹲下来，掀开少女的裙摆，他的脸颊在瞬间充血涨红，但是他也没有时间考虑那么多了，他伸出手，往少女的大腿中间探去。

海洋般巨大的魂力从少年的掌心爆炸而出。

那些疯狂划动的刀刃，像是失去了生命的怪物般，停了下来，一阵叮当作响的声音，刀刃全部垂了下来。

少年把一根刺进自己小腹的刀刃拔出来丢在地上，他脸上，脖子上，肩膀上，都有划开的刀口，此刻正汩汩地愈合着，新生的鲜红血肉缓缓收敛着，仿佛正在闭合的花。

"喂，喂！你醒醒！"少年摇晃着面如金纸的少女，她已经没有了呼吸。

少年的泪滴在手背上，他刚要发出一声嘶吼，突然少女整个人挺了起来，一声剧烈的吸气声从少女的喉咙里发出来，仿佛一个溺水窒息的人突然呼吸到了新鲜的空气一样。

看着少女渐渐清晰的瞳孔，少年终于缓缓地，在脸上露出了一个微笑。

『西之亚斯蓝帝国·深渊回廊』

"刚刚那两个小孩子，到底是……"鹿觉看着神色凝重的漆拉，小声地问道。

"我也不知道。"漆拉脸上看不出表情，鹿觉还是第一次在漆拉脸上，看到如此凝重的神色。

风雪已经渐渐减弱了。漆拉和鹿觉已经渐渐离开了北之森的范围。深渊回廊里的雾气依然阴冷潮湿，但是对比起刚刚风雪冰天的世界来说，已经显得温和得多。

但是，漆拉的心里却依然是一片冰冷的世界。这种冰冷来自他的恐惧，刚刚自己的【时间之阵】明明已经完全打开了，理论上来说，那个小女孩已经不可能有足够顺畅的速度引发那种禁忌的魂术，除非是她在自己释放魂力的最初，就提前感应到了变化，但是，这个过程短得几乎只有须臾一瞬，可以忽略不计，那个小女孩是如何做到的？太可怕了……而且，她那么小的年纪，对魂力的运用精纯得令人叹为观止，别说是她这个年龄了，就是鹿觉现在都无法驾驭那种黑暗魂术，那她……到底是什么人？或者，到底是什么东西？

"王爵，刚刚那两个小孩，也是使徒么？"鹿觉走在漆拉身后，沉默了很久，开口小声问道。其实他刚刚自己心里也明白，那两个小孩，虽然看起来只有十岁左右的样子，但是，他们身体里蕴藏的魂力，和他们对魂力那种游刃有余的操控感，都远远在自己之上，绝非是单纯的魂术师而已……但，即使他们是使徒，对自己来说，也是一种耻辱，因为自己贵为所有使徒里理应最厉害的一度使徒，并且是天地海三使徒中，最具潜力的天之使徒，却连其他【下位使徒】都比不上……

"我也不清楚……但是以他们两个的魂力来判断，是非常陌生的两种灵魂回路，不像是继承了哪个现有的王爵的……所以，现在也不太清楚。"漆拉继续往前慢慢走着，没有回头。其实不但是鹿觉，漆拉心里也充满了疑问。"不过现在，我们还是先去深渊回廊东边的灌木湖区吧，无论如何，先把第一魂兽捕捉了，对你来说，战斗力可以大幅提升，也是好事。"

鹿觉点点头，面容凝重，他心里明白，漆拉对自己失望了，因为自己现在的实力，连两个小孩都能轻易地战胜自己，只能依靠魂兽来战斗了吧。鹿觉眼眶轻轻泛红，他揉了揉眼睛，加快脚步跟上了漆拉。

"灌木湖区的那一群电狐，是深渊回廊里最大的一群群居电狐了，如果能捕捉到它们，你的战斗力会几何倍数地增长的。"

"我明白。"鹿觉点点头。

『 西之亚斯蓝帝国·深渊回廊·北之森 』

"你好点儿了么？"少年蹲在少女的面前，手心里依然源源不断地朝少女大腿内侧输送着精纯的魂力。

少女将少年的手拿开，苍白的脸上终于有了一些血色，她的脸微微地红了红，有点儿害羞的样子。

少年突然明白了什么，触电般地缩回了手。

"刚刚那个人是谁？我都还没来得及动手，就被你带走了。"少年咳嗽了一下，打破了尴尬，然后转过头来，看着坐在地上的少女，认真地问，他的面容又恢复了之前的那种冷漠。

"呵呵……"少女挪动了一下身子，声音依然很虚弱，"在他面前，你永远都别想来得及动手，他的速度太快了……"

"什么？"

"你自己并没有意识到，因为你整个人的速度，都随着他释放出来的阵，而变慢了，不仅仅是我们的速度，在那个空间之内的时间都变慢了，周围的风、雪、气流，等等，全部变得几乎停滞般缓慢……如果不是我提前感受到了他魂力的流动，知道他的进攻方式和速度，我也会和你一样，还来不及释放魂力，就被困进他的阵里。"少女缓慢地呼吸着，调整着身体的愈合。

"那你也没必要使用……那种魂术啊……万一回不来……"少年瞳孔里是担忧的神色。

"如果不是使用这种魂术的话，我们连一丝逃脱的机会都没有。"少女咬着牙，冷笑了一声，仿佛在自嘲，"不过，我的天赋对魂力的感知和精准使用，都非常有把握，所以，只要我魂力充足，就不用太过担心，我能把握那个度。"

少女扶着树干缓慢地站起来，她的衣衫被那些疯狂的刀刃切割得七零八落，白皙的肌肤从褴褛的袍子里露出来，充满了挑逗的意味。少年看着她雪白的大腿，咽了咽口水。

"看来我们惹到了一个了不起的人物呢……至少是前三度的【上位王爵】。这辈子，除非万不得已，绝对不要和他成为敌人……这个人，简直就是个怪物啊……"

说完，少女轻轻地走到少年面前，她抬起头，用她那双水汪汪的妩媚双瞳，望着少年，她娇嫩的粉红色嘴唇轻轻开合着，带着幽兰般芳香的气息，吹到少年鼻尖上，"来，再给我一些魂力，我能恢复得更快。"

她叉开双腿，轻轻撩起了裙摆，看着面前呼吸渐渐急促起来、心跳越来越快的少年，她的目光迷蒙一片，嘴角含着一个勾人的笑。

第十章

噬 魂 兽

巨大的日光从头顶贯穿而下，
仿佛来自天界的光芒之间，
准备惩罚人间的罪孽和邪恶。
所有的秘密都在海平面下蠕动起来。
沸腾的海水翻滚着，汹涌着，
周围各种锐利的黑色礁石彼此交错，
仿佛企图吞噬所有生命的怪兽的口器。

『七年前』

『西之亚斯蓝帝国·雷恩海域』

熊熊燃起的篝火，被海风吹得猎猎作响，翻滚的火星不断地被吹起，飘向远处的海面，消失在茫茫的夜色里。

"找了四年多了，终于有了点儿眉目。否则，真浪费了我们这么多日子啊。"地之使徒藏河一边往篝火里加柴，一边说。

"也不算浪费啊，这几年，我们俩也算是把大半个亚斯蓝的领域都跑遍了，也算得上是个专家了吧。至少也发现了很多有意思的地方啊。"海之使徒束海望着眼前和自己几乎同样面孔的弟弟，笑着说，"至少我们知道了，那个'浮生泉底'是可以直接在水里呼吸的，真奇妙。想当初你跌下去的时候，还吓个半死。"

"那个湖底的泉眼，我回头还想再去看看，因为我觉得那里黄金魂雾浓度特别高，但是在水里不能使用'希斯雅'果实，所以我也无法准确地判断。搞不好，下面有什么厉害的魂器或者魂兽呢。"藏河按了按眉毛，海风吹着他的发梢，火光把他的脸照得一片亮堂，看起来特别精神。"不过，哥……你说我们俩兄弟这几年，值得么？王爵他每天都带着鹿觉在身边，也一直教他各种魂术，指导他练习各种运用魂力的方法，甚至还帮助他捕获了电狐，而我们俩呢，这几年一直忙着寻找六度王爵了，但却几乎没有和王爵漆拉相处的时间……"

"别想这么多，藏河，王爵对我们每个人都是一样的。你不觉得，在这几年四处游历的过程里，我们遇到过很多危险，也遇见过很多强力的魂兽，我们自己的魂术也在进步么？"束海看着弟弟微微有些沮丧的脸，心里升起一些心疼。其实他心里有时候，也会像藏河一样想，觉得漆拉眼里只有鹿觉，而他们兄弟俩，对漆拉来说，也许仅仅只是个过客吧。

"哥，我听人说……"藏河看着跳跃的火光，他的脸在光明和黑暗里交错着，表情看不真切，但是声音听起来，有一种悲凉，"最近几代的一度王爵，最后都是让天之使徒继承了王爵的位置，而地使和海使都死了……没有人记得他们……是这样么？"

"别瞎说。"束海伸出手在弟弟头发上揉了揉，他目光里的心疼又浓了一些，"而且，作为使徒，这不就是我们的命运么？你还记得我们十六岁那年，刚刚成为一度王爵使徒的时候，漆拉对我们说的话么，他说：'王爵和使徒，一定要时刻准备着，为白银祭司和帝王，牺牲自己的性命。如果王座还不够稳固，那么就用我们的鲜血和尸骸，为其奠基。'"

"这个我知道。抛头颅，洒热血，战死在沙场上，和魂兽同归于尽，我都没有任何后悔或者惋惜。只是，如果仅仅是因为漆拉没有选择我们两个，我们就沉默地死去，再也没有人会提起，会记得……"藏河越说越小声，最后叹了口气，沉默地看着篝火。

"就算是这样，那也是我们的命运。如果需要我们的死，才能成就一个魂力巅峰的新王爵，那我们也在所不惜。这就是王爵和使徒的精神。"

藏河转过头，看着被火光映照着脸庞的束海，他其实和自己一样的年纪，但是从小到大，他都比自己懂事，也一直在照顾自己。藏河点点头，似乎也被束海脸上的神情感染了，露出一个释然的微笑来。

"不过哥哥，你觉不觉得奇怪，关于六度王爵的魂力……"藏河换个话题，看着束海认真地说。

"你是指这股魂力么？"束海脸上的表情也严肃起来。

"是啊……我们一路追随着那股若隐若现的魂力来到这里，越靠近这个岛屿，这股魂力就越明显。很显然，六度王爵西流尔一定是在这个岛上无疑了。但是，这股魂力，实在是……实在是太大了……大得超过了一个正常王爵所能拥有的魂力范围，简直就像……就像……"藏河说到这里停住了，似乎对自己接下来要说的话，也完全无法相信。

"就像是，这整个岛屿，都是西流尔的身体，才能散发出这么巨大的魂力，对么？"束海接过藏河的话。

"对！"藏河认真地点头，但马上又摇头，"但是这就太荒谬了啊，没有人的身体有这么巨大吧……连漆拉的魂力都没有这么巨大过。"

"嗯，反正等天亮的时候，漆拉和鹿觉应该就能到了。到时候问问王爵吧。有漆拉在，就不用担心啦。早点儿睡吧。"束海对藏河说。

"听说鹿觉捕捉了电狐，还一直没机会见到呢，这下可以好好看一看了，真带劲儿。不知道什么时候漆拉才会让我们捕捉魂兽呢，我到时候一定得抓一条龙！哈哈。"藏河咧开嘴，英气的脸上是少年般的顽劣神色。

"你啊，搞不好只能抓一只小猫咪跟着你。"束海逗他。

海风吹拂着两个年轻人的脸，风中带来大海浩渺的气息。

篝火烧尽了木柴，此刻已经只剩下无数随着海风的吹拂而明灭的红色火星。

藏河和束海睡在山崖上的一个自然形成的岩洞里。束海本来打算找一些枯草或者树叶在地上铺一下，但是这个岛屿非常奇怪，只有嶙峋的乱石，寸草不生。于是，他们只能和衣躺在坚硬的岩石上。不过好在两个人都不介意，这几年为了寻找西流尔，他们去过远比现在恶劣得多的环境。

"啪嗒——"

睡得比较浅的束海突然被一阵声响惊醒，听起来像是有人踩到了一块石子的声音。束海从黑暗里坐起来，身边的藏河依然呼吸沉沉的，显然还在梦乡里。

束海爬起身来，慢慢地朝洞穴外走去，他的神色渐渐凝重起来。

洞穴外的黑夜被星空照亮着，呈现诡异的墨蓝色。周围的黑暗里，隐隐地能感觉到几丝魂力，这种魂力的类型束海从来没有遇见过，甚至从来没有遇见过类似的。他身上的魂路刻纹从身体里浮现出来，在他的双臂上仿佛镀上了一层金色的刺青。

"你好……"空气里一个幽幽的女子的声音，仿佛黑夜里盛开的一朵昙花。

束海转过头，高高的黑色山崖上，一个女子的身影若隐若现，她穿着黑纱长裙，长裙两边高高地分叉，风将她的裙子吹拂得上下翻飞，仿佛盛开的睡莲，她雪白而修长的大腿在黑夜里显出一种勾魂夺魄的魅惑感，她的胸脯和她的大腿一样雪白，在衣服里高耸着，仿佛纱裙里膨胀着柔软的云，她脸上似有似无的那种类似痛苦又类似愉悦的表情，充满了罪恶的撩拨感。

束海不好意思地挪开眼睛，"你是谁？"

"我呀，是来告诉你们俩一件事情的……"女子轻轻地在山崖上几次起落，跳了下来，站在束海对面。

"我们俩？"

"是啊，那边山洞里，不是还有一个么……"女子抬起手掩在嘴角，仿佛不好意思般轻轻地笑着。

束海心里掠过一丝惊讶，因为此刻，藏河离自己还有一段很远的距离，而且他完全在沉睡，身体里几乎没有魂力流动，这个女人就能感应到他的存在……

"不过，没关系，反正我有一个朋友去告诉他去了，你不用担心，你们肯定同时知道。谁都不会落下。"

束海一听，转身飞快地朝洞穴掠去。他心里隐约有一种危险的预感，他不想和这个女人纠缠。

"嗡——"当束海看清楚自己脚下的地面上突然旋转出了一个复杂闪光的黄金光阵时，他眼前突然飞扬起来无数巨大飞扬的白色绸缎，一股一股地将自己包裹起来，他伸手朝远方的海里遥遥一握，瞬间，无数激射而来的冰箭朝那些丝绸划去，但奇怪的是，仿佛石沉大海般，所有的冰箭被那些丝绸轻轻一卷，就消失得无影无踪。

"我说你啊……"自己的后背被一个柔软芳香的身躯贴了过来，不用转过身看，也知道此刻那个美艳女子的胸口正紧紧地贴着自己的后背，柔软的触感让束海心跳加速。

"怎么那么不小心呢？随便地就把那么重要的东西暴露在别人面前……"女人用可惜的声音在束海耳边轻声说着，双手仿佛两条柔软的水蛇一样伸进束海的袍子，环抱在他肌肉结实的腰上。

"什么东西？"束海失神地问。

"爵印呀。"

还没来得及反应过来，后背爵印的位置，仿佛闪电般刺进几根寒冷的尖锐刀刃，一阵锐利的痛觉冲进脑海，束海整个人往地上重重地一砸。

女子撩着头发，双眼怔怔地望着黑夜的尽头，瞳孔里翻滚着骇人的白色雾气，她脸上的笑容也因此显得森然恐怖。

而最恐怖的，是她胸膛的纱裙里，此刻，几根泛着寒光的锋利尖刃，正"哗啦啦"地缩回到她的身体里，仿佛一只巨大的硬壳虫子正撕开她的胸口往里钻。

"哎呀，他也真是的，这么多年，都不改一改，太血腥了吧……"她看着远处的山洞位置，突然轻轻笑了。

漫天翻滚的白色丝绸，渐渐重新包裹到她的身上，幻化为黑色的裙摆。

"王爵，再过一会儿，就快要到那个海岛了。"鹿觉站在船头拉着帆，他把上身的长袍解开，脱到腰的位置，把两个袖子捆在腰上。灼热的海风过来，阳光照耀在他结实的古铜色胸膛上，反射出耀眼的光芒，汗水像是装点在他胸口的宝石一样发着光。他回过头看着漆拉，修长的眉眼在烈日下像一道幽深的黑色峡谷。

"漆拉王爵，您不是可以制造棋子么，为什么我们要这么辛苦地坐船过来？直接用一枚棋子不行么？"鹿觉擦着身上的汗，脸被晒得红红的，他的笑容成熟而又迷人。和五年前还是个少年的他相比，此刻的他，已经成长为一个成年的英气男人了。

漆拉看着面前流着汗、一身肌肉仿佛大理石雕刻出来般结实而线条清晰的鹿觉，笑着说："棋子只能通往制造者去过的地方，制造者没有去过的地方，是不能制造出棋子直接到达的。"

鹿觉点点头。他看了看漆拉，叹了口气。

漆拉安静地坐在船舷上。头顶的烈日仿佛对他没有任何影响，他依然像是一个冰雕玉砌的神像，五官精致而耀眼，无论周围的空气再怎么炎热、混浊，他永远看起来都像是冰川上流下来的一缕清泉，带着凛冽的冷香。他觉察到鹿觉的目光，于是回过头，冲鹿觉笑了笑，点点头。

鹿觉抬起头，望向海岸，却没有看到自己预料中的会站在岸边上冲他们挥手的、迎风而立的英俊的男子。

地之使徒藏河和海之使徒束海都消失了踪影。空旷的黑色礁石滩，在烈日下一片寂静。

"藏河他们呢？"鹿觉转过头问漆拉时，看见漆拉满脸的凝重。

和漆拉一起下船之后，他们沿着海岸缓慢地走着。漆拉一边走，一边感应着这个岛屿上的魂力。他的眉毛在烈日下轻轻地皱着，没人知道他在想什么。

巨大的日光从头顶贯穿而下，仿佛来自天界的光芒之间，准备惩罚人间的罪孽和邪恶。

所有的秘密都在海平面下蠕动起来。

沸腾的海水翻滚着，汹涌着，周围各种锐利的黑色礁石彼此交错，仿佛企图吞噬所有生命的怪兽的口器。

漆拉猛地回过头，刚刚视线的边缘，一个黑色的残影飞快地消失在远处的一块岩石之后，仿佛在监视着他们。

"你留在这里别动，这个岛上有问题。你在原地等我回来，遇见任何事情，就用爵印发出讯号，召唤我。"漆拉回过头，看着紧张的鹿觉叮嘱他。

鹿觉点点头，还没来得及说话，漆拉的身影就仿佛一条黑色的闪电一样，射向了远处。

"好熟悉的速度呀……"

远处的山崖上，迎风站着一个楚楚动人的艳丽女子。她脸上的表情，是一种看轻一切的笑容，同时又带着俗世里最鲜活的诱惑。风吹动着她的纱裙，将她的迷人胴体包裹出曼妙的曲线。

"哎呀，好熟悉的身姿呢，五年前，就是这样的速度。这么多年过去了，漆拉大人，依然是这样宝刀未老……又或者说是原地不前呢？"艳丽的女子抬起手，用华丽的袖口遮住自己的脸，仿佛因为自己的话而感到了羞愧，"那漆拉大人肯定也会觉得我很熟悉吧？五年前，我和一位少年就是在您的阵里，把铜雀粉身碎骨的呀，那个时候，要不是我们俩跑得快，可就被您当场斩杀了呢，您还记得吗？"

"你们怎么会在这里？"

"因为您的两个使徒在这里，我们追随着他们来的。"

"你们找藏河和束海干什么？"漆拉冷冷地问，双手上的血管突突地跳动在皮肤下面。

"当然是杀了他们俩呀，还能干吗？"年轻的女子咻咻地笑着，仿佛在说一件理所当然的事儿。

漆拉脚下瞬间释放出刺眼的阵，旋转着的光芒几乎要把整个岛屿包裹进去。无数爆炸的光芒从阵的地面上翻涌着冲向天空。

"哎呀，别吓人呀，人是他杀的，我只是过来顺道给你传个信儿，你干吗啊？"艳丽的女子瞳孔流转着光芒，嘴角的笑容动人心魄。

"传什么信？"漆拉问。

"也没什么重要的，就是告诉你一声，你不再是第一王爵了，你被降级了。"女子轻轻地抖自己黑色的裙摆，换了个更加诱人的姿势，"他呀，就是当年差点儿被你杀死的那个小男孩呢，现在在你之上呢。所以，你不能保留你的三个使徒了，只有第一王爵才有这个特权呢。所以呢，你的两个使徒，他们已经死了，另外一个呢，可以活着，不过，以后别称自己是天之使徒就行了，否则还是要被杀的呢。嘻嘻。"

"你的意思是，我现在是二度王爵了？"漆拉冷笑一声，手心里却悄悄地冒出一层细密的汗水。不过，他还是对自己的魂力有信心。因为，到目前为止，就算是白银祭司，也不一定清楚知道他的真正实力。

"当然不是了。"美艳的女子站在阵的光芒里，衣裙翻飞，"你不是二度王爵，那个少年啊，现在才是二度王爵呢。你呀，如今只是三度王爵而已。"

她停了停，看着漆拉满脸难以置信的表情，显得特别愉悦，她享受着漆拉的错愕带来的快感，"他呀，本来是一度的。可惜呢，有一个比他更厉害的怪物出现了，他打不过人家，所以他只能是二度了。你呢，就变成了三度。"

"哦，顺便说一下，"女子俏然一笑，掩嘴说，"忘记说了呢，可能我还是觉得自己说自己不太好意思，不过抱歉的是，我现在是四度王爵，我叫特蕾娅。那个少年啊，他叫幽冥。"

特蕾娅浅浅笑着，远处黑色的大海上吹来巨大的海风，把她的长袍吹动着，仿佛午夜里飘忽不定的鬼。

"怎么样，我们的名字挺好听的吧？哦对了，忘记告诉你了，那个怪物，就是新的一度王爵，他的名字更好听呢，他叫做吉尔伽美什。"

空旷的岛屿，因为其寸草不生，所以总让人有一种阴森的感觉。尽管此刻烈日当空，一切昭然天下，但是，蒸腾扭曲的光线里，总是像潜伏着鬼魅。

鹿觉望着漆拉消失的方向，感应不到太多的气息。他想了想，准备退回到船上等待漆拉回来。他转过身，才发现，一个漆黑的身影已经一动不动地站在自己身后，恭候多时了。

鹿觉手心冒出了一层细密的汗水。

离自己这么近的距离，他都能悄无声息地不被自己发现，而且他对魂力的隐藏，已经到了几乎可以消除所有气息的地步，那如果他要暗杀谁的话……

"哟，你好。"面前身材高大的男子，用他低沉而迷人的声音打了个招呼。"还记得我么？五年前，在北之森里，我们两个还抢铜雀来着。"他脸上的微笑带着一种戏谑的危险感。

鹿觉的瞳孔在一瞬间锁紧了。他看着面前这个高大的男子，他的身体修长而结实，漆黑的长袍裹紧他充满力量的肉体，他的面容像是阴暗峡谷的轮廓，而他一笑起来，嘴角乖戾的表情，和五年前那个小男孩一模一样。

"你怎么会在这里？"鹿觉警惕地看看周围。

"我啊，来杀两个人。"幽冥依然邪气地笑着，完全不觉得自己说出来的话有多么骇人，像是在说一件吃饭喝水的事情一般镇定自若。

鹿觉仿佛想到了什么，眸子里精光四射，他沉默地看着幽冥。

"这两个人你应该也认识吧，他们俩也是漆拉的使徒呢。"幽冥接着说道，说完，他挑衅地看着鹿觉，仿佛在欣赏一只渐渐竖起后背倒刺的困兽。

"为什么这么大的事，我会不知道？"漆拉看着面前的特蕾娅，难以相信，面前这个五年前自己遇见的仿佛怪物一样的小女孩，现在竟然是亚斯蓝的王爵。

"你说你这个人，一把年纪了，怎么这么矫情啊。"特蕾娅朝漆拉缓缓走过来，身上像浮着一团黑色的云霭。"我不就是专门来通知你这个事情的么。"

"这样的事情，白银祭司应该亲自和我说。"漆拉看着特蕾娅，目光里明确地告诉对方，你没这个资格。

"嘻嘻，哎呀，漆拉，你说你现在还端着架子干吗？你已经不是一度王爵了，那些可笑的尊严，我们就把它放一边去吧，你要想一想，我都已经是仅仅比你低一级的四度王爵了，更何况幽冥还是二度王爵，按道理来说，你见到他，不是应该表示下尊重么。所以，你啊……"特蕾娅目光仿佛一潭桃花春水，"想开点儿。"

"不行，我要亲自回去问白银祭司。"漆拉转身，直接走了，完全没有理睬特蕾娅。

特蕾娅咬了咬牙，扬起裙摆追了上去。

空旷的礁石岸边，只有幽冥颀长矫健的身影，高高地站在一块山石上。风将他的长袍吹开，他整个身体大部分都裸露在海风里，小麦色的肌肤上，无数充满着性欲和力量的气息雄浑地流动着。

漆拉环顾了一圈，没有发现鹿觉的身影。他轻轻地闭上眼睛，感应了一下周围，依然一无所获。

"鹿觉呢？"漆拉看着幽冥，冷冷地问道。

"没看见啊，我在这里等特蕾娅的。哟，她来了。"幽冥朝漆拉身后望去，特蕾娅翩跹的身影仿佛一朵风中吹过来的黑色花朵。

"如果你敢对鹿觉动手，我会让你生不如死。"漆拉看着幽冥邪气的脸，用仿佛来自地狱般冰冷的声音说着。

"我怎么敢呢？他是您的使徒，对吧，漆拉大人？"幽冥哈哈地笑了，"哦不对，不应该再叫您大人了，您现在是三度王爵吧？我都忘记自己已经是二度王爵了呢。"

漆拉的脸上充满了被羞辱的怒意。他压抑着，没有发作。

"我只是对藏河动了手而已，不过他也太弱了，连我靠近了他都不知道，还在睡，我还不得不先把他叫醒再杀他，好歹也是曾经的地之使徒啊，没想到弱成这样……"

幽冥的话硬生生断在空气里，一把冒着森然白汽的冰凌，此刻握在漆拉手里，尖端顶在幽冥的喉咙上。

特蕾娅瞳孔颤抖着，她刚刚也没有看清楚，漆拉究竟是怎样一种速度。实在是太快了……

幽冥看着漆拉，眼神里没有丝毫的畏惧，他甚至把喉咙往漆拉的冰凌上顶了顶，一缕鲜红的血沿着他的脖子流了下来，流到他健硕的胸膛上。"你有本事就杀我呀，我只是来执行白银祭司的命令的，你杀了我，就等于背叛整个亚斯蓝，你试试看……被那个新的怪物，吉尔伽美什追杀的滋味，可没有这么好受哦。哈哈哈……"幽冥的喉结颤抖着，发出令人发冷的笑声。

漆拉咬着牙，手颤抖着，终于，将冰凌远远一扔，沉进了大海。

特蕾娅悄悄地松了口气，她张开她那双风雪弥漫的大眼睛，感应着周围的魂力，渐渐地，她发现了一个秘密，这个秘密让她的脸色变得苍白起来。

漆拉走到一面巨大的礁石面前，他扬起手，礁石下面的海面上，突然升起一面又薄又锋利的冰墙，礁石瞬间被切成两半，一半轰然塌陷进海水，剩下一半矗立在岸边，仿佛一面平滑的墙。他走过去，伸出手抚摸在墙上，随着他手上几缕黄金魂力纠缠着扩散在礁石表面之后，那面平滑的石墙，已经被制造成了一枚棋子。

"这枚棋子是回帝都格兰尔特的，我要回去亲自问问白银祭司。如果你们碰到鹿觉，告诉他回帝都找我。"

"你介意我们也用一下你的棋么？我们也要回去呢，这里回帝都真的好远啊……"特蕾娅娇滴滴的声音，出现在漆拉身后。

漆拉冷笑了一声，转身消失在石墙面前。

空旷的天地间，偶尔传来一声凄厉的海鸟悲鸣。乌云翻滚着涌来，看样子快要下雨了。

看着漆拉的身影消失，特蕾娅轻轻地跌坐在岸边的岩石上，她看起来像是大病初愈般地虚脱。幽冥皱了皱眉，朝她走过去，在她面前俯下身子，"你怎么了？"

特蕾娅抬起头，看着幽冥那张英俊得像匹野兽的邪气面容，她轻轻抬起手，纤细的五指放在幽冥裸露的胸膛上，她看着幽冥，目光闪动着，五根指甲缓慢地刺进幽冥的肌肉里。

幽冥没有反抗，他脸上混合着痛苦和快意的神色，嘴角那个诡异的笑容仿佛在享受着这种痛苦。

特蕾娅咬着牙，尖锐的指甲缓缓地划开他的皮肉，她一字一句地说："你为什么要杀鹿觉？"

"他自己找死，向我动手的。"幽冥耸耸肩膀，表情仿佛一个顽劣的大男孩，他伸出手指，蘸了点儿胸膛上流出来的鲜血，然后轻轻抹在特蕾娅娇嫩的嘴唇上，她的嘴唇此刻看起来就像最炽热的玫瑰花瓣。

"白银祭司只让我们杀地、海二使，你这样擅作主张，如果被知道的话……"

"为什么会被人知道呢？"幽冥轻轻揉着特蕾娅的脖子，感受着她脖颈上血管的跳动，目光里是蓬勃的渴望。

"你是不是想也把我杀了灭口？"特蕾娅看着幽冥，冷冷地说道。

"那怎么会呢……"幽冥弯下腰，把他性感的嘴唇靠近特蕾娅的耳边，迷幻地低声说着，"当初我们一起的那批怪物，只剩下我们两只了，我舍不得杀你的。"

特蕾娅推开幽冥，她缓慢地走到大海边上，蹲下来，手指伸进海水里，浅浅地插进岸边的泥沙，她手指上沾着的幽冥的血迹，渗在海水里，化成一缕缕红色的丝线，"你把他扔进海里了？"

"我没扔他，是他被我的魂力撞飞了，掉进海了。"幽冥无所谓地斜靠在一块山崖上，动作舒展漂亮，他的双手双脚都极其修长，看起来像是上天恩赐的宠儿。

特蕾娅轻轻闭上眼睛，空气里一声蜂鸣，她五指下方突然旋转出一个巨大的光阵，一圈巨大的光之涟漪，迅速地扩展至遥远的海面，面前一整块辽阔的海域，此刻翻涌的浪花上面，都泛着隐隐的金色光晕。

"你能将阵做出这么大的范围？"幽冥看着海边的特蕾娅，声音变得凝重起来。他心里一直清楚特蕾娅对魂力的精准使用和感知，但是他也不曾预料到，她能控制的范围竟然有这么大。

"找不到了，而且，这么久了，肯定死了吧。"幽冥看特蕾娅完全没有理睬自己，又补充道。

刚说完，就看见特蕾娅站起来，海面上突然吹过来一阵飓风，将她的纱裙吹拂得翻滚起来，和天上的乌云一样。雷电开始落下，大颗大颗的雨点往下砸。

汹涌起伏的海面上，雨点打出密密麻麻的涟漪，特蕾娅轻轻仰起头，瞳孔里翻涌不息的白色雾气，甚至发出轻微的"咝咝"声，仿佛游动的白蛇吐息。片刻后，汹涌的海面裂开一条缝，海水往两边翻滚，仿佛海底有条巨龙正在浮出水面。

一阵沉闷的仿佛滚雷的声响之后，一股巨大的水流从遥远的海面滚来，翻滚爆炸的白色浪花退去之后，鹿觉苍白的身体，湿淋淋地躺在礁石嶙峋的海岸边上。

特蕾娅伸出手，在他的后背上缓慢地抚摸着，她沉默了一会儿，转过头，瞳孔里阴冷的白雾散去，她盯着幽冥一字一句地说："你摧毁了他的爵印？"

幽冥看着特蕾娅，没有回答，只是轻轻维持着他嘴角戏谑而邪恶的微笑，目光里充满了闪动的光亮。

"帮我把他抱起来。"特蕾娅转身对幽冥说。

"抱一具尸体干吗？"

"他还没死。"特蕾娅看着鹿觉英俊的面容，"不过再不救他，那他就一定死了。"

"为什么要救他？"

"白银祭司只让我们杀另外两个使徒，鹿觉不在猎杀的范围内。你知道，私自杀害使徒或者王爵，是多么严重的罪行么？"

"只要我们不说，谁知道是我们杀的？把尸体丢到大海里喂鱼吧。"幽冥无所谓地摊开手。

"你是不是忘记了，"特蕾娅走到幽冥面前，看着他深邃的眼睛，"漆拉多么可怕？就算五年里，我们的魂力已经今非昔比，但是，你有把握能战胜漆拉么？"

幽冥沉默着，从他的表情上看不出他在想什么，过了一会儿，他低声说："就算是这样，但鹿觉也救不了了，他的伤太重。"

"在别的地方，肯定救不了。但是在这里，"特蕾娅轻轻笑了笑，"你可别忘记，这座岛屿上还有谁。"

漫天的雨水仿佛天上翻倒的长河，幽冥和特蕾娅被大雨淋湿，两个人的袍子都湿淋淋地贴在身上，空旷的海天之间，他们两个就像是黑色的幽灵——性感的、诱惑的、邪恶的幽灵，他们的面容充满着致命的吸引力，他们的身躯强健而曼妙，他们的灵魂，是深远的谜。

他们的脚边，鹿觉仿佛一块石头般，被翻涌的潮水不断地冲刷着，他的脸上粘着泥沙，英俊的眉眼被大雨"哗啦啦"地浇着，他的头发散在海水里，仿佛黑色的海草。

第十一章

亡灵使

她知道，
这里埋藏着
她所需要的那个"关键的秘密"。
冰天雪地的岛屿、寒冬里
被刷得发亮的白色海面，
卷裹着冰雪残渣的凛冽罡风。
"终于……到达这里了……"

『西之亚斯蓝帝国·天格』

空旷的大殿内，光滑如镜般的黑色地面之下，不时游动而过几丝仿佛深海闪光鱼类般的光缕，一闪即逝，幽冥看着仿佛黑水晶般的地面，脸上挂着若有所思的微笑。

"还真是不省心呢。"特蕾娅望着地面之下游动的光线，轻轻地走下床榻，她抬起右手，五指自然地下垂，几尾发亮的细长丝线，从她的指尖如同游鱼般无声地滑出来，迅速地钻进了半透明如同黑宝石却又仿佛深不见底的黑色地面里去。她抬起头，两汪惊鸿瞳孔里，盛满了她那种独特的、让人恐惧的茫然表情。这是从她还是一个小女孩开始，就一直出现在她的瞳孔中的表情，如同洪荒暴雪时的天地混沌，却又在这种无边无际的茫然里，流露出仿佛针尖般的洞察一切。

幽冥轻轻地斜了斜嘴角，心里冷笑了一声，"怪物。"

"在说我是怪物之前，"特蕾娅眼神里弥漫的风雪渐渐地消散了，重新凝聚为漆黑闪亮、勾魂夺魄的目光，她回头冲幽冥婉约而又动人地一笑，抬起手掩了掩嘴，"你还是先管管你的那个使徒神音吧，她也快要变成怪物了。"

"神音怎么了？"幽冥的目光渐渐锋利起来。

"她啊，"黑色地面蹿起几缕光线，飞快地被吸收回特蕾娅的指尖，"找永生王爵西流尔去了，这小女孩，不知道天高地厚，好奇心太重，再这样下去，连怎么死的都不知道。"

"天下谁不是这样呢？"幽冥站起来，把他的黑色长袍裹在身上，"每个人都想知道所有的秘密。"

"是啊，秘密可不好玩儿。不小心连命都会玩儿进去的。"特蕾娅坐下来，脸上的微笑依然婉转动人，但目光里却是铿锵有声的刀光剑影。

"你又想下达红讯给我了？还是稍微休息会儿吧。光是你刚刚说的那些人，我就得处理好半天呢。"幽冥回过头来，目光像块冰。

"红讯又不是我下的，你不高兴也没用。"特蕾娅的笑容一敛，目光毫无退让地对上幽冥。

"你怎么说都行，反正最近能接触白银祭司的也就只有你一个人而已。我先走了，神音的事情……"

"神音的事情，就交给我吧。"特蕾娅的表情看不出端倪，依然是那种似笑非笑的神态，"正好，'他'也在那个岛上，神音不是想知道秘密么，那我就都告诉她。"

『西之亚斯蓝帝国·雷恩海域』

海浪被翻涌的风暴推动着，朝着黑色的悬崖扑过去，溅起的四散爆炸的水花里，夹杂着无数的寒冷冰碴。

转眼已经进入了寒冬。

辽阔的岛屿上是一片白色混沌的苍茫。

神音从船上踏上岛屿，脚下一片银白色的冰雪，再往下，是岛屿上被寒冷的温度凝结发硬的冻土层。神音裹紧了银白色的狐裘长袍，抬起眼，望着这片土地。

她知道，这里埋藏着她所需要的那个"关键的秘密"。

冰天雪地的岛屿、寒冬里被刷得发亮的白色海面，卷裹着冰雪残渣的凛冽罡风。

"终于……到达这里了……"

神音把船上的铁链拴在岸边一块仿佛兽牙般狰狞的礁石上，然后站定，她轻轻地闭上眼睛，朝面前的空气里伸直了手臂，手臂上金黄色的刻纹浮现出来，她小范围地感知了一下岛屿上的魂力，然后，朝风雪弥漫的岛屿中心走去。

有一种越来越强烈的暗示在召唤她。她的心跳越来越剧烈，一种秘密就快要被揭开的刺激感，充盈了她的整个脑海。

她的背影消失在一片迷蒙的风雪里。

她并没有发现，她身后一块巨大的山岩，仿佛呼吸般地蠕动了一下，又归于沉寂了。

『西之亚斯蓝帝国·帝都格兰尔特』

麒零醒来的时候，天刚刚亮，清晰而透亮的晨光，在寒冬的清晨里，透出一种冰块般的青色，麒零呵了口气，然后哆哆嗦嗦地从被窝里爬起来，一边穿衣服，一边问正站在窗口不知道在看什么的银尘："银尘，我们在这里住了三天了，接下来我们去哪儿啊？"

"回帝都的心脏去吧，我赐印给你之后，还没正式带你见过白银祭司呢。而且你也没去过心脏，既然来了，就正式回去复命一下。"

"心脏是个什么地方啊？一听来头就不小。"麒零扎好裤子，站到银尘身边，他侧过头瞄了一下银尘，"银尘，我觉得我好像又长高了，你看，我感觉你已经没比我高多少了。"

银尘冷冰冰地转过头来，瞳孔一紧，一连串咔嚓作响的声音，结果，却不是麒零满口的冰碴，而是银尘自己的舌头结实地结成了一大块寒冰。

"哈哈，银尘王爵，我聪明吧？我研究了好久了，才研究出这种把对方的魂力给反弹回去的方法。"麒零顺手搂到银尘肩膀上，凑近他那张冰雪雕刻的完美侧脸，邪邪地一咧嘴角，笑着说，少年朝阳般的气息迎面而来，"所以，你以后这样整不了我了。"

银尘那张冰雪般的脸上，突然仿佛融雪一般，露出了一个温柔的微笑，如同花朵绽放的第一个瞬间一样，将他的面容带出了一种惊心动魄的安静的美。他温柔地笑着，用低沉的声音对麒零说："真的啊？"

"当然啊……哎，不对，你怎么还能说话？你不是应该……"当麒零发现不对劲的时候，他已经动不了了，他从脚到手指到脸，全部被裹进一大块结实的冰块里。只剩下一对漆黑的眼睛，滴溜溜地露在外面，可怜兮兮地转动着。

"你还觉得自己厉害么？"银尘温柔地微笑着问他。

麒零"呜呜"地说不出话来，只能用他那双大眼睛，左右迅速地转动着瞳孔，表示"不！"

"那你还敢整我么？"银尘笑眯眯的，面容说不出的英俊。

麒零的眼珠子更加快速而果断地左右转动着。

银尘从鼻子里"哼"了一声，转过头看窗外去了。麒零身上的冰"哗啦啦"掉了一地，他从僵硬和寒冷中恢复过来，深吸了一口气。

"你刚才的表情真是太贱了啊！"麒零恭敬而微笑地望着银尘，心里默念着这样的台词。

银尘和麒零收拾好行李下楼的时候，看见了站在门口的漆拉和天束幽花。哪怕是在白天，漆拉看起来，也像是一个裹在黑色魔法袍里的暗夜精灵。他那张精致得失去性别的美好面容，在光线下反射着钻石般完美的光芒。天束幽花看见从楼上下来的麒零，脸上的表情突然高兴起来。

麒零左右看了看，问漆拉："莲泉他们呢？"

"他们说有重要的事情，要去一个地方。所以先走了。而且他们要去的那个雷恩海域的岛屿，正好是我曾经到过的地方，所以，我做了一枚棋子，让他们先过去了。"漆拉向麒零说完之后，把脸转过来看着银尘，脸上不知道为什么浮现出一种让人无法猜测他想法的神色。

"雷恩海域的小岛……"银尘的目光在光线下像是发亮的刀刃。

天束幽花的脸色突然冷了下来，她讥笑了一声，冲着麒零说："人家去哪儿是人家的事儿，你那么关心干什么？"

麒零也不怒，像个大男孩般露出白牙齿和阳光般的笑容，"我也关心你啊，你一个人，准备去哪儿啊？不如跟着我们一起走吧。"

"谁稀罕跟你一起走！"天束幽花冲麒零没好声地说着，但明显，脸上是开心的表情。

银尘看了看他们两个，没理他们，转身走到漆拉面前，说："你让我们去天格找特蕾娅，那你自己呢？跟我们么？还是去哪儿？"

"我可能要回尤图尔遗迹看一下，在我们离开的时候，我感觉到……"漆拉像是想起什么，但是又像连自己都不相信的样子摇了摇头，"应该不可能……"

"我和你一起去。"银尘站在漆拉对面，在阳光下微微把双眉皱紧。

"嗯？"漆拉望着面前的银尘，不知道他为什么会这样说。

"我想要证实一些东西，而且这些东西，和尤图尔遗迹也有关系……"银尘的瞳孔里翻涌着光芒，"你还记得格兰什么？"

"和你并列一度使徒的地之使徒格兰仕？"漆拉问。

"嗯。我怀疑他并没有死，"银尘点点头，目光仿佛清晨的雪点，"他一直都在尤图尔遗迹里。"

『西之亚斯蓝帝国·雷恩海域』

清晨的光线轻轻地照在神音的眼睑上，神音醒过来，她站起来看了看周围，昨夜闯进她周围领域的几头低级魂兽，此刻已经变成了一块一块的尸骸，散落在地上，冻成了尸块。神音轻轻扬了扬嘴角，对于自己的结界，她还是很有信心的，和自己的魂兽织梦者一样，她总是能在任何地方织出这样一张猎杀的网来，有时候，她都觉得自己仿佛就是身体里的那头魂兽织梦者，轻易地就能用魂力构建起这样充满杀机的局部地狱。

神音将昨夜布置在自己周围的那些仿佛蛛丝般的白色光线撤销之后，魂力结界迅速消散了，她继续朝岛屿的中心走去。

整个岛屿暴露在清晨的阳光里。

四处耸立着黑色岩石，无数的海浪拍打上来，残留着的水就在黑色岩石的缝隙里凝结成了结实的冰块，很多缝隙里的冰块膨胀时，将无数的岩石裂成了碎块。遍地的积雪和冰层，看起来和极北之地的荒原没什么区别。

"嗖嗖——"

空气里几声细微的破空声。

神音停下来。她轻轻地闭上眼睛，感应了一下，当她猛然睁开双眼的时候，瞳孔里闪动的金黄色魂力，瞬间将她身后腾空而起的几头魂兽撕成了碎片。一阵猩红而滚烫的血雨在她身后"哗啦啦"地降落一地，片刻之后，就在凛冽的寒风里冻成了红色的冰。

她正要继续往前走，却突然停住了脚步。她的脸色迅速地变得仿佛泛着蓝光的海水一样，恐惧一点儿一点儿弥漫开来。

她抬起手，从自己脖子的脊椎后面，将那条银白色的鞭子"哗啦啦"地抽了出来，脖子后的血肉瞬间像是花瓣般愈合到一起。

银白色的细鞭仿佛一条白蛇般蛰伏在她的脚边，她的瞳孔里卷动起无数的暴风雪，金黄色的刻纹从她的胸口渐渐爬上了脖子。

伴随着一阵冰面和石块碎裂的声音，神音的脚下密密麻麻如同闪电般地蔓延出了无数白色的细线，就像蛛丝一样，在她的脚下，迅速地织成了一张巨大的发着白光的网，神音蹲下来，用一种非常怪异的姿势，单手撑在地面上，从她的手指尖流动出的银色光线，随着蜘蛛网的脉络传递出去，脚下整块的大地，被这种白色的光芒笼罩起来，发出类似弦音的蜂鸣。

神音盘踞在白网的中心，仿佛一只等待着猎物的蜘蛛，她凝视着前方。"不管你是什么东西，来了，就准备死吧。"

远处的气流把视线吹得横糊。一个褐色的影子在视线的尽头以极快的速度，仿佛一道褐色的闪电般闪动了一下，又消失了。

而随之而来的汹涌的魂力，从神音脚下张开的白色蛛网上，排山倒海般地传递过来。

"这……不可能……"神音撑在地上的手开始颤抖起来，"这样的魂力，足以媲美王爵了……这样的荒岛上，怎么可能有这么厉害的魂兽……"

褐色的身影越来越快，以一种令人眼花缭乱的速度飞快地朝神音逼近。越靠近，那种让人窒息的魂力就越汹涌，仿佛一整面巨大的海洋朝自己扑打而来。

『西之亚斯蓝帝国·尤图尔遗迹』

漆拉和银尘的身影，砰然化成空气里扭曲的光线，然后就消失不见。麒零看了看门口被漆拉设定为棋子的铜柱，转身对天束幽花说："漆拉说，这枚棋子在十分钟之后失效，我们去尤图尔遗迹，你要和我们一起么？"

天束幽花看着麒零，冷冷地说："那种活死人待的地方，谁想去第二次啊？"

麒零点点头，一双漆黑的大眼睛看着幽花，目光热热的，说："那你照顾好自己，下次也不知道什么时候会再见到你了。保重啊。"说完，麒零抬手握住铜柱，身影倏地一下消失在空气里。

头顶强烈的阳光垂直地照射下来，将周围的空气照得稍微暖和了些。门外大街上的人来来往往，刚刚还热闹着的门口，突然只剩下了天束幽花自己。

她低头咬了咬嘴唇，刚刚麒零凝望自己的眼神浮现在脑海里，她呆呆地在原地站了一会儿，一跺脚，转身抬起手握住了铜柱。

当天束幽花的身影从身后显形时，银尘和漆拉转过头来，目光里都是一副早就预料到了的样子，满脸心照不宣的微笑，用一种过来人的态度，看着年轻人的戏码。

倒是麒零，显得非常意外。"你还是跟我们一起啊，真好！"他扬了扬浓密的眉毛，弯腰对天束幽花说，"你来了真好，多个年轻人。否则一路跟着两个老人家，太不好玩了。"

天束幽花脸微微一红，掩饰着心里的高兴，但嘴上却说："谁和你年轻人，就你自己是毛头小子，我开始学魂术的时候，你还不知道在哪儿玩泥巴呢。"

"我应该是在洗盘子。"麒零笑笑，露出整齐的牙齿。

银尘和漆拉走在前面，麒零和幽花走在后面。

银尘随手往前一抛，一面发光的铜镜就仿佛游动的鱼一样，在前面的空气里带路。铜镜泛出的柔和光线，将前方一大块面积照亮，如同一盏引路的灯一样。

"这面镜子是你的魂器？"漆拉转过头，看着银尘。

"之一。"银尘轻轻扬了扬嘴角。

漆拉望着银尘，没有说话，过了半晌，他才轻轻叹了口气，"看来这几年，真的发生了好多我所不知道的事情啊。"顿了顿，他又问，"你说你觉得格兰仕没有死，你为什么会觉得他会在尤图尔遗迹里？"

"作为曾经的一度王爵，你应该知道尤图尔遗迹是一个什么地方吧。"银尘一边往前走，一边挥着手，一缕一缕的魂力在他挥手的时候，如同白色的流星一样，注入前方悬空浮动的铜镜上，发出更加大范围的光芒来。

漆拉点点头，"这个我当然知道。"

"尤图尔遗迹历来就是一个收纳亡灵的古城，虽然白银祭司从来没有告诉过我们，到底是一种什么力量维持着死去的亡灵在这个遗迹的范围内可以持续存活而不会消散，但是我们都知道，这些成千上万的亡灵，驻扎在这里，是为了守护一个秘密。尽管我们不知道这个秘密是什么。"银尘没有看漆拉，仿佛分析给自己听似的。

漆拉默不做声。银尘说的这些，他当然知道。

"作为地之使徒，所有人都以为是和【天空的使徒】、【大海的使徒】一样，也是【大地的使徒】的意思，但其实也只有一度王爵和一度使徒们自己知道，地之使徒其实就是地狱之使徒的简称罢了。历代的【地之使徒】，都担负着收集亡灵的使命。他们就像是活在死亡地域上的黑色黄泉引路人，将每一个死亡后拥有高级魂力的魂术师的亡灵，带回尤图尔遗迹，守护这里。格兰仕就是这样的亡灵收集者。"

漆拉往前走，听着银尘说话，没有做声。

"我本来也觉得，在四年前的那场浩劫里面，格兰仕和东赫都死了。可是，麒零和我说，他们在尤图尔遗迹里的时候，竟然遇见了在福泽小镇上死去的那个拥有骨蝶的魂术师莉吉尔的亡灵。我们都知道，现在的一度王爵修川地藏和他的三个使徒，他们一直以来都像是一个谜一样地存活在心脏里一个未知的地方。虽然我们不知道是因为什么，但是我们都可以肯定的是，他们从来没有离开过心脏一步。那么，如果这一代的地使没有离开过心脏，那么，漆拉，你难道就不想知道，这些年，新增加的亡灵，是谁负责收集的吗？"

银尘说到这里，才慢慢地停下脚步，转过脸来，看着身旁脸色苍白的漆拉。

『西之亚斯蓝帝国·雷恩海域』

"哧——哧——"

从地面迸射而出的一股一股粗壮的蛛丝，仿佛是激射的电流般，从黑色的地面上破土而出，但是，那个褐色的影子，却仿佛更加迅猛的幽灵，每一次闪动，都轻而易举地避开了蛛丝的进攻，剧烈的海风将褐色的影子吹得更加残碎，看起来就像是模糊不清的一团褐色的雾气。

然而，当神音发动起全身的灵魂回路，目光凝聚着面对这个越来越逼近自己的褐色幽灵时，却没有发现，她背后，此刻像一座小山般沉默却疯狂地拔地而起的黑色巨大影子。海雾笼罩着这个黑色的巨影，巨影在雾气里，只露出两只仿佛井口那么大的猩红的瞳孔。

一声巨大的鸟鸣撕裂了天空，仿佛两把锋利的匕首从太阳穴刺进自己的脑海一样，神音只觉得胸膛一阵气血翻涌，犹如瞬间被千斤重锤砸在胸口。背后突然涌来的巨大魂力，像是无数卷动的刀刃一般，顷刻就在她后背肌肤上切开了成千上万个密密麻麻的刀口，鲜血仿佛红色的雾气一般砰然从她的后背喷洒出来！来不及应对前方已经逼到眼前的褐色鬼魅身影，她回过头，看见的是一只仿佛一座小山般巨大的黑色鸦雀，它血红色的瞳孔此刻正暴射出杀戮的光芒。

"……【山鬼】……它怎么会在这里？"神音的心骤然下坠，这种在黄金湖泊附近曾经见过的高等级魂兽，竟然会出现在这个岛屿上，这个岛屿上究竟发生了什么事情……只是，当初自己是靠幽冥那件顶级的魂器死灵镜面才能将它击败，而现在……

　　"那就赌一赌吧……"神音手心光芒暴射,蔓延方圆几百米土地上的白色纹路,在一个瞬间,全部如同有生命的活物一样,吱呀乱叫着朝她掌心卷裹而来,一边收缩,一边交错编织成一个茧一样的东西,将神音包裹在这个能量体之内。视线里是不断把自己包裹起来的白色魂力光线,透过残留的缝隙,神音看见山鬼那双如同五把巨大而锋利的长刀般的爪子,从天空上雷霆般地砸落下来。

　　但与此同时,刚刚不断逼近神音的那个褐色的影子,突然从神音头顶飞跃而过,然后,在神音还没回过神来的瞬间,响起一连串血肉模糊的撕裂声,同时山鬼一声尖锐的惨叫再一次让神音的手臂大腿被锋利的声波切割开无数个刀口,汩汩地往外冒血。神音释放出大量的魂力,强行让身体以最快速度愈合。

　　但同时,她被眼前仿佛地狱一般的场景震惊得说不出话来。

　　那团褐色的影子,始终处于一种高速闪动的状态,山鬼对它的每一次进攻,都被它轻松地闪避开来,它从一处飞跃到另外一处,似乎只需要一个闪动的瞬间,身形就如同褐色的闪电般蹿了出去。它像是一个飞快震动着、想要粉碎一切的机器一样,在山鬼巨大的身体里前后左右穿透着,无数滚烫的鲜血从山鬼身上被洞穿的窟窿里爆射而出,像是红色暴雨般从天空中淋下来。

　　大地在山鬼一声比一声尖锐的鸣叫之下,四处崩裂,无数的碎石四处如同风暴般激荡弹射,爆炸成粉末,空气里一片死亡前夕的悲鸣。

　　神音收起保护着自己的魂力网,站起来,她身上无数个细小的刀口正缓慢地愈合着。她终于看清楚了,那团褐色的幽灵般的影子,是一个几乎赤身裸体的男人,红色的头发如同火焰般往上竖立着,而真正让人恐惧的是,他没有用任何的武器,他正在徒手,将巨大的山鬼一块一块地撕成碎片。

　　神音忍着想呕吐的感觉,将手上的白色长鞭紧紧握着,静观其变。

　　而这时,那个男人突然身形一闪,蹿到山鬼的脚下,抓起它的鸟爪,发出一声低沉的怒吼。于是,一座小山般巨大的羽毛躯体,竟然被他抓了起来,然后朝着海边重重地一甩!山鬼巨大而沉重的身躯轰然一声坠到海岸的边缘,碎石和水花爆炸四裂!

　　"这种力量……完全不是人类的力量了……他究竟是什么东西……"神音看着那个男人,心里的恐惧仿佛要将她吞噬了。

　　正当神音还在惊讶于那个男人身体里那种毁灭性的力量时,山鬼突然张开它那仿佛两把巨刃的尖喙,一阵密集得仿佛雨点般的"突突突"的声音,无数锋利的、尖锐石块一样的东西从它的嘴里激射而出,神音刚刚要运起魂力,突然那个男人身影一闪,挡在神音的面前,他的动作仿佛闪电一样,在同一个瞬间将五个不同方位袭来的碎石用双手粉碎了,然而,还是有一个没有击碎,它电一般地朝神音打去,神音刚要挥起鞭子,那个男人身影一动,突然伸出手挡在神音的面前。"噗——"的一声,拳头大小的石块状的物体将那个男人的手臂洞穿！神音凝神一看，瞬间一股恶心的感觉从胃里涌了上来。

那些从山鬼鸟喙里激射而出的，并不是石块，而是一条又一条带着尖锐倒刺的舌头，这条扎穿了那个男人手臂的舌头，正在刺耳尖叫着挣扎蠕动，仿佛有生命的怪物一般，朝着那个男人的手臂像蛇一样地撕咬进去，往肩膀上钻。

那个男人伸出另外一只手，修长的手指仿佛五把锋利而精准的小刀，他飞快而面无表情地划开自己的胳膊，抓住那条正在尖叫着的舌头，瞬间捏成了一摊血肉模糊的污秽。

神音看了看那个男人，脸色一冷，"不用你救我，这点儿攻击，我还应付得了。"说完，她走到前面去，刚抬起眼看向山鬼那边，就发现，第二轮暴雨般的舌头，密密麻麻地激射了过来。"啪啪啪"，一连串清脆的破空声，神音飞快地甩动着鞭子，将射来的舌头抽打得粉碎，然而，还是在最后一个瞬间，被其中的两条舌头洞穿了腹部，她喉咙里一股腥臭的血液涌上来，她被冲击得往后飞去，重重地摔在地上，瞳孔因为剧痛而光芒涣散。她那张动人的脸庞也扭曲了起来，喉咙里发出痛苦的嘶哑声。

那个男人身形闪动到神音旁边，伸出手拔出那两条正在神音腹部撕咬的舌头，捏成了肉泥，然后低下头，用力地望了神音一眼，然后他转过身，那一个瞬间，他全身的灵魂回路密密麻麻地浮现出来，全身笼罩在一片耀眼的金光里，他胸膛里发出一声怒吼，神音只看见山鬼背后那片海域上，海平面轰鸣着，迅速隆起一个巨大的弧形，仿佛有什么庞然大物从海底浮出来。紧接着，一声震耳欲聋的爆炸声，那块隆起的海面突然爆射出几十根双臂环抱般粗细的水柱，巨大的水柱在天空里划出几十道优美的弧线之后，突然全部"咔嚓咔嚓"地凝结成了锋利的冰柱，以雷霆万钧的速度朝山鬼轰然刺去。

成千上万锋利的冰块四散爆炸开来，山鬼凄厉的鸣叫仿佛雾气般消散在海潮声里。

而此刻，远处高高的山崖上，特蕾娅正微笑着，看着脚下这场生死的杀戮。风把她黑色雾气般的纱裙吹得飘散开来，仿佛一个暗夜的鬼魅缠绕在她玲珑浮凸的身体上，她身上的衣物非常少，大片雪白的肌肤暴露在冬天寒冷的空气里，但是她看起来满不在乎。

她轻轻抬起手，掩住她那仿佛花瓣般娇嫩的嘴角，媚然一笑，又轻轻地皱了皱眉毛，低声叹息，"哎，我那亲爱的小傻瓜，还真是个多情的种子啊。可惜，幽冥的使徒也太弱了，她真的配不上你呢……"

说到这里，她像是突然感觉到了什么一样，脸上的笑容僵死在嘴角，她突然闭上眼睛，然后又猛然张开，这时，刚刚还清澈漆黑的瞳孔，已经变成了混沌一片的白色风雪，她脸上再次浮现出了那种茫然而又迷幻的神色。

"哈……哈哈，有趣……真有趣呢……原来她是自己去主动承受攻击的……真精彩啊……原来在我们之后，还诞生了更加变态的侵蚀者呀……"

特蕾娅的瞳孔重新凝聚成清澈的黑。她轻轻笑了笑，身影一闪，就从高高的黑色山崖上消失了，仿佛被风吹散了的鬼魂一样。

第十二章

霓　虹

四个人静默无声地站立着。
只有银尘头顶的那面铜镜，
发出白色柔和的光线。
环绕他们的，是无边无际的黑暗，
面前的遗迹，
如同一个巨大而诡异的坟墓。
谁都不知道里面埋藏着什么。

『西之亚斯蓝帝国·雷恩海域』

神音恢复知觉的时候，最先感觉到的，是身体被浸泡在冰冷的海水里带来的寒冷，她打了个哆嗦，但是却感觉不到冬天海水的那种冰冷的刺痛。

她睁开眼睛，发现自己正坐在海岸边的浅水里，背靠着一块散发着海腥味的黑色礁石。那个赤裸着上身的男子，此刻正单腿跪在自己面前的海水里，他低着头，闭着眼，一只手伸进水面之下，仿佛探寻着什么。

过了一会儿，神音才反应过来，他将自己抱来水里，是为了方便在这里制作出阵。神音低头看着水下那一圈发出呼吸般明灭光芒的、围绕着自己旋转不息的魂术之阵，抬起头，看见从那个男子全身发亮的金黄色灵魂回路里源源不断地涌动着的魂力，流淌进那个旋转着的魔法阵，无数强烈的魂力包裹着自己的身体，神音看见自己手臂上、大腿上那些无数密集的刀口，全部迅速地愈合着，甚至连腹部那两个几乎被洞穿的拳头大小的血洞，也开始汩汩地新生出粉红色的血肉来。而奇怪的是，无论是腹部几乎致命的血洞，还是手脚上那些细密的刀口，所有这些伤口带来的痛觉，都像是消失了一样，被这个男人的阵的光芒包裹着的自己，仿佛与痛楚隔绝了。

"你是谁？"神音看着面前闭目凝神的男子，问道。

听到神音声音的时候，那个男子突然睁开了眼睛，然后慢慢地站起来，借着旋转着的阵发出的金色亮光，神音第一次看清楚他的脸。

一双漆黑温润的大眼睛，仿佛是最温和的动物，流露出一种天真而原始的茫然，仿佛是纯真的孩童凝视着未知的世界。他的头发仿佛火焰般鲜红，倒竖着露出他清晰而分明的眉眼。他的鼻梁高而挺拔，让他的脸透露出一种英气逼人的硬朗，却又被他浓密而柔软的眉毛和睫毛，削弱了过分的坚硬，增添了更多的温柔气息，他的嘴微微地张开着，像是要对你说话，却又怕出声将你吓到一样，只是维持着那样一个姿势。

这是一张温柔纯净得仿佛只有年轻的天使才拥有的面容。

但是，这样的面容之下，却拥有着高大结实的肌肉身躯。他全身几乎赤裸，只有腰部围绕着一圈短短的铠甲，小麦色的肌肤上，从脖子到脚，甚至脸上，都布满了各种刻纹，仿佛神秘的刺青。他的胸膛以及双手上还残留着刚刚虐杀山鬼时黏稠的血浆，他全身散发着侵略性的雄性气味，他的胸膛结实而宽阔，四肢修长而有力，仿佛是一个身体内部包裹着闪电般的、充满力量的身体。

这些互相冲突的东西，矛盾而又统一地存在于一个人的身上。这样混合着天使和恶魔特质的人。

"你是谁？"神音小声地再次问他。

他轻轻地张了张口，喉咙里发出含混的声音来，"霓……虹……"

"霓虹？"神音重复着。

他连连用力地点头，脸上瞬间露出孩童般纯真而英俊的笑容来，神音看得出神，这样完美而纯净的表情，完全不应该存在于这个邪恶而古怪的世界里，他仿佛因为神音叫对了自己的名字而兴奋起来。他的笑容没有任何的掩饰，洁白的牙齿，爽朗的声音。

他突然站起来，转身跃进海里，神音还没反应过来，就突然看见他从海面上湿漉漉地钻了出来，水珠仿佛宝石般从他健美如同海神般的躯体上一颗一颗滚动下来，他手里抓着几颗长满尖刺的海胆，嘴里还叼着一尾正在挣扎的海鱼。

他跑到神音面前，蹲下来，把鱼甩在神音面前，然后又用手用力地掰开那几颗黑色的尖刺海胆，然后捧着，递给神音，他漆黑而温润的目光里闪动着期待而紧张的光芒。

他的手被海胆刺破了，血液流出来滴到海水里，神音皱了皱眉头，说："你的手……"

霓虹咧开嘴笑了，摇摇头，完全不痛的样子，手里依然捧着海胆，期待地看着神音。

神音心里涌动过一股仿佛温泉般的感动。她伸出她纤细而洁白的手，从霓虹修长而有力的手上接过黑色的海胆，低头咬了一口，鲜美的味道。

霓虹开心地笑起来，脸上是兴奋并且满足的笑容。

吃完海胆，神音想要站起来回到岸上，因为冬天里的海水，温度并不好受，没有受伤的时候还能勉强支撑，此刻身体所有的魂力都用来疗愈和再生了，所以，对寒冷的抵抗能力几乎没有。

刚想要站起来，腹部传来剧痛。"果然还没恢复好……"神音想着，重新跌坐到海水里。刚抬起头，一阵温暖而又强烈的气息逼近自己的面前，霓虹伸手，将神音从水里抱起，走到岸上，他单手抱着神音，另外一只手朝地面上凌空抓了几下，于是，几块冰壁拔地而起，迅速地在一块凹陷的岩壁周围，建起了一个小小的冰房。他把神音抱进去，放到地上，然后就蹲在神音边上，用询问的热切目光看着神音。

"嗯，好多了，没有风了。"神音对他说。

他于是开心地呵呵笑了起来。眉眼间的温柔和他身体里弥漫的杀戮气息一点儿都沾染不上关系。

他抬了抬眉毛，然后像是突然想到了什么似的，转身弯腰走出了冰室。没过多久，他又钻了进来，这次，手上拿着一张刚刚从雪豹身上撕下来的皮毛，滚烫的血迹还冒着热气，他伸出手指在皮毛上轻轻点了点，于是那些黏糊糊的血迹迅速凝结成了冰，他抬起手用力一抖，"哗啦啦"无数红色的冰碴掉下来，于是手上就只剩下一张干燥而洁净的毛皮了。他走到神音身边，递给她，然后冲神音做了一个"披起来"的动作，神音将毛皮裹在自己身上，她回过头去，看见霓虹脸上得意而纯真的表情，像是少年在炫耀自己的宝贝一样。神音轻轻地笑了，"谢谢你。"

霓虹蹲在神音面前，用他直接而滚烫的目光看着她，然后，他走过去，伸开长腿坐下来，将神音抱起来，放在自己的腿中间，张开双臂将神音抱在自己赤裸的胸膛上。

"你……你想干吗？"神音的脸刷地一下红了起来。

但是，霓虹却仿佛没有听见，他安静地把头放在神音的肩膀上，闭着眼睛，浓密的长睫毛让他显得像一个熟睡的孩童。他运行起全身的魂力，无数金色光芒沿着他身上的纹路来回流动，神音感觉到仿佛初夏的阳光般和煦的气流，将自己一层一层地包裹起来。

她轻轻侧过脸，看着抱着自己闭着眼睛的霓虹，问："你是不是不会说话？"

霓虹抬起头，抿了抿嘴角，睁着他那双温润的眼睛，瞳孔里是一种混合着茫然和哀伤的神色，冲神音轻轻地点了点头。然后重新把头放回神音的肩膀。

滚烫的魂力，从他赤裸的胸膛上，源源不断地流动出来。

愈合的血肉，新生的肌肤。

冰室之外呼啸的漫天风雪。

『西之亚斯蓝帝国·尤图尔遗迹』

银尘望着面前的高大的石门，也不知道是从什么岁月开始就有了这里，复古而沧桑的雕刻纹路，透露着岁月的痕迹，几百年几千年的时间都从这上面流淌过去。

两扇几十米高的巨大石门沉重地紧闭在一起。

"从这里进去？"麒零看着面前仿佛有一座宫殿那么高的石门问，很明显，上次他是直接触摸了棋子，就进入了古城遗迹的内部，他也是第一次看见遗迹的大门。

漆拉缓慢地走到大门前面，他从漆黑的羽毛战袍里伸出他苍白而又纤细的手指，仿佛抚摸清晨树叶上的露珠一样，温柔地在粗糙的石门上抚摸着。无数蚕丝般细微的金色光线，从他手指上流动出来，沿着石门上那些繁复雕刻的花纹涟漪般扩散开去。巨大的石门缓慢地移动起来，在寂静而空旷的地底，发出巨大的轰鸣声。

银尘心里暗暗吃惊。每一次，看见漆拉使用魂力的时候，都是这样让他吃惊。倒不是因为漆拉身体内那仿佛浩瀚汪洋般深不可测的魂力，而是因为，漆拉在使用魂力的时候，就像是在雕刻一件艺术品，他绝对不会多用一分，也绝对不会少用一分，他对每一丝一缕魂力的使用，都恰到好处，绝对没有丝毫的浪费和挥洒。所以，王爵们彼此之间，曾经都认为他是最可怕的一个王爵之一。因为，就算只剩下一丁点儿的魂力，他也能用这一点点的魂力发动出骇人的效果。

石门向里斜斜地敞开了，巨大而空洞的尤图尔遗迹，带着古老的尘埃味道，扑面而来。

"这……这不可能……"漆拉和银尘的脸瞬间变得苍白，仿佛看见了人间炼狱一样。

麒零走过来，望着黑黢黢的古城内部，他完全不明白，漆拉和银尘脸上那种恐惧的表情是因为什么。"这里和我们上次来的时候一样嘛，也是黑压压的，什么都看不清楚。不过银尘，里面挺邪门的，我上次……"麒零说着说着，看见银尘的脸色越来越阴沉，他就停住了。他稍稍往后退了一步，站到幽花旁边，小声地问她："你知道他们这是怎么了么？会不会是撞邪了？"

天束幽花的脸比漆拉他们更白，她咬了咬发紫的嘴唇，小声对麒零说："你还记得上次我们在这里遇见的那个小女孩么？"

"记得啊，她的名字叫莉吉尔，我还很奇怪呢，因为她之前已经死在我们小镇上了，所以我想起来还全身发麻呢，不知道她是人是鬼……"

"不管她是人也好、鬼也好，是怪物也好、亡灵也好，"天束幽花压抑着自己声音里的恐惧，"现在，都没了。这座巨大的遗迹里面，一个亡灵都没有了。没有任何魂力的迹象。我感觉不到……"

麒零突然觉得背后一阵凉意，仿佛一个鬼魅在自己脖子上吹了口气。

四个人静默无声地站立着。

只有银尘头顶的那面铜镜，发出白色柔和的光线。

环绕他们的，是无边无际的黑暗，面前的遗迹，如同一个巨大而诡异的坟墓。谁都不知道里面埋藏着什么。

这种扭曲而恐怖的气氛让麒零心里发毛。

过了很久，银尘才转过头来，缓慢而低沉地对漆拉说："亚斯蓝领域上，谁能在这么短的时间内，瞬杀这里曾经聚集的成千上万个亡灵？"

漆拉望着遗迹里无边无际的黑暗和死寂，目光仿佛翻涌的黑色大海，"没有一个人，可以做得到。"

"你能探知到的范围有多大？"银尘问。

"不算太大，但是，也绝对不小。在我所能感觉到的范围内，没有任何魂力的迹象。"漆拉回答，"你和格兰仕拥有的是同样的灵魂回路，你试着感应一下，看他在里面么？"

"我做不到。"银尘的脸上没有表情，"我现在身体里运行的，是另外一套全新的灵魂回路，曾经的吉尔伽美什的灵魂回路，现在封印在我的身体内部，使用不了。"

漆拉回头，略带惊讶地看了看银尘，但是很快，他的脸上又恢复了平静，仿佛根本没有情绪波动过。

"既然这样，我们先别贸然地闯进去，谁都不知道里面发生了什么。"漆拉转过身，抬起头，望了望头顶黑漆漆的上空，"我们需要一个能够大面积探测魂力的人。我恰好知道她在哪儿。"

说完，漆拉抬起手，轻轻地放到左边那扇巨大的石门上，他掌心里涌动出金黄色烟雾，将那扇门的表面覆盖起来。瞬间，一枚新的棋子诞生了，"来吧，这枚棋子，会带我们去她那儿。"

『 西之亚斯蓝帝国·雷恩海域 』

神音醒过来的时候，天已经大亮。她身上依然裹着雪豹的皮毛，但是，霓虹却不知道去哪儿了。她抚摸了一下腹部的伤口，已经完全恢复了。她轻轻地试着运行了一下体内的魂力，也已经完全恢复了，甚至比没有受伤之前还要丰沛。

她从小小的冰室里钻出来，迎着刺眼的光线，就看见了站在阳光里、全身古铜色的霓虹。他纯真而迷茫的脸，在清澈的阳光下，显出一种无辜的原始。而此刻依偎着他挺拔身躯的，是一个妖艳而动人的女人，她修长而结实的双腿、高耸的胸脯和雪白的肌肤映衬在古铜色的霓虹身边，显得更加充满了女性的诱惑力。

"你是谁？"神音站在对面，警惕地问。

"我呀，我的名字叫特蕾娅。你听过么？"艳丽的女人轻轻抬起手掩嘴笑着，银铃般的笑声被剧烈的海风吹得七零八落的。她的纱裙也在风里被撩动得若隐若现，勾人魂魄。

"四度王爵……特蕾娅？"神音脸色有点儿发白。

"是啊，就是我。"特蕾娅指着自己的鼻子，魅惑地笑着，然后，她又把她纤细的涂着红色指甲的手指，指向霓虹，"这是我的使徒，霓虹。"

"他是你的使徒？"神音心里暗暗吃惊，因为作为二度使徒的自己，魂力已经非常可怕，虽然平时的战斗，自己都保留着实力，没有人知道自己的真实魂力已经到了什么地步，但是，作为她自己，她还是非常清楚的。可是，她能从霓虹身上，感觉到不亚于甚至超越自己的魂力。可是，这样汹涌的魂力，怎么会只是四度使徒呢？

"你肯定在想,霓虹体内有这样巨大的魂力,怎么会只屈居四度使徒的位置,对吧?"特蕾娅双眼里含混的白色风雪,迷茫地看着神音,仿佛要将她卷裹进她眼神里的那片混沌。

神音心里一冷。

"那是因为,严格意义上来说,霓虹,并不是我的使徒呢,他啊,是这一代的侵蚀者。"特蕾娅目光中的风雪卷动得更加厉害,她的笑容在这样的目光里显得阴森而又诡异,"哎呀,忘记告诉你了,你也是。你和霓虹,是这一代的两名侵蚀者呢。"

"我听不懂你在说什么……"神音望着特蕾娅,冷冷地说。

"也对。因为你根本就不知道自己到底是一个什么怪物。你和霓虹,严格说来,你们都不是人,哎呀,"特蕾娅像是不小心说了什么不好的话一样,娇羞地笑了笑,"其实,我也不是人。我们都应该算是被制造出来的怪物呢。只是,在我们那一代,我们从小就知道自己是怪物。而从我们之后,你们这一代开始,侵蚀者们都是没有记忆的呢。于是,告诉你们真相的任务,就落在了我们前代侵蚀者们的身上了。"

神音看着面前的特蕾娅,她心里隐隐地感觉,自己一直在寻找的秘密,就要揭开了。

"你的王爵幽冥,和我,我们两个,是上一代的侵蚀者。所谓的侵蚀者,其实和被赐印的使徒在基本性质上是一样的,使徒是被王爵赐予与王爵相同的灵魂回路,而我们侵蚀者是从出生就在身体里被种植了各种灵魂回路的试验品。每一代的侵蚀者有几百个,这几百个婴儿不断长大,有些因为体内种植下的灵魂回路并不完善而早早在胎儿时期就已经死亡,有些因为灵魂回路太过变态和黑暗,也活不下来,过早夭折。并且,这些侵蚀者彼此都会互相残杀,最后能留下来的,一般都超不过两三个,也是最强的两三个。我们身体里的灵魂回路,是亚斯蓝领域上,从来都没有出现过的、崭新的回路,所以,我们的力量、我们的天赋,都和以前的王爵不一样。所以,你应该也知道我们与生俱来的使命了吧?"特蕾娅笑盈盈地看着面前脸色发白的神音,仿佛在等待她的回答。

神音咬着苍白的嘴唇,没有接话,但是,其实她心里,已经暗暗地猜到了那令人恐怖的答案。

"我们的使命,就是对王爵的杀戮,我们要做的,就是维持七个王爵,永远都是亚斯蓝魂力的巅峰。如果我们能够杀死某一个王爵,那么,就证明他的灵魂回路和魂力,已经在我们之下了,他就不足以继续成为亚斯蓝的王爵,而相反,我们死在他们的手下的话,就证明我们身上种植出的新的灵魂回路并不是那么强大,我们是失败的试验品。"特蕾娅伸出手,抚摸着身边霓虹的肩膀,"你明白了么?"

"那你和幽冥……杀的是哪个王爵?"神音控制着声音里的颤抖问。

"我们啊?"特蕾娅呵呵地笑着,"我们两个杀的人多着呢,可不止一个王爵哦。"

她看了看霓虹,又看了看神音,目光投向远处的大海,"我和幽冥从小就一起长大,从我们懂事开始,我们就一路杀戮,先是杀光了和我们同代的几十个侵蚀者,然后又杀了无数高等级的魂兽，我和幽冥的天赋，简直是天作之合。你应该了解你的王爵啊，他可以依靠摧毁魂兽和魂术师们的爵印，将对方的灵魂回路吸收到自己体内而不断超越魂力巅峰，而我大范围且精准的魂力感知，简直就是一个为他量身打造的爵印探测器。"

特蕾娅看着身边面容仿佛天使般的霓虹，继续说："而这一代的侵蚀者，活着的，就只剩你和霓虹两个，所以，我和幽冥一人带了一个，称做自己的使徒，但其实，难道你都没发现，你们和我们的天赋完全不同么？"

"那我们……也是一路杀人……而活下来的么？"神音的眼睛里涌出一层泪光。

"那当然。当年我和幽冥，看见你和霓虹两个人浑身血浆般从那个地狱般的洞穴里走出来的时候，我们两个仿佛看到了当年的自己。真是打心眼儿里喜欢呢。你们两个都还是小小的少年，娇弱而纤细的身体上沐浴着滚烫的鲜血，散发着浓郁的腥味，那样子，别提多迷人了。"特蕾娅把脸靠在霓虹赤裸的胸膛上，脸上的笑容透着一种扭曲的怪异感，"而且，说来也巧，当年，我和幽冥联手猎杀过铜雀，而昨天，你和霓虹又联手杀了山鬼，这两个魂兽，一个的鸣叫可以呼风唤雪，一个的鸣叫可以地裂天崩。不得不说，侵蚀者们的本能里，就是有这种彼此的吸引力啊。"

神音看着面前表情茫然而又纯真的霓虹，她难以相信，这样一个拥有天使般纯净面容的年轻男子，竟然是双手沾满鲜血的侵蚀者，而更可怕的是，自己也是这样的，试验品。

"我在最开始接触霓虹的时候，就知道他的天赋出类拔萃，一开始，我就发现了他在速度、力量、重生、魂力、阵法、元素等各方面的实力，都是登峰造极，这在亚斯蓝的使徒里，是不可能出现的，他的这种接近全能型的天赋，足够让他成为媲美王爵的人。而且，到后来我才发现，他真正的天赋不是这个，而是他与生俱来的，对痛觉的丧失，对恐惧的丧失，对防御求生本能的丧失。也就是说，他是一个不知道痛、不知道害怕、不畏惧任何对手、只知道斩杀一切的完美的机器，我们在战斗的时候，不可能一直将魂力维持在百分之百的巅峰状态，但是霓虹却可以，因为他不知道痛，也不害怕受伤，他在任何时候，都能将自己的魂力激荡到百分之百的程度，这是一种足以摧毁一切的力量。霓虹不懂人间的各种复杂的道理，他就是一个原始人，不会说话，只会说自己的名字，他拥有的是动物的本能。他的心态就只是一个小孩子。

"而且，最妙的地方是，他所拥有的原始的性欲本能，会将他的魂力激发得更加狂野，因为他不懂得男女之事。所以，他的性欲被激发的时候，只会让他体内的魂力更加地狂放，更加具有毁灭性……"特蕾娅一边说，一边将她的手在霓虹健壮的躯体上抚摸着，沿着他宽阔的肩膀，到结实的胸肌，一路往下到平坦而紧实的小腹……

神音看着霓虹的脸越来越红，呼吸越来越急促，但是他的表情，却充满了茫然和无辜，他只会用那双滚烫的眼睛直直地看着自己。神音可以感觉到他身体里翻涌爆炸的魂力像是海啸般越来越剧烈，她心里一阵刺痛——"你住手！"

特蕾娅的手停了下来，她似笑非笑地看着神音，继续说："至于你，本来昨天我在看到你战斗的时候，我特别地失望，对于一个侵蚀者来说，你实在是太弱了，连山鬼都能攻击到你。可是后来，我才发现，我弄错了。山鬼并没有攻击到你，而是你主动去让山鬼攻击了。"

神音不再说话了，目光瞬间漆黑一片。

特蕾娅继续说："后来，我才发现，你的天赋，竟然是可以通过敌人对你的进攻，而将自己受到的伤害，转化为自己的魂力。来自每一种不同的灵魂回路的进攻伤害，都可以令你的灵魂回路进一步修复、完善，从而变得更加变态。只要对手不是立刻将你杀死，你恢复之后，魂力都会比之前更加厉害。我不得不承认，你这种天赋和幽冥的天赋异曲同工，都是我见过的最匪夷所思却真正具有压倒性的强势天赋……那一刻，我才知道了你来这个岛屿的真正目的……那就是，你想要找到永生王爵的秘密，一旦你学会了永生王爵那种接近极限的痊愈天赋，那么，你就可以肆无忌惮地去承受各种强力的攻击，于是，在很短的时间之内，你就能成为亚斯蓝领域上，最强大的一个怪物了……"

特蕾娅那双清澈而漆黑发亮的眼睛里射出匕首般的光芒，冷冰冰地逼视着神音，"我说得对么，神音？"

〈未完待续〉

敬请关注

《临界·爵迹》限量版豪华礼盒

采用复古金属镶嵌工艺的精装《临界·爵迹》
消失宾妮、张喵喵通力合作解密志《爵迹·燃魂书》
王浣原画限量特制古典纯质皮革地图
王浣原画定制全套豪华限量塔罗牌
《临界·爵迹》人气角色巨幅海报
精制铝盒装魂印文身套装
精制熔蜡密封火漆印章
特质金属书签

ZUI Book

CAST
临界·爵迹 I

作者
郭敬明

选题策划
郭敬明

选题出品
金丽红 黎 波

项目统筹
阿 亮 痕 痕

责任编辑
陈 曦

助理编辑
庄 宁

特约编辑
痕 痕

责任印制
张志杰

装帧设计
ZUI Factor

封面设计
胡小西

版式设计
张 强

出版社
长江文艺出版社

出品
上海最世文化发展有限公司

官方论坛
http://www.zuibook.com/bbs

平台支持

最小说 ZUI Factor

| TOP 25
2010 年上海最世文化发展有限公司畅销书排行榜

排名	书名	作者
1	小时代 2.0 虚铜时代	郭敬明
2	小时代 1.0 折纸时代	郭敬明
3	悲伤逆流成河	郭敬明
4	幻城	郭敬明
5	悲伤逆流成河（新版）	郭敬明
6	西决	笛安
7	全世爱	苏小懒
8	不朽	落落
9	这些都是你给我的爱	安东尼
10	东霓	笛安
11	全世爱 II · 丝婚四年	苏小懒
12	须臾	落落
13	任凭这空虚沸腾	王小立
14	尘埃星球	落落
15	N. 世界	郭敬明 年年
16	小时代 1.5 青木时代 VOL2	陌一飞 郭敬明 猫某人
17	小时代 1.5 青木时代 VOL1	陌一飞 郭敬明 猫某人
18	夏至未至（2010 年修订版）	郭敬明
19	陪安东尼度过漫长岁月	安东尼
20	浮世德	陈晨
21	小时代 1.5 青木时代 VOL3	陌一飞 郭敬明 猫某人
22	直到最后一句	卢丽莉
23	燃烧的男孩	李枫
24	四重音	消失宾妮
25	青春白恼会 VOL3 高校大作战	千圈 爱礼丝 阿敏

新出图证（鄂）字3号

图书在版编目（CIP）数据

临界·爵迹 I／郭敬明 著 武汉：长江文艺出版社，2010.08
ISBN 978-7-5354-4176-8
I.①临… II.①郭… III.①长篇小说-中国-当代 IV.①I247.5
中国版本图书馆CIP数据核字（2009）第128635号

╣临界·爵迹 I╠

郭敬明 著

选题策划：郭敬明   特约编辑：痕 痕
选题出品：金丽红 黎 波   封面设计：胡小西
项目统筹：阿 亮 痕 痕   装帧设计：最世文化
责任编辑：陈 曦   媒体运营：赵 萌
助理编辑：庄 宁   责任印制：张志杰

出版：湖北长江出版集团
    长江文艺出版社   电话：027-87679310
                   传真：027-87679300
地址：湖北省武汉市雄楚大街268号湖北出版文化城B座9-11楼
邮编：430070
发行：北京长江新世纪文化传媒有限公司
电话：010-58678881   传真：010-58677346
地址：北京市朝阳区曙光西里甲6号时间国际大厦A座1905室
邮编：100028
印刷：三河市鑫利来印装有限公司
开本：700×1000毫米 1/16   印张：12.5
版次：2010年8月第1版   印次：2010年8月第1次印刷
字数：273千字

定价：19.80元